春夏秋冬代行者
夏の舞
下
しゅんかしゅうとう だいこうしゃ
暁 佳奈
illustration スオウ

目次

登場人物紹介

夏の代行者護衛官候補

君影雷鳥（きみかげ らいちょう）

瑠璃の婚約者。護衛官候補。自信家で時に尊大、周囲からは変人扱いされている人物。しかし認めた人間には非常に好意的で献身を厭わない。瑠璃にべた惚れで早く結婚したい。

夏の里医局所属

老鶯連理（ろうおう れんり）

あやめの婚約者。夏の里の医局に勤める医者。軟派な見た目で誤解されがちだが中身は優しく繊細。あやめとの結婚を待ち望んでいるが、二人の間には大きな秘密がある。

黄昏の射手

巫覡輝矢

大和の夜を司る現人神。妻と守り人がある日家出をしてしまい、失意に陥った。身の回りの警護に来た月燈に対して、一言では言い表せない感情を抱いている。

黄昏の射手の守り人

巫覡慧剣

代行者護衛官と同じ立ち位置の「守り人」の少年。輝矢のことを尊敬しており、彼とは父子のように生活していたが、ある日彼の元から姿を消してしまった。

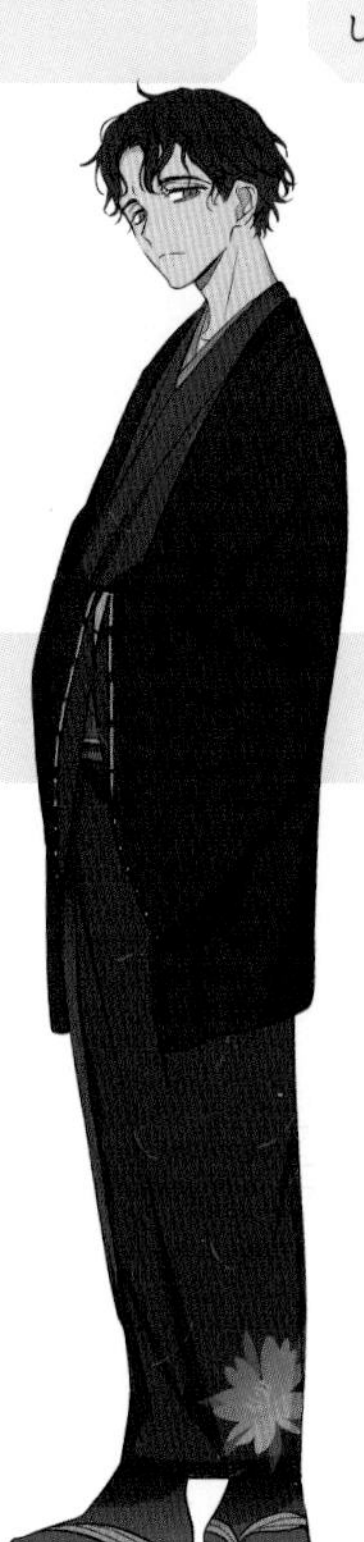

秋

春枢府所属

花葉残雪

雛菊の異母兄。春枢府に勤める役人。母方が土地持ちの富豪であり、本人も資産家。さくらとは面識があり、雛菊に内密にしてくれと頼みながら経済的支援をしている。

残雪の従者

阿星燕

さくらと同じく慈院に居た経緯があり、拾ってくれた残雪に崇拝に近い気持ちを抱いている。まだ幼いが既に残雪の右腕であり、大人顔負けの仕事をする。

国家治安機構所属近接保護官

荒神月燈

国家治安機構から派遣された近接保護官。輝矢の警護部隊の隊長。一時的な警護役に過ぎないが輝矢を深く敬愛している。現人神信仰の家庭で育ったので信仰心が厚い。

春夏秋冬代行者

夏の舞 下

その存在を、巫の射手という。


花曇を憂いても坂を登り。

炎昼に身を焼かれても空を矢で穿つ。

錦秋に目を奪われてもけして歩みをとめず。

凍晴に寂しさを覚えても、人々と同じ暮らしを求めない。

世界に安らかな夜を授ける為に三百六十五日空に矢を射る者。

大海原に浮かぶ大和と呼ばれる列島の国では、射手は住処を北と南に分けていた。

北から朝を齎す者、世を暁紅に染める現人神を『暁の射手』。

南から夜を齎す者、世を星夜に染める現人神を『黄昏の射手』。

二人の巫の射手は定められた地から一生動くことなく務めの為に身を捧げる運命だった。

人生に大望はなく、ただ静かにつつがなく終わる。

何処にも行けない神様に波乱万丈は似合わない。

そうなるはずだったが、夏のとある日、夜の神様は自分と同じ現人神と邂逅した。

「お初にお目にかかる。黄昏の射手の巫覡輝矢だ」

「『黄昏の射手様。我々、夏の代行者は暗狼事件を解決しにきました』」

凶兆の烙印を押された姉妹、葉桜瑠璃と葉桜あやめが巫覡輝矢に微笑んだ頃、まるで水面に浮かぶ花弁が互いに引き寄せられて花の海を作るように、他の者達も竜宮へ集おうとしていた。

葉桜瑠璃の婚約者、君影雷鳥。
葉桜あやめの婚約者、老鶯連理。
春の代行者花葉雛菊。
春の代行者護衛官姫鷹さくら。
秋の代行者祝月撫子。
秋の代行者護衛官阿左美竜胆。
冬の代行者寒椿狼星。
冬の代行者護衛官寒月凍蝶。

そしてすべての騒動の中心には、一匹の孤独な獣が居た。

「はぁっ……はぁ、はぁ……」

かつての主であった巫覡輝矢から正体を見破られた元守り人。

柔和で優しげで、人を傷つけることなど考えたことがなさそうな風貌をしているのに、その身の内には獣を飼っている。彼だけは誰とも繋がらず山の中を走っていた。

追いかけてきた輝矢の警護部隊を幻術で目眩ましして何とかその場を切り抜ける。

途中、捕まってもいいのではと思ったが、歩みは止まらなかった。自分が始めたことなのに、いま走っている理由がわからない。それでも足は、止まるな、走れと叱咤してくる。

何がしたいのだろう、という疑問がふと彼の中で浮かんだ。

——わからない。

ただ、自分が制御不能な獣に成り下がってしまったことだけはわかった。愛した主を傷つけてまで、押し通す主張を何も持っていないのに、彼を求めて試すようなことをする。

愛した主に認識してもらう為に、傷つけてしまうのだ。

——そうだ。

彼はただ、輝矢からの視線が欲しかった。

——見て欲しかった。

鳴き声を聞いて欲しかった。

——輝矢様。

どうして、と尋ねて欲しかった。

——輝矢様。

繋がりを求めたかった。

——輝矢様。

怒りでもいい、感情を向けて欲しい。

——輝矢様。

無視をしないでください。心の中で主を責めてから思い出す。

何もかも自分が悪かったことを。

——輝矢様、おれのことはもうお忘れですか。

胸が苦しい。孤独な彼は随分と傷ついて、変わり果ててしまって、もう取り返しがつかない。

黄昏の射手に愛された彼はそこに居ないのだ。過去の彼は死んだに等しい。

慧剣は泣きながら走った。行くあては何処にもない。

もう何百、何千回の問いを頭の中に浮かべた。

何故、自分は狼に成り果ててしまったのだろう、と。

第一章

夏と黄昏と恋人の行進曲

黎明二十年、七月二十三日。大和国最南端の島、巫覡輝矢邸。

時刻は午後十一時頃。

葉桜姉妹の登場で事態は急展開していた。

竜宮岳よりほど近い森林の中にひっそりと隠されて建っている現代建築の屋敷に、本来なら交わる運命になかった現人神達が顔を合わせていた。

「夏の代行者様、どうぞお上がりください。荷物大丈夫？　俺、持とうか」

「だ、大丈夫です射手さま！　おじゃましまーす……うわ、あやめー見て！　水槽があるっ！」

「瑠璃、後ろつかえてるわ、玄関混むから早く……！　すみません、お邪魔します……」

四季の代行者と巫の射手、領域の異なる者達の邂逅だ。

葉桜姉妹が登場したことにより、暗狼事件の原因と思われる巫覡慧剣は幻影を消し撤退した。本体である慧剣を捕縛することが輝矢と月燈率いる警護部隊の目的だったが、予想以上にそれが困難であることがわかり、幻術に対抗する策を講じねばならなかった。また、双子神を引き連れて巫覡慧剣を探す為の山狩りをするわけにもいかず、協議の結果一旦全員で撤収を決めた、という次第だ。

互いに初対面、色々と情報共有をしたいと輝矢が強く願ったこともあり、こうして彼の私邸に瑠璃とあやめが招かれた。双子神は少しばかり緊張している様子だった。

異なる領域の現人神との接触、心中は期待と恐れ半々といったところか。

ゲストである彼女達のホストを務める輝矢が、少しばかり近寄りがたい空気を纏っているせいもあるのだろう。

黄昏の神に選ばれた男の造形は、神韻縹渺たる雰囲気がある。暗い顔つきのせいか、初対面の人間にはどうしても威圧感を与えがちだが、彼が紡ぐ声は優しかった。

「急に家に招いて迷惑じゃなかったかな」

大きな存在が小さき者を包み込み守るような、まさに夜のような声音だ。

「お招きいただき光栄です、射手様」

「あ、あたしもあやめと同じ……！　光栄です」

夏の少女神達は滅相もないと恐縮気味に首を横に振った。

意図したわけではなかったがほぼ同じ所作だったので双子らしさが際立った。輝矢は三十代半ば、彼からすると今年の初夏に十九歳になったばかりの二人は何をしても幼く見える。

――慧剣はこの子達より年下か。

似ても似つかないのに、自身の元守り人を思い出し切なくなった。

――あいつ、今夜はどこで寝ているんだろうか。

十六歳の少年の行方は依然として知れない。

「うちは今からご飯支度なんだけど、すぐ出来上がるから、夏の代行者様方もぜひご一緒にどうぞ。あと、お部屋も用意するから今日は泊まっていって欲しい」

言われて、瑠璃は顔を輝かせた。

「え、良いんですか！」

それを聞いて、あやめは大慌てで間に入る。

「瑠璃！　いえ、あの……勢いでついてきてしまいましたが……お話し合いをするという前提で来ていますのでお泊りもお食事もお気遣いなく……情報共有が終わればホテルに戻ります」

「嘘ぉっ……！　あやめ、いま十一時だよ……？」

「わかってるわ」

「わかってないよー！　これからお話し合いしたら日付変わっちゃうよ？」

「いいえわかってます。戻りましょう。違う領域の現人神様なのよ。ご迷惑はかけられない」

「そんなぁ……」

瑠璃は空腹で悲鳴を上げる腹に手を当てながらあやめを見るが、あやめは譲らなかった。

「私達だけの問題じゃないの。射手様にご迷惑をおかけすれば四季界隈全体の落ち度になりかねない。そうしたら他の代行者様方に申し訳ないでしょう……」

瑠璃はしゅんとする。自分達のせいで秋に風評被害を与えている身としてはいまのお小言は耳に痛かった。あやめとて疲労と空腹を抱えているはずだが、さすが元護衛官、顔には出していない。二人のやり取りを見守っていた輝矢はあやめの方に視線を向けて尋ねた。

「ええと……お姉さんは……あやめ様だね、質問してもいいかな」

「はい」

「お二人はホテルに貴重品とか置いたままだったりする？」

「い、いえ貴重品は特に。着替えとかは置いてきていますが……」

「それは明日人を出して回収すればいいね。ご飯はアレルギーとかで食べられないものある？」

「……ありません」

「じゃあうちで泊まることに支障があるのは遠慮している部分だけ？」

「……」

あやめは黙り込んでしまった。

「なら話は早い。あやめ様、巫覡の一族の名誉の為にも宿泊の招待に頷いて欲しい。若い現人神様を保護もせず夜中に外に放り出すほうが問題だよ」

「お構いなく……射手様。こう見えて私も瑠璃も強いんです。自衛出来ます」

「そうかもしれないけど、そういう問題じゃない。それに、先程君が気にしていたのは体裁の話だよね。そうじゃなかった？」

「そうですが……」

「俺は正直体裁とかでごちゃごちゃ言うのは嫌いだけどね」

棘のある言い方ではなかったが、あやめは肩を小さくする。輝矢は殊更優しく言った。

「だから、これは黄昏の射手の言葉ではなく、どこにでもいる大人の……当たり前の意見として聞いて欲しい……」

玄関に入ってすぐの吹き抜け窓から見える夜空を指差して言う。

「あやめ様、もう外は暗いよ。俺が夜を齎した」

語りかける様子に押し付けがましさはない。だが有無を言わせないものがある。

「女の子のふたり旅は危険が伴いやすい。心配だ。うちに泊まったほうがいい。君だって同じ立場になったらどう思うかな？　こんな夜中に土地に不慣れな子を外に放り出す？」

「それは……」

「俺は年食ってるから君のご両親の立場で考えちゃうよ。この屋敷は国家治安機構の近接保護官が常駐してるし、ホテルより安全だ。安全なところに居てくれとご両親は願うんじゃない？」

傍に居た月燈と他の近接保護官達も同意するように大きく頷いた。

「何より、せっかく同じ現人神同士会えたんだ。親交を深める為にも一泊くらいして欲しい」

「射手様……」

折れる様子が見えてきたので輝矢はあとひと押しとばかりに言葉を続ける。

「あやめ様。今日は俺の言うことに『うん』と言ってくれ。明日以降、どうしても嫌だったらその時は君達の希望に合わせるから。お願いだ。心配だから、今日はうちに泊まって」

「……」

ここまで言われたなら、断るほうが失礼だろう。ようやくあやめもそう思えた。

この夜の神様がただ純粋に自分達を心配して言ってくれているのがわかる。

年長者として年下の者を真夜中に放り出したくないという彼の意見は、春の季節に再起を決意し、旅を始めた春主従を夏離宮に招いたあやめの気持ちとそう変わらないだろう。

「よ、よろしいのでしょうか……」

まだ恐れ多いという気持ちが強かったが、ここは甘えようと腹を括った。

おずおずと窺うあやめに、輝矢はパッと顔を明るくし微笑む。

「もちろん。すぐご飯にしよう。食べながら話そうね。話しきれない場合は明日に回すということで……とにかくみんなで一服しよう」

大人しく黙っていた瑠璃はあやめの方を見て『喋ってもいい？』という顔をしてから輝矢に向かって言う。

「ありがとうございます、射手さま！　あの、あの、すごくありがたいです……！」

「輝矢でいいよ。俺も瑠璃様とあやめ様と呼ぶから。どっちも葉桜さんだしね」

「ありがとうございます、輝矢さま！　あやめ、良かったね！」

「うん……瑠璃もごめんね。疲れたわよね……。私が意地を張りすぎました……。お言葉に甘えさせていただきましょう。輝矢様すみません、妹共々よろしくお願い致します……」

輝矢は笑顔で頷きながら思う。

——瓜二つだけど、こうしてみるとまったく違うな。

最初は双子の見分けがつくか内心不安な輝矢だったが、この調子だと問題なさそうだと思った。天真爛漫な瑠璃と、遠慮会釈なあやめ。慣れれば違いは歴然だ。

「もちろん。同じ現人神同士、気兼ねしないでくつろいで欲しい。とりあえず飲み物を持ってくるから、居間で座って待っていてくれるかな?」

葉桜姉妹はこくこくと首を動かして、言われた通り居間の長椅子に腰掛けた。

他の面子はそれぞれ違う部屋に向かってしまったのでしばし瑠璃とあやめだけになる。

「……あやめ、輝矢さま優しいね」

「……ええ、申し訳ないくらい……」

なんだかどっと疲れが出て、二人でぼうっと部屋の中を見回してしまった。古い洋館造りの葉桜邸と違って、輝矢の屋敷は現代的な建築様式をしていた。南の島らしい青と白を基調としたマリンテイストのインテリアが特徴的だ。玄関にも水槽はあったが、居間にも大きな水槽が置かれており、魚たちは興味深そうに葉桜姉妹を見ている。

「……国家治安機構の……シークレットサービスの人が居るから、あたし達のこときっと四季庁にも情報共有されちゃうかな……まぁされるよね……そしたら里にも連絡いくね……」

「仕方ないわ……お父さんもお母さんも心配しているだろうし、これで良かったのかも……。それがあったとしても、暗狼事件の中心に居る方とお会い出来たのは本当に幸運よ。いまの状況を変える出会いになるかもしれない……。今日山に登ろうって言ってくれた瑠璃のおかげね」

「……そ、そんなことないと思うけど……そうかな？」

「うん。瑠璃が引っ張ってくれなきゃこんな貴重な機会は得られなかった」

瑠璃はあやめに褒められて、照れた顔を見せる。いつも怒られることばかりしてきたせいもあるが、真正面から褒められるのに慣れていない。嬉しさを隠しきれない様子でつぶやいた。

「……あやめのおかげだよ。あやめがいたら、あたしいつだって頑張れるの……」

瑠璃はそう言ってから、何となくあやめの肩に頭を乗せた。あやめはそれを見て笑う。

「すぐ人にくっつく……」

「あたし誰でもくっつくわけじゃないよ。あやめだからだもん……」

瑠璃の甘えを受け入れるように、あやめも首を傾けて瑠璃に身体を寄せた。

二人だけの旅路は一日終わろうとしている。

「お姉ちゃん……あたし達にしては頑張ったよね？」

「ええ……私と瑠璃、二人で家を出たことには意味があったわ」

寄り添う二人はそれからもぽつりぽつりと守られる安心感の中、お喋りをした。

夏の姉妹がほっとくつろいでいる間、当の輝矢は厨で大慌てだった。

理由はもちろん、夏の代行者を歓待する為だ。

慌てているのは何も彼だけではない。彼を守る為に国家治安機構より派遣されている荒神月燈率いる警護部隊の面々も忙しそうに動き回っている。月燈が手を挙げて言う。

「輝矢様、ご報告があります。冷蔵庫のお飲み物……ビールばっかりなのです」

輝矢は厨の冷蔵庫の中にずらりと並ぶきらびやかな缶を見て眉をしかめた。

「由々しき事態だ。俺達が酒飲み集団であることがバレてしまう……」

「わ、わたしはそこまで酒飲みではありません！」

「嘘でしょ、俺と同じくらい飲むくせに」

先程葉桜姉妹に見せていた輝矢の紳士的な大人な部分はすっかり引っ込んでいる。

——冷蔵庫も、三人暮らしの時と比べて随分変わったな。

輝矢は元々酒好きではあったが、警護部隊の面々と仲良くなってからは酒宴をするのが仕事終わりの楽しみになっていた。今まで晩酌に付き合ってくれる者が居なかったこともあり輝矢のタガが外れるのもそう遅くはなかった。

最初は竜宮の地酒を振る舞う程度だったが、今は麦酒含め各種酒類常時完備、欠品は許されないという状態までできている。その結果が目の前の冷蔵庫だ。

「これ、あの子達に見せられないね……」

「はい……それで、輝矢様、お飲み物何をお出ししましょうか……あ、お酒と割る為のジュースはあります。こちらをお出ししましょうか」

「駄目じゃないけどなんか嫌だな……。あの子達に酒用のジュースを出すなんて。あ、お茶があるじゃないか。お茶にしよう」

輝矢は葉桜姉妹の為にと、比較的可愛らしいグラスを選んで冷茶を注ぐ。

「……若者の教育に良くないものは隠しましょうか。空き缶入ったゴミ袋、目のつかないところに避けます。部下にも品行方正な振る舞いをするよう、口酸っぱく言います」

「了解。俺、お二人にお茶をだしてくるね。すぐ戻る」

この場で救いがあるとすれば、輝矢と警護部隊の意思疎通が円滑であることだろう。

みな、一致団結して葉桜姉妹の為に動いている。輝矢は何食わぬ顔で葉桜姉妹に冷茶を提供し、また厨に戻ってきた。月燈と良い連携プレーを見せながら晩飯準備を進めていく。

「帰りの車、分かれて買い出し班にしたの正解でしたね。ホットプレートもこの前、輝矢様が買い足してくださったばかりですし、おもてなしに不足はなさそうです。夕飯は輝矢様が仰っていた通り鉄板焼きにして……朝ごはんはお好みを聞いてお作りしましょうか」

「それでいこう。何なら俺が朝市に行ってくるよ。あと、誰か二階の角部屋を準備してくれるかな？ 布団はその部屋の押入れに予備があるから出しておいて欲しい。月燈さん、お泊まりに女の子が必要な物とか貸してあげること出来る？ 使った物は全部後で俺に請求して」

「大丈夫ですよ。お二人とは移動中に少しお話ししましたが、持ってなさそうなものは化粧水や洗顔料などですし。寝間着もお貸し出来ます」

「俺も封も開けてないTシャツのストックあるよ。ちょっとぶかぶかかもしれないけど……。夏のお二人、着替えはホテルに置いてきたらしいし、あれあげようか？」

大人達が自分達の為に目まぐるしく動き回っていることなど瑠璃とあやめは知らない。

その後、あらかた厨房の指示や準備が終わると、警護部隊の面々が声をかけてくれた。

「荒神隊長、もうこっち大丈夫です」

「輝矢様、隊長と一緒に夏の代行者様達のお相手してください」

「わかった、ありがとう。月燈さん行こう」

細々としたもてなしは警護部隊の他の隊員に任せて、輝矢と月燈は何食わぬ顔で葉桜姉妹の元へ戻った。卓を挟んで長椅子に腰掛ける。

「ごめんね。お待たせしました……。ご飯もすぐ食べられるから。食べながら色々お互い情報を交換するとして……改めて俺と警護部隊の隊長の紹介をしてもいいかな」

瑠璃とあやめは姿勢を正す。

「俺は巫覡輝矢。黄昏の射手だ。こちらは警護部隊の隊長、荒神月燈さん」

月燈は座りながら軽く頭を下げる。

「国家治安機構から派遣され、輝矢様の身辺警護をしております、近接保護官の荒神月燈です。

どうぞよろしくお願い致します。夏の代行者様、あの、お会い出来て光栄です……」

月燈は少々緊張しているようだった。現人神信仰の信徒として、失礼がないように最大限気をつけている様子が窺える。

「頼りになる人だよ。俺に言いにくいことがあったら月燈さんに言ってね。月燈さんの警護部隊の人数は全員で八名。一緒に暮らしてる。なにか困ったことがあればすぐ対応するから、誰にでも声をかけて欲しい」

葉桜姉妹は隊長という肩書の月燈を興味深そうに見てから、自分達も挨拶をした。

「私は葉桜あやめ。瑠璃の双子の姉です」

「あたしは葉桜瑠璃。あやめの妹です」

改めて自己紹介が終わったところで、輝矢は『それで』と気になっていたことを切り出した。

「浅学なもので……間違っていたらごめん。今代の夏の代行者様は二名なんだね？　お二人が双子なのが起因しているのかな。俺の記憶が正しければ、四季の代行者様は俺達と同じく広義で言えば一つの国……狭義で言えば各地域で数が決まっているはずだけど……」

これは予想されていた質問だった。すかさず瑠璃が応える。

「えっと……あたし達が何で二人して夏の代行者かって言うと、あたしが今年の春に一回死んでるからなんです」

輝矢と月燈は揃って『は？』と声を上げた。瑠璃は身振り手振りを交えながら説明する。

「代行者は死ぬと直ちに次代が選ばれる、そういう仕組みです。それで、今年の春に賊と色々あって、戦闘中にあたしが死んじゃって」

「あの、それは当時護衛官をしていた私の過失で……」

か細い声で囁かれたあやめの台詞を瑠璃はすぐ否定した。

「あやめのせいじゃないよ！　ええとそれでね、その後にあたしのお姉ちゃんであるあやめが次の夏の代行者に選ばれました。でも、あたしは秋の代行者様の権能で蘇生してもらえて……そしたらびっくり、あたし、夏の代行者の力が失われてなかったんです。だから異例の姉妹で夏の代行者って状態が誕生しました。これが二名同時に存在している理由です」

瑠璃が立て板に水の如く喋る内容に、黄昏陣営は目が点になる。

輝矢は、気を遣った様子を醸し出しながらも尋ねる。

「君……一度……ええと、お亡くなりに……？」

「死んでますっ」

問いかけに瑠璃は元気いっぱいに答えた。

「……もしかして傷を負っても修復される自己再生の権能があるのかな？」

「ううん、あたしはそんな力ない。秋の代行者様のお力だよ」

輝矢と月燈の為に瑠璃とあやめは詳しく話した。

四季の代行者はそれぞれ季節にちなんだ権能を持っている。

春の代行者は『生命促進』、夏の代行者は『生命使役』、秋の代行者は『生命腐敗』、冬の代行者は『生命凍結』。これは現人神と関わり合いのある界隈では知られていることだったが、あくまでそう言われているだけで、四季の代行者それぞれが実際にどんな能力を持っているか詳細に公表されているわけではない。それ故、間近で能力の使用を見た者は驚くのだ。

春の代行者花葉雛菊は植物による攻撃、防衛手段を持っている。

夏の代行者の葉桜姉妹は輝矢に見せた活躍の通り、人以外の生命の使役が可能だ。

秋の代行者祝月撫子はある程度の条件はあるが他者の生と死を操作できる。

冬の代行者寒椿狼星は雪や氷を召喚し、想像通りの形に変える。それは小規模な攻撃から、首都高速道路を封鎖したような大規模攻撃にも発展可能だ。

何とか情報を呑み込めた輝矢は月燈に尋ねた。

「すごいな……四季の代行者様の権能。月燈さんは知ってた？」

「いえ、すべては……。わたしは国家治安機構特殊部隊【豪猪】に所属していましたので、一番賊の被害が多い冬の代行者様の『生命凍結』は見たことがあります。今代の冬の代行者様は容赦なく賊撃退に能力を使用されていますので……その武勇伝は広く知られているのです。しかし他の方の能力の詳細は知りません」

「そうだよね。俺も領域が違う現人神様の情報なんてさっぱりだ」

これは説明が大変な事態になった。

「あの、輝矢様」

あやめが遠慮がちに声をかける。

「いま四季の代行者界隈で起きている事柄は、私達も口頭で説明するのが困難なほど入り組んでいるんです。古風なやり方ですが、要所要所書いてご説明したほうが理解が深まりやすいかと。私達にも輝矢様達の状況を同じように説明していただければ幸いです……」

「わかった、そうしよう。月燈さん……そこにあるやつとってくれる？　君のすぐ横。サイドテーブルの上にあるやつ……」

こうして黄昏陣営と夏陣営の情報開示が始まった。

あやめが言うように説明するのは困難で、互いの事情も開示していたら小一時間かかった。

その間に食事の準備も整ったので、警護部隊の面々と食事を共にしながら全員で現在の状況も一緒に咀嚼する。白飯と海鮮と肉と野菜のハーモニーに舌鼓を打ちながらも頭はフル回転だ。

結果、わかったことだが双方共、異分野ということもあり互いの状況をよく知らなかった。

「……それ本当に有識者で行われた会議なの？」

輝矢は暗狼事件が引き金で四季の代行者の悪評が広まったことに驚きが隠せない様子だった。

「俺、生態系異常で狼が発生したなんて考えもしなかったよ。春の代行者様がご不在の前から毎日山に登ってる山男から言わせてもらうと、もし本当にそうなら失われた十年の間に子狼とか見かけてると思う……。同じく山付近に住んでる竜宮神社の神主とも知り合い……というか友人なんだけど、狼なんて見たことないって言ってたし。あれは動物ブローカーが逃した個体だろうねって二人で話してたくらいだから……」

輝矢がまともな反応を見せてくれたことが嬉しかったのか、瑠璃もあやめもうんうんと頷く。

「普通そっちだと思うでしょ。それ大和には居ないよねって生物が市街地で見つかって、どこから脱走したものでしたとかってニュースあるじゃないか。個人の好事家が秘密裏に飼っていた絶滅危惧種が誤って家出した例だって山程ある。何で天罰って概念が出てきたの？　図鑑で見るような狼より、大きくて異様だったたって俺が報告したから？　それにしたってこじつけがすぎない？　言い出したの所属どこの人？　月燈さん、知ってた？」

立て続けに問われて月燈は慌てて首を横に振った。

「し、知らないです。知っていたら輝矢様に報告しております。本部に居る時ならいざしらず、ここで毎日輝矢様と登山している日々ですから、わたしはほとんど報告の発信だけで終わっているのです……。偶にあるのは本部からのお叱り……本部内の友人に連絡を取ってみますが、恐らく、敢えてわたし達には情報を降ろしてないのだと思われます……」

あやめはその返答に対し疑問を抱く。

「でも国家治安機構と巫覡の一族が、敢えてそれをする利益は特に無いですよね？　輝矢様が動揺されてしまうかもしれない、抗議するかもしれない、といった懸念は確かにありますが、それがあったとしても責任の所在は御二方の所属する組織にありません。四季の里や四季庁の立場が更に苦しくなるだけで、あまり実害がないように思えます。どうして隠したのでしょう」

もっともな指摘だ。瑠璃が腕を組んで口を挟む。

「あの……あたし、お二人の所属されてる組織を悪く言いたいとかじゃないんですけど、こっちの組織から持ちかけられて偉い人とか買収とかされてる可能性ありません……？」

「……君、若いのによくそんな思考に結びつくね」

輝矢は驚いた様子で言う。瑠璃は居心地悪そうに肩をすくめた。

「……春の事件がそうだったんです。賊の【華歳】がお金をばらまきまくって、四季庁だけでなく国家治安機構からも裏切り者を出しました。どうしてそんなことをするのって、あたしは思いました。でも世の中びっくりするほど悪いことをする人は実際に居る。お金を貰った人は何か困ってたのかもしれない。人間、窮地に居たら何でもするって感覚、今なら少しはわかります……。天罰説派の支持者にはお偉方が多いって聞いたし、お偉方が他の団体に圧力や賄賂をしてでも自分達が糾弾されずに済む戦法をとってるなら……ありえなくないって思います……」

すると聞きながら月燈が顔を青ざめ始め、ついには震える手で挙手してから発言した。

「すみません、春の事件に関しては国家治安機構を代表して謝罪を……」

釣られるように月燈の部下も頭を下げだして瑠璃もあやめも慌てる。

「いや、働いてる人全員が悪いとかじゃないよ！　隊長さん達は関係ないんだし！」

「そうですよ、頭上げてください！」

それでもしゅんとした様子の月燈を慰めるように輝矢がぽんと肩を叩く。月燈はおずおずと顔を上げてまた言う。

「……買収があった、とは信じたくないですが……仰る通り、既に春の事件で多くの逮捕者が出ていることはわたしも知っています。これは官公庁、民間、独立機関に限らず……人が集まると、よからぬことを企んだり、欲望に目がくらんで本来持つべき理念を曲げる者はその中に少なからず居ると思うので……その線は絶対に無いとは言えません。照らし合わせた事実を見ると、何かしら交渉や圧力があったと見るべきでしょう。つまり、四季の代行者様方を巡る策略……陰謀に様々な団体の利権が絡んでいると予想されます」

落ち込む月燈に反して、輝矢は自身の組織の腐敗疑惑を冷静に受け止めているようだった。

「俺は自分の組織に愛着ないから、汚職とか普通にあるだろうなって平気で言えるね」

「輝矢様……」

「恥ずかしいことだけどね……長く生きてると色々嫌なことも見てきてるから……」

輝矢はため息をついた。

この話題に関しては予測しか立てられないので一度そこで話は終わった。

次に輝矢達が葉桜姉妹に自分達の事情を説明する。

「そっちって護衛官……じゃなかった、守り人にも権能があるんですか！　うわー、だから突然暗狼が消えちゃって、使役も出来なかったんだ……。じゃあ、動きが止まったのは拘束出来たわけじゃなくて、術者が驚いて幻影も固まっちゃってたのかな……」

瑠璃もあやめも、暗狼の正体が動物ではなく輝矢の元守り人の幻術だと聞かされて驚いた。

「私達の力が足りないわけじゃなかった……。そこは喜ばしい点ね。それにしても……私達と輝矢様、同じ現人神だけど本当に違う存在としか言いようがないわ。とても似ているけれどシステムはまったく違う……というべきかしら。そもそも仕える神が世界構造の別部分を担っている御方なのだから、眷属である私達の能力に差異が出るのは当然のことなのかも……」

食事が終わる頃には情報交換の末に両者、望むこともはっきりしてきた。

黄昏陣営は騒動の発端である暗狼＝巫覡慧剣を捕まえることが最大の目的だ。

それも、出来るなら自分達で確保して、巫覡の一族などの介入なしに慧剣との話し合いが出来る場を作ることを希望していた。輝矢は未だに自分の元守り人に情がある。月燈も渋々ながらもその意を汲み、主の望みを叶えてあげたいと思っている。

これを理解してもらうには、葉桜姉妹にも輝矢の妻と守り人の失踪を話さねばならない。

そもそもの事の始まりを聞いた葉桜姉妹の驚きようは凄まじかった。


「ま、まじで言ってんの？」

特に瑠璃の拒絶反応は一番激しかった。

「え、それってさ……あたしの立場で考えると……護衛官だったあやめがあたしの雷鳥さんとその、なんかそういう感じになって逃げちゃった……かもしれない。そういうことだよね？しかも何故かわからないけどあやめが戻ってきてあたしを攻撃してくる……意味わかんないから捕まえて話を聞きたい。そういうことだよね？」

「ちょっと、私を例に出さないで」

瑠璃の表現の仕方にあやめはげんなりした。

「えーでもあたしが輝矢さまの身になって考えたらそういうことでしょ！」

「そうだけど、例でも私を出さないで」

「輝矢さまの悲しさを理解する為に我が身に置き換えただけじゃん。あやめはあたしで考えてみていいよ。あたしが連理さんとそういう感じになってさ……」

「やめてやめて！　聞きたくないわ！　連理さんそういうことしないもの！」

あやめは想像だけでも嫌なのか瑠璃の肩に拳をぶつけた。

「いたぁい！　ご、ごめんって……そんな怒らなくても……。というかさ……輝矢さま、それ大丈夫ですか？　めちゃくちゃ可哀想だけど……あたしそんなことされたら大和滅ぼすよ。しかも許してるの？　戻ってきてほしいの？　何で何で何で？」

「瑠璃、やめなさい、輝矢様に失礼でしょう！」

当の本人はいたたまれなくなったのか顔を両手で隠して背を丸めた。その姿は哀愁が漂っている。これには警護部隊の者達も黙っていなかった。

「だから輝矢様も怒るべきなんですよ」

「やっぱりおかしいと思いますよね？　夏の代行者様、もっと言ってください」

「輝矢様は可哀想だけどそこが良いんです」

全員好き勝手にばらばらのことを言う。輝矢はこれにも精神的にダメージを受けたのか顔を手で覆いながらうめき声を上げる。月燈がフォローするように部隊のみんなを牽制した。

「やめなさいお前達、繊細な問題なんだから！　輝矢様、すみません……うちの部下が……」

瑠璃もあやめも慌てて謝った。

「ご、ごめーん輝矢さま！　ごめんね……そんなことあったのに毎日夜をくれてたんだね……すごく偉いよ！　尊敬する……！」

「輝矢様、すみません……。本当に、大変なご状況なのにいつも夜をくださってありがとうございます……もうっ瑠璃ったら！　騒ぎ立てて！」

「えー！　あやめも騒いだじゃん！　大きい声出した！」

「私は止める為にそうしたんです！」

「ねぇ、みんな……俺ってそんなに可哀想なやつなの？」

可哀想と言われると、そういう気分になるものだ。しばし輝矢の目が暗澹とした。

だがこれで輝矢達、黄昏陣営の望みははっきりした。後は夏姉妹だ。

彼女達は同じく暗狼事件を解決に導くことを望んでいた。

瑠璃は意気込み、拳を握りながら語る。

「輝矢さま、もしよければあたし達に守り人さんの捜索を手伝わせてもらえませんか？」

葉桜姉妹にとって、ここはなんとしても頷いてもらいたい部分だ。

「今夜は逃しちゃったけど……挽回の機会をください！　あたし達、夏の代行者の権能は虫や鳥、魚、動物まで使役することが可能です。今日、山で儀式を行ったから明日もあたし達が声をかければあらゆる生物が味方してくれます。必要なサポートはいくらでもします。人探しとかにもってこいの権能持ちなんです。絶対にお役に立ってみせますよ！」

瑠璃の言葉は熱意が伝わるものだったが、輝矢は頷かず、至極真っ当な返しをした。

「それはありがたいけど、ご協力いただかなくても俺から暗狼事件は四季の代行者様方とは無関係だという声明は出すよ。現時点で春の代行者様にご迷惑をおかけしてるんだから、これはすぐにでも取り掛かる。……ただ、巫の射手側が四季の代行者側に声明を出すなんて異例の事態だし、うちの一族が俺達にこの案件の情報を下ろさなかったことを鑑みると、一筋縄ではいかないだろう。こちらの意見を通すのに時間がかかるはず……。経過は知らせるから、君達はとりあえず親御さんのところに帰りなさい。お家の人に黙って出てきたと聞いたら尚更だ」

瑠璃はそれではダメだと首を振り、次にあやめが食い下がるように言った。

「声明は出していただけると助かります。春の代行者である花葉雛菊様は私達の友人でもあるんです。苦労された方が更に苦労を強いられるのは見ていられません。……しかし、それと私達が暗狼事件を……夏の代行者が解決に導くというのはまた別問題なのです。ご説明しましたように私達は同時に二名の夏の代行者が存在しているという部分で凶兆扱いされています。そのせいで私も瑠璃も進んでいた婚約が破談になりました。春の代行者様の風評被害も払拭したいのですが、私達も自分達の謂れなき悪評をどうにかしたいのです」

現時点で黄昏の射手から此度の暗狼事件の原因は生態系破壊でも天罰説のせいでもないと否定してもらえれば四季の代行者側の悪評は収まりやすくなる。

だが、瑠璃とあやめへの凶兆扱いを払拭するには足りないのだ。

「その為には活躍の場が必要になります。ですから、ぜひお手伝いさせてください……同行させていただければ必ず御身のお力になる働きをします」

彼女達に必要なのは、『我々は世に泰平を齎す吉兆だ』と言い返せる材料だった。

黙ってやり取りを見ていた月燈が気になった点を口にした。

「あの……素朴な疑問なのですが、四季の代行者様方はそのようにみだりに権能を使ってもよろしいのですか？」

「……良いか悪いかというより、権能を使用するにあたって適した条件の中に居るか、大義名分があるかですね。協力のお許しをいただけた場合、此度は夜と夏の共同戦線となるでしょう」

月燈の部下達はざわめきたった。国防を担う組織に所属し、現人神を守る仕事をしている彼らにとっては『夜と夏の共同戦線』とは胸が高鳴るフレーズなのだろう。月燈はソワソワと興奮し始める部下達をたしなめるように『静かに』と言う。あやめは説明を続けた。

「我々は確かに四季条例に縛られる身ではあります。ただそれは四季の代行者に常識の範囲内で行動せよ、現人神としての立場を、権威を守れ、逸脱した行動をするな、というような名目で作られています。私達が黄昏の射手様に助太刀することは条例違反だと断言出来ません。何故なら、お助けするとしたら山狩りの援助になります。竜宮岳は閉山中ですし、民の目に私達が晒されるということはほとんどありません。輝矢様が国家治安機構の……【豪猪】などに協力要請すれば話は別ですが、彼らは守護対象の守秘義務がありますし……」

まずは一般人からは遠い戦いにあるということをあやめは強調した。

「一番大切なことは……いま、隊長さんの主でありこの国の夜の王である輝矢様はその身を脅かされているということです。精神的にも、肉体的にも。これは相違ありませんよね？」

それは間違いない。輝矢の心身を一番心配しているであろう月燈にとって、現在の状況は由々しき事態だ。月燈はこくりと頷く。

「輝矢様が危険な状態であると念頭において考えてください。相手は神より授かりし『神聖秘匿』の権能を持つ存在。渦中の場所は輝矢様が日参される竜宮岳。敬うべき霊山を荒らす行為をしています。輝矢様の心身も脅かされている。そこに登場したのが私達です。捜索活動にもってこいの能力を持つ夏の代行者が、同じ現人神を救う為に、ひいては大和に平穏な世界を齎す為に尽力する。いわば……世界構造を保つ為の戦いです。賊との戦い然り、構造維持の為に力を使うことは認められています。私達の介入はそんなにおかしいことでしょうか？」

月燈も悩む表情を見せた。

「人智の及ばぬ力が働く事件ですし、夏の代行者様の権能は仰る通り巫覡慧剣の捜索にもってこいなのでおかしいとは言えないのです……。輝矢様の心身の平和を保つことは大和の夜の安定にも繋がりますし。同じ現人神であるお二方がご厚意でこの事件解決にあたる、という部分も客観的に見れば叩かれる要素は見当たりません。ただ……わたしが心配なのはお二人が更に批判されないか、ということなんです。前例もありませんし、個人の目的も付随しています」

鋭い指摘だった。月燈も意地悪で言っているわけではないのだがあやめの声が小さくなる。

「しかし、私達現人神の存在意義は世界の仕組みの維持です。輝矢様をお助けすることは先程ご納得していただけたように正当性があります。乗じて汚名をすすぐ行為をさせてはもらいますけど、それは良い結果が出たらついてくるものですし……」

そこで瑠璃が話の腰を折るように『あっ』と声を上げた。みんなの視線が瑠璃に向く。

「どうしたの、瑠璃」

「……あやめ、撫子ちゃんのことは……？　さっき、そういえばって言ってたやつ」

「あれは……代行者側の問題だもの。私達が竜宮の時だけ現地に護衛に入ればいいのよ」

「でも、早く解決することに関係してるよ」

「そうだけど……」

「何かあった？　お二人共、気になっていることがあるならいま言って欲しい」

輝矢に促され、瑠璃とあやめは顔を見合わせる。

「ええと、暗狼事件に関わることではあるのですが、巫覡の一族側にはあまり関係が……」

「いいから言って、あやめ様。今は腹を割って話す時間だから」

「……では僭越ながら申し上げます。これから、夏が終わると秋が来ます。秋の代行者である祝月撫子様も竜宮岳で季節顕現を行います。霊脈の力を借りないと、代行者自身も神通力の使用で疲労が重なり倒れてしまいますから、竜宮岳付近でやるのは確定事項です……」

輝矢や月燈、警護部隊の面々が『それがどうしたのだろう』という表情を浮かべる。

「その、秋の代行者祝月撫子様は、数ヶ月前に誘拐被害にあったばっかりでして……」

「……春の事件か。概要だけは俺も聞いたよ。秋の代行者様が賊に攫われたのを、春夏秋冬の陣営が協力して奪還したんだろう？」

これは輝矢も月燈達も知っていたのか話が通じるのが早かった。

「はい。全員の努力の甲斐あって救出は出来ました……でも、それですべて解決したわけではないんです。課題はこれからというか……撫子様は賊から暴行も受けていて……本人は気丈に振る舞っていても、色んな痛みや不安を抱えていると思います」

「そうか……お気の毒に……」

「何と言っても、まだ七歳の女の子ですから、私達も心配で……」

「七歳っ⁉」

輝矢が急に素っ頓狂な声を出した。これも初出の情報だったのだろう。その場に居た射手陣営も全員『若いっ』と驚いた。そして葉桜姉妹が言わんとしていることがようやくわかった。

「お若い方なんです。そしてご存知の通り、現人神が神通力を使う際に必要なのは精神の安定です。危険がある場所での儀式はそれに悪影響を齎します。護衛官も気を揉むでしょう」

いまのように未解決の状態が長引けば、その影響は四季の代行者にも及ぶのだ。

輝矢は頭の中でまだ会ったこともない秋の代行者を想像し、沈痛な面持ちになる。

どんな娘を思い浮かべたとしても、実際会えば痛ましさに胸を痛めることになるだろう。

十年前から春の代行者を案じていた輝矢なら尚更だ。

「まだ日はあるので、それほど焦る必要はありません。万が一、暗狼事件が未解決のままだとそうなる、その時は竜宮での顕現時に夏も駆けつけて護衛しようという話をしていただけなんです。……輝矢様が保護したいと仰っているからには守り人も悪い方ではないのでしょうし、何か事情があっていまこうなっていると、私は現状を受けとめています。ですが、まったく瑕疵のない秋からすると、自分達も危害を加えられるのではという懸念は絶対に出るかと……」

輝矢はこれには苦い顔をしながら同意した。

「……そうだね……何も関係ない小さな女の子からしたらそりゃあ怖いだろうね……」

輝矢や月燈、警護部隊の面々は顔を見合わせ、自分達の視野が狭かったことを痛感した。

「輝矢様……言われてみればこちらだけの問題ではありませんでした……」

「うん、竜宮岳は四季の代行者様もご利用される霊山。早期に解決出来なければ……四季の代行者様側にもご迷惑がかかる。おまけに……今日、君達は名乗りを上げていた。恐らく慧剣も君達が何者か把握したから姿を消したんだろう。ただ驚いて消えただけならいいが、変に逆恨みして代行者様方を目の敵にしてたらどうしよう……。あの子……いま正常じゃないみたいだし……あり得ないとは言い切れないんだよな……」

攻撃を受けていた警護部隊の隊員達は輝矢の懸念に大いに同意した。

幻術の攻撃を受けた者は、幸い後遺症は出ていなかった。しかし、それは運が良かっただけだ。暗狼こと巫覡慧剣は明確に攻撃性を持っていた。敵意が代行者に向かないとは限らない。

「立秋までに解決出来ない長期的な問題……にはならないとは思うけど……早期解決が必要なのは確かだね。これは別に代行者様側だけの問題じゃない。こちらも本音を言えばそうだ。早いとこ解決して、うちの隊長さんにごちゃごちゃ言ってきてる国家治安機構の上の奴らを黙らせたい。俺も慧剣を保護したい。民に山を返してあげたい。明日にでも夏の代行者様に協力してもらい山狩りをして慧剣を探したほうがいい。御二方の言う通りではあるんだが……」

次の台詞に瑠璃もあやめも期待を寄せたが、結果は芳しくなかった。

「踏ん切りがつかないな……月燈さんが懸念したように夏の代行者様の手助けを、領域を越えた侵害行為だと捉える者は少なからず現れるだろう。四季と巫覡は例えるなら国家治安機構と消防くらい違うから。結果……君達への凶兆扱いに拍車がかからないだろうか……」

輝矢は沈黙し、考える。頭の中で会議をした。

――かなり慎重になったほうがいい問題だぞ、俺。

正直に言うと困っていた。親元を飛び出してきた娘二人の暴走とも言える行動を、果たして肯定していいものかと思ってしまう。

――まだ保護されるべき若者として見るべきか、あくまで現人神として見るべきか。

しかし葉桜姉妹は普通の人間ではない。

　この大和の夏の代行者で、常識とは外れた世界に生きている。

姉妹の片割れである瑠璃は四季の代行者の中では冬の寒椿狼星に次ぐ在位年数の持ち主だ。

新人が我儘を言っているなどというものではない。長らく大和に貢献してきた現人神が、大きな事件を経て陰謀にかけられ、排他的な枠組みの中で静かに苦しめられている。

　もはや里内の立ち回りでどうにか出来る問題ではないから飛び出してきたのだ。危険を冒してでも行動しないと、彼女達の未来は更に悪くなる。そういう状況なのは間違いない。

──こんな若い子達に負わせる苦労じゃないだろう。

「……」

　輝矢は悩みに悩んだ。

「………」

　瑠璃もあやめも黙って悩んでいる輝矢を辛抱強く待った。やがて輝矢は重い口を開いた。

「…………打開策を出してもいい？」

　最終的には何とかしてやりたいという気持ちのほうが上回った。

　どちらにせよ、自分が守ってやらねばと思う。

「黄昏の射手である俺が、夏の代行者様に頼みに頼み込んで協力にあたってもらったとするのはどうだろうか？　これは俺から始まった事件だ。俺が主導して解決すべきだし、それが一番角が立たない賢いやり方だと思う」

瑠璃とあやめは驚き、喜んだが、すぐに焦りと心配の感情に支配された。

「やった……！　じゃない……！　それだと輝矢さまが困らない？　あたし達のせいで……」

「そうですよ。批判を受けます。私も瑠璃もそれは望んでいません。実際は私達が押しかけてるのに……それだと周囲から持たれる輝矢様の印象も大分変わるでしょうし……」

「そこ、印象だよね」

輝矢は腕を組みながら、その場に居る全員の顔を順番に見ていく。

「夏の代行者様が主導になると、どうしても違う領域に口を挟んでいる感じが出る。いまの御二方の状況的にそれはまずい。でも、偶然出会った俺と夏の代行者様で話し合い、俺から是非にと御二方のお力添えを乞い願ったとしたら……まったく違わない？」

輝矢の時に冷たく、時に優しい声音は全員の耳を傾けさせる。

「だって、これ本を正せばうちの問題なんだよ。なのに代行者様にご迷惑かけてることを知らされないまま俺は過ごしてたわけ。その間にも瑠璃様、あやめ様を含め他の四季の方々は苦痛の中に居た。勇敢にも自分達で暗狼事件を解決しようと御二方がやってきて真実を知らされる。当然、俺はまあひどく心を痛めるし、正直恥ずかしいよね。俺、被害者みたいになってるけどまったくそんなことないし、実際の原因は慧剣だったんだから、身内の恥で胸が苦しいよ。俺は竜宮岳の霊山で夜を招く黄昏の射手として、暗狼事件を早期解決に導くべきだ。だから恥を忍んで夏の代行者様達に協力を要請したとしよう。もちろん民の為でもあるよ。俺の守り人のせいで竜宮神社もいま閉じちゃってるし、知り合いの神主にも本当に申し訳ないし。あそこは観光源で、山登りたい人だっているし。俺が動くのは必然だ。ここ俺の地元だもん」

輝矢が目論んでいる印象操作がどういうものなのか、みんなの頭の中に浮かび始めた。

彼は批判の目を反転させようとしているのだ。

「こういう俺の動きを批判してくるとしたら、巫覡の一族やそちらの里の方々が現人神達同士で勝手にやらないでくださいって言ってくることになると思うけど、でもそんなこと言える立場かな？　当事者の俺に言わなかったから俺がいま恥をかいてるんだが……ってなるよね？　悪いけどそちらの里に対しても俺は苦言を呈したいよ。生態系破壊、天罰説、ぜんぶ『かもしれない』の推論で……まぁよくも若い現人神様達をいじめたもんだなと。そのいじめの出汁に俺の事件が使われてるの、正式に遺憾の意を表したいね。本人の知らないところで大論争を繰り広げてたの、本当に俺のこと馬鹿にしてるし軽んじてるよ。長年大人しく神様やってきたけど最近はもう無理。最悪、『は？　じゃあ空に矢を射たないが？』を発動する。あくまで脅しでだけど……」

段々と、知らされていなかったことに腹が立ってきたのか輝矢の顔にも苛立ちが見える。

「いま言ったような流れで無事に暗狼事件が解決出来れば、俺のお墨付きで此度の夏の代行者様達の働きは吉兆であると言うことも出来るんじゃないかな……？」

輝矢は下手くそな笑顔を瑠璃とあやめに向けてみせた。

瑠璃とあやめの瞳は瞬く間に輝き出した。

「「輝矢様、ありがとうございますっ！」」

二人で同時にお礼を言う。もしそんなことが可能になれば、さすがに夏の里のお偉方も反発出来ないはずだ。相手は夜を司る王。それが四季界隈に実績を伴う声明を出せば、難癖をつけるのは難しい。四季庁も里も、巫覡の一族とわざわざ一悶着起こしたくはないだろう。

手を取り合って喜ぶ葉桜姉妹に輝矢は続けて言う。

「ただし！　この作戦は君達の親御さんにちゃんと事情説明して、承認をいただくことが前提だ！　もちろん俺が先に電話口に出るけど、君達もご両親とちゃんと話しなさい」

双子の瞳から生まれたばかりの輝きが消えた。わかってはいたことだが、両親にこの無謀な冒険をどう言い訳するかという現実が突きつけられて絶望している。輝矢は苦笑した。

「当たり前でしょう。君達まだ親元に居るんだから……。それで、これ一応聞いておきたいんだけどいいかな。御二方は進んでいたご結婚が破談になったということだけど、色々解決出来たら……相手方次第だと思うが再度結婚の話は出るかもしれない。それは大丈夫？」

輝矢は自分の結婚を思い出していた。したかったか、したくなかったかと言われれば、わからないとしか言いようがない結婚だった。周囲にお膳立てされたものだったからだ。

——俺も家族が欲しくて、考えなしに頷いた。

だが想像したような結婚生活にはならず、結局破綻した。

妻だった人にとっては不幸な結婚だった。これから同じ道を歩むかもしれない若人にそんな思いはさせたくない。そう思ったが。

「あ、あたし、すっごく結婚したい！　他の人はやだ！　雷鳥さんがいい！」

「……私は……叶うかわかりませんが、もし出来るのならそれを望んでいます」

瑠璃とあやめの反応は予想とはまったく違うものだった。

二人からは諦めたくないという一心が伝わってくる。輝矢は目をぱちくりと瞬いた。

「そっか」

彼が危惧したような不幸な婚姻ではなかった。それがわかると、輝矢も破顔した。

「そうか……」

他人事だが、嬉しくなった。

この子達の結婚にはちゃんと幸せがあるのだとわかって、俄然協力の気持ちが高まった。

ここで人を妬まないところが、輝矢の良いところだろう。

「なら利害は一致してる。黄昏の射手は夏の代行者様方に捜査のご協力をお願いしたい」

喜ぶ葉桜姉妹。正義感を胸に灯す輝矢。敬愛の気持ちで輝矢と姉妹を見る月燈。

夏と夜の会談はこのようにして一致団結の流れになった。

一方その頃、夏の里を出発した夏の代行者の婚約者達は竜宮岳に居た。

「連理くん、大丈夫ですか？　カメラ設置出来ました？」

葉桜瑠璃の婚約者、君影雷鳥。

「……出来ましたけど」

葉桜あやめの婚約者、老鶯連理。

「確認しますね」

二人は行軍中なのかと問いたくなるほどの大荷物を背負い込んで、夜の山道を歩いている。

彼らの傍には見知らぬ者達が居た。

「若様、いま他のチームから設置完了と連絡が入りました」

統一された黒の戦闘服に身を包んだ集団だ。よくよく見ると、君影家の家紋が入ったバッジが服についている。

「了解、チェックシート代わりにつけといて。そのまま進行指示」

「はいっ」

連理はカメラをチェックしている雷鳥をじっと見る。

「若様ですか……」

連理は揶揄したわけではないのだが、そう感じたのか雷鳥は皮肉げな笑みを浮かべた。

「当主候補は別に居るんですけどね。まあ一応僕は本家なんで。彼らは分家」

「分家の立場からすると、うっとなる光景です……」

「痛いこと言うなぁ……。連理くん、でもね、僕は彼らを無理やり言うこと聞かせてここに引っ張ってきたわけじゃあないんですよ。彼らは自分達の意志で居るんです。【一匹兎角】の端くれとして、【老獪亀】達の暴走を止めるべく一致団結した同志なんですよ。うちの里の【老獪亀】の親玉は里長の松風青藍です。それはね、みんな暗黙の了解でわかってます。長の在り方は里で暮らす者達にも大いなる影響を与えます。政変をするなら本当にいましかないんですよ。枢府の役人を入れ替えてマシな政治をしてもらわにゃ彼らも困るんです。家格が低い家ほど憂き目にあいがちですし……名家の葉桜のご令嬢であり代行者でもあるあの二人が凶兆扱いだなんだと騒ぎ立てられて人生を奪われる姿を見たら、もう【老獪亀】達の気分次第で反感を買った者はいくらでも虐げられる未来が見えてる。そうじゃありませんか？」

「……」

「連理くん？」

「あ、すみません。何というか……俺の知らないところで色んな人が動いていて、それぞれ違う側面を持っているということにまだ頭が追いつけなくて……。雷鳥さんのことだって、つい昨日まではこんなに行動力があって人を率いる存在だって知らなかったし……」

「まあ僕、基本は一匹狼ですからね。変に見えるのは仕方ない」

「それは思ってませんよ」

「そうですか……？」

「はい、雷鳥さん……すごく強引だけど、面倒見が良いし。統率する立場にも納得してます」

雷鳥は何とも言えない嬉しそうな顔をした。

「連理くんも意外と根性あるところ、僕も驚いてますよ……うん、大丈夫そうですね」

雷鳥が確認していたのは、連理が木の上に設置したトレイルカメラだった。

基本的には屋外に置き、リモート操作をする代物だ。主に防犯や動物の観察目的で使用される。一行は、何故かそのトレイルカメラを竜宮岳の至るところに設置しようとしていた。

雷鳥は問題なくトレイルカメラが起動している様子を見ると連理に微笑んだ。

「何度かやる内に慣れてきましたね。あと数十個設置しますから頑張ってください」

「はい……」

連理はまだ釈然としない様子だ。

「連理くん、歯切れが悪い返事だなぁ。まだ何か？」

「……いや、本当にこんなことして良いのかなと」

何のことだ、という顔をする雷鳥に、連理は言う。

「霊験あらたかな御山に無人カメラを配置して……」

「僕は用意周到なタイプですからね」

「恐ろしい暴力行為の準備をみんなでしてる」

「暴力の主体は僕と僕の部隊。君はいわばヒーローを補佐する人材です。ほら、電子機器の前に座って、自分は安全圏から偉そうに指示してくる人いるじゃないですか。あの人。あれが君。比較的安全なポジションですから怖くないですよ」

「俺はいいけど、それ、あらゆるサポーターの人にすごく失礼ですよ……」

「ごめんね。でも事実ですし。そんなに心配なんですか？　困った人だなぁ」

雷鳥が真面目に取り合ってくれないので連理はさすがに苛々した口調になる。

「我が身の心配じゃありません。解決方法がこれでいいのか。それが心配なんですよ。本当にこんなことして良いのか……やるにしても他のやり方があるんじゃないかって……。この場にいる君影一門の人達も無事で帰れるかわからないし……」

それを聞いて雷鳥はため息をついた。

「連理くん……良いか悪いかの倫理観を僕に求めないでくださいよ。もう大人でしょ」

その言葉は連理の心にぐさりと刺さった。

「君、選択肢を与えてくれない家庭で育ったせいか、人に大きな問題を委ねがちですね。そういうの直したほうがいい。もっと自分を持って。やれば出来る男ですよ」

「……自分で卑屈なのはわかってます。でもそれとこれとは問題が違うでしょう」

「わがままだなぁ……」

「いや、我儘とかじゃなくて」

「一応答えてあげますけど、傷つきたくないならやらないほうがいいでしょうね」

その答えに連理は怯む。夜の山の中で佇む雷鳥は、もう覚悟を決めている顔だ。

「でもですね、傷つかずに得られるものなんてほんと薄っぺらいもんです」

それまでは飄々としていた雷鳥も、すっと真面目な態度に変わる。

「僕、結婚を諦めてはいませんが……最悪出来なくても構いません。【老獪亀】をとっちめてやりたいのも、そうしないといつまで経ってもあの娘達が虐げられるからです」

「雷鳥さん……」

「誰かに迷惑かけても、瑠璃とあやめさんの為にここまで出来る人、僕達以外にいます？」

「…………いません」

「僕の説明に納得したからいま一緒に居てくれていると思っているんですけど、違いました？　君言いましたよね、瑠璃とあやめさんを助けたいって」

連理はぐっと声をつまらせた。

「その為なら何でもするのでは？」

黙ったまま頷く。その意志は固いようだ。ただ踏ん切りがつかないのだろう。恐らく、吹っ切れた連理がなお躊躇うほどのことをしようとしているのだ。

思い切りが良い雷鳥は迷う様子がない。

「あのですね、簡単な二択ですよ。世間にとって正しい姿を選ぶか、好きな女の子の為に悪者になるか、どっちかなんですよ。答え決まってると思いますが、どっちなんです？」

問い詰めるように言われ、しかし連理は自分の意志でちゃんと答えを口にした。

「好きな女の子の為なら悪になれます……」

雷鳥は連理の背中を大きく叩いて笑った。

「わかってるんじゃないですか。行きますよ。あの娘達がこの山に再び来る時が決戦です」

力の強い一撃で前につんのめりながらも、連理は雷鳥についていく。雷鳥が動くと彼の部隊も動いた。乱暴な人だなと思いつつ、自分と違って意思が固い彼を羨ましく思った。

雷鳥の広い背中を見てから、何となく後ろを振り返る。すると、夜に包まれた竜宮の景色が見えた。街の明かりは乏しい。すべてが遠くある。連理とあやめはいま同じ島に居るというのに浮き立つ気持ちはなかった。里に居る時と同じだ。いつまで経っても近づけない。

この旅の終わりに望む結果が待っているとは、到底思えなかった。

好きな女の子の為に、してはいけない罪を犯して、そしてその後は？

——あやめちゃん。

最悪、この山で首でも括（くく）るか。そう思いながら連理（れんり）は雷鳥（らいちょう）を追いかけた。

第二章

桜と蝶の哀歌

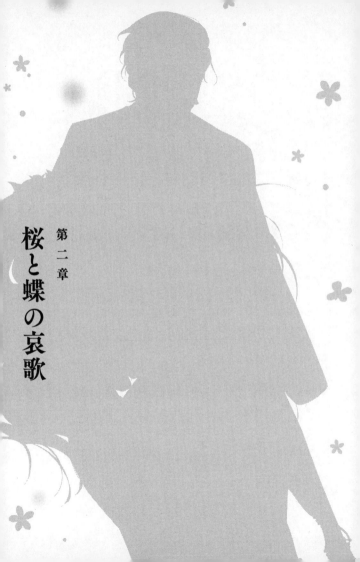

黎明二十年、七月二十三日。午後十時過ぎ。

竜宮屈指のリゾートホテル、要人専門入り口前にタクシーが到着し、人が降りてくる。

春主従、秋主従、冬主従は帝州から大移動をして竜宮の地を踏んでいた。

「雛菊様、もうすぐ休めますからね」

「う、ん。だいじょうぶ、だよ。さくら。雛菊も、お荷物、もつ」

「ひな、俺が持つから大丈夫だよ。凍蝶、さくらの荷物手伝ってやれ」

「わかっている。さくら、そっちも貸しなさい。機材は私が持つ」

「凍蝶、いいよ。私のは……あ、待った」

「どうした？」

「やっぱ持ってくれ。私は阿左美様のほうを手伝う。撫子様を抱き上げているから、バッグとか持ってあげないと……ぬいぐるみ落ちてる！」

「ん……りんどう、ついたの……？」

「ええ、もうすぐベッドで眠れますよ。あ、すみません姫鷹様！　ありがとうございます！」

「あ、さくらさま……まぁすみません。ひろってくださってありがとうございます」

代行者と護衛官、冬の護衛陣と四季庁冬職員は分かれて別の飛行機に搭乗したが、大和の空の港とも言える帝州空港が竜宮空港行きの便数を国内最多保有していたこともあり、時間差なく空港で合流出来た。空港到着時点で時計の針は午後九時を過ぎていた。

最年少の四季の代行者、祝月撫子がうとうとと船を漕いでいたこともあり、行動は終了しホテルに移動。明日から本格的に捜査を開始するという形で決着がついた。

花葉残雪の根回しは懇切丁寧で、帝州空港に一行が辿り着いた時点で残雪の側近である阿星燕が案内人として派遣されていた。

同じく残雪の計らいにより手配されていたホテルに誘導してもらい、現在ホテルロビーにて諸々の手続きを終えた一行は一時解散しようとしている。

この援助がなければそれぞれ全く違うホテルに泊まる羽目になり、警備が大変だっただろう。時間も遅い為、夕食は空港で買った物を各々部屋で食べることになった。

この提案も旅の案内を務める燕から出たものだ。少年従者、阿星燕は終始緊張気味の様子だったが、非常に有能だった。部屋のカードキーを手に入れて解散しようとしている大人達を前にしてハキハキとした様子で喋る。

「それでは皆様、一度お耳をお借りしてよろしいでしょうか」

あまりにも綺麗なまなこで見つめられると自然と言うことを聞いてしまうものだ。

「朝食は六時半から。お渡ししている食事券を必ず会場へお持ちください。翌朝は朝食がお済みの時点で移動が出来るように僕のほうで車を手配しておきます。あいにくと、僕は運転が出来ませんのでナビゲーターのみとなります。何かございましたら僕の部屋に内線をかけていただければ……では、また明日お会いしましょう」

解散の音頭も燕が取ってくれた。まだ幼い少年が大人達をサポートする様は非常に違和感があるのだが、仕事が出来るので誰も口を挟めない。ただ、唯一彼の知己である春の代行者護衛官姫鷹さくらだけは、みんなが解散した後も子どもとしての燕を気にかけるように声をかけた。

「阿星殿、少しいいだろうか」

「はい、姫鷹様」

燕は嬉しそうに返事をしたが、横に雛菊が居るのを見て少し動揺する。彼女は春の代行者。燕にとっては上司である残雪の異母妹だ。そして陰ながら守るべき存在でもあった。

「夜ご飯、買った物を部屋で食べるだろ？　私達は機内食が出たから少し食べたんだが、夜食も買ったんだ。阿星殿は一人部屋だったな。そっちの部屋で一緒に食べよう。雛菊様も良いと言ってくれたし、寝る前に少しだけ話もしよう」

「ええと……」

燕は誘ってもらえた嬉しさはすぐ顔に出たが、『是非とも』という言葉は口から出なかった。残雪は自分の存在を雛菊に隠している。面識がある者達にも口止めをしている状態だ。

よって、残雪の配下である燕は雛菊に極力関わらないほうがいい。

「姫鷹様、僕は……」

言い淀んでいると、さくらがさも何でもないように言った。

「何を気にすることがある。阿星殿は私と同じ慈院の出身。それからやんごとなき身分の方に拾われてお仕えしている仲間じゃないか」

どうやら肝心なことは隠しているようだ。

「雛菊様にもご説明済みだ。私達が里と折り合いが悪い手前、阿星殿の主君も表立ってお姿を出してはくださらないが、春の事件後からずっと支援をしてくださっているのが阿星殿の主だと。我が主は大変感謝しておられる」

真実七割、嘘三割の配分と言ったところか。相手が花葉残雪で、話したこともない妹を気にかけての行為だということ以外は正確な情報なので、文句の付けようがない。雛菊が微笑みながら口を開いた。

「燕、くん」

「は、はい」

「雛菊、いまのおすまい、誰か助けて、くれてる。それは知って、た、けど、誰、かは、知りません、でした。燕くん、の、あるじ様、だったん、ですね」

「はい……」

「嬉しい、です。とても、とても、助かって、ます。雛菊……里で、あんまり、好かれて、ないから……春に……味方、の、ひと、いる、それだけで、すごく、嬉しく、なりました……」

自分で『好かれていない』とわかってそれを口にするあたり、春主従の里での立ち位置がわかるものだ。燕も悲しげな表情になった。

雛菊はそんな燕のことなどお構いなしに、笑顔のまま言う。

「本当に、ありがとう、ござい、ます」

それから深々と頭を下げた。さくらも雛菊に倣い、頭を下げる。

燕はそれを見て悲鳴のような声を上げてしまった。

「お、おやめください御二方！」

「燕くん、にも、感謝、です。きょう、移動から、ぜんぶ、助けて、くれた……」

「当たり前のことです！　僕はみなさんの手足となるべく派遣されたのですし！」

「……優しく、してもらう、こと、あたりまえ、じゃ、ないよ。燕くん、の、あるじ様、にも、雛菊……すごく、すごく、感謝、してますって……つたえて、もらい、たいです……」

「言います！　言います！」

「燕くんと、ごはん、いっしょに、食べたい、な……」

「食べます！　食べます！」

流れるようにお願いされて、燕は自然と要求を呑んでしまった。

『あっ』という表情になる。さくらも雛菊もにこにこと燕を見ている。そして半ば連行するように燕の歩行を促した。

「じゃあ阿星殿の了解も取れたところで、三人でお夜食をいただきましょうか」

「うん、いこ。燕くん、お弁当、なににしたの？」

「え、え、ハンバーグ弁当にしました……。本当に僕もご一緒していいんですか？　僕、そんな身分じゃないんですけど……」

尚も遠慮する燕を、春主従は引っ張っていってしまう。

雛菊とさくらからすると、燕は安心して喋れる郷里の者という位置付けだ。二人にとってそのような存在は初めてのこと。単純に仲良くしたいのだろう。

「……」

仲睦まじい三人の様子を、黙って遠くから見ている者が居た。狼星だ。

彼は名残惜しそうに目を離してから先を歩いている凍蝶に視線を戻した。

頼もしい護衛官の背中が、いつもよりどこか寂しく感じられるのはきっと勘違いではない。

「凍蝶、お前大丈夫か？」

「何がだ……？」

返ってきた声も、普段の数倍疲れた声音をしていた。

「お前、どっか具合悪いだろう」

った。
狼星が自分も春主従と一緒に夕食を食べたい、と言わずに凍蝶の方へ行ったのには理由があった。

——こいつ、本当にどうしたんだ？

凍蝶がずっと心此処にあらずな様子なのだ。狼星は彼の異変をプライベートジェットに搭乗した時から気づいていた。あまり二人きりになる時間が無かったので、尋ねることが出来ず、ようやく問い詰めることが可能になった、という形だ。

「……別に体調は悪くない。ほら、お前の部屋だぞ。私は隣だから何かあれば言いなさい」

監視カメラの設置をして部屋の案内が終わると、凍蝶はさっさと自分があてがわれた部屋に入ってしまう。狼星は当然のように後ろについていった。バタン、と扉が閉まる。

「……」

「……」

何故か自分の部屋に主が居ることに気づいた凍蝶は、深くため息を吐いた。しかし冷たく追い返すことはせず、荷物を置くと狼星にまた向き合う。そして優しく声をかけた。

「何だ？　雛菊様か？　一緒にご飯を食べたいならさっき言えば良かったのに……わかった、今から部屋に行こう。さくらも呆れるだろうが許してくれるはずだ。弁当を持ったか？」

凍蝶の反応に狼星は無性に腹が立った。

「誰がそんなこと言った！　違う、俺はお前を心配してるんだよ！」

怒りをぶつけられた当の本人は驚いて目を瞬いている。

「私を……？　だが具合は悪くないと言っているだろう」

「嘘つくな！　俺にはわかるぞ。お前は絶対どこか具合が悪い！　他の季節も居るから言い出せなかったというなら明日は休むなり病院に行くなりしろ。このタイミングならそれが可能だ。動いた結果どうなったかくらい、俺が伝達してやる。いいか、病を放置するな！」

「狼星……」

「お前は俺の為にも長生きせねばならんくせにっ。言っておくが嘘は通用しないぞ」

「嘘じゃない。本当に身体は問題ないんだ……。気遣ってもらって申し訳ないが……そんなにひどい顔をしているか？　しいて言うなら気苦労ぐらいだが……」

凍蝶は部屋の寝台に腰掛けた。自然とまたため息が漏れている。

疲れているのは間違いないだろう。大人数の移動。守るべき存在が増えた此度の旅は護衛官にとって気苦労があるのは確かだ。しかし四季の代行者護衛官の中でも最もベテランである凍蝶にとって、今日こなした日程はそれほど大変な護衛任務でもないはず。この男がポーカーフェイスを保ちつつも隠しきれない『痛み』を滲ませているとしたら、その理由は限られてくる。

「……何だ、本当に違うのか。でもお前、旅程がきつくてそうなってるわけじゃないよな？」

「……」

「夏バテか？　それとも、お前が悩んでるというなら、俺かひなか……さくらのことか？」

『さくら』という名前が発せられた時に、狼星だからわかる程度の反応を凍蝶は見せた。

「さくらか。あいつがどうした？　そう言えば、阿左美殿とさくらと……お前達護衛官組で何やら話していたな？」

「……」

「あいつも様子がおかしかった。何か問題が起きてるのか？　それなのに何故俺に共有しない。お前は俺を守る立場だから敢えて知らせないことがあるのはわかっている。だが、そのお前の様子がおかしくなるほどのことなら俺に言うべきだ。判断を仰げ。そうじゃないか？」

「……偶に主らしいことを言うな、お前は」

「失礼なやつだな、俺はいつもお前の主だろうが」

凍蝶は無言のまま、部屋の中の椅子を指差した。座れと言うように。

狼星は大人しく従い、椅子に腰掛ける。

「内密に頼む。特に雛菊様には絶対に知らせるな」

そうして凍蝶が話し始めたことは、狼星の予想を大きく裏切る内容だった。

「さくらが残雪殿に求婚された上に、その申し出を受けようとしている……？」

狼星はひどく混乱している、とまではいかないが、かなりの動揺を見せた。

「いやだってあいつは……」

――さくらは凍蝶が好きなはずだろう？

再会前から、再会してからも、狼星の目にはさくらが凍蝶を追いかけているように見えた。

その想いは狼星が雛菊へ抱いているものと変わらない、と彼は感じている。

想い人がいるのに、他の相手からの求婚を受けるその心とは。

「どうも、あの娘は雛菊様の為にそうしたほうが良いと考えているようなんだ……」

理由を言われて狼星は合点がいった。

「あれか、自分の立ち位置を盤石にしたいが為か？」

「……どうしてすぐわかった」

驚いた様子の凍蝶に、狼星は苦い顔をしながら言う。

「遊園地でちょっとな……色々聞いた」

狼星は少し寂しそうにしていたさくらの横顔を思い出しながら話した。

「あいつ、いま悩むことが多いみたいなんだ。でもそれは全部ひなに関することなんだが……」

凍蝶は少し呆れ気味に言う。

「あの娘らしい……」

「本当にな……さくらは二度、春の里から追い出されてるだろう？」

「ああ」

「姫鷹一門からの保護も期待出来ないし、里長は呼び戻したくせに追い出した実行犯だ。今後も何か理由を見つけてひなの傍からさくらを外して、もっと操作しやすい護衛官をひなの隣に置くことを願うかもしれない。さくらはそれを警戒しているみたいだ。里とは春の事件で更に亀裂が入っているからな」

凍蝶は沈痛な面持ちになる。彼がいくらさくらを気にかけたとしても、出来ることは限られている。特にそれが、別の里で行使される権力が関わるものだというのなら尚更だ。

「残雪殿も恐らく、里のそうした空気を感じているんだろう。だから申し出をしたんじゃなかろうか」

「……」

「里長にとってさくらは邪魔な存在だが、【一匹兎角】に所属もしていてお偉方を憎んでいる残雪殿からすると、欲しい人材のはずだ。特にひなの傍に置いておきたいだろう。里長の息がかかってない者が護衛官のほうがいい。あいつの忠誠心は本物だからな」

凍蝶はそれを聞いて不快感を露わにした。

「だからと言って、さくらに利益の為に結婚しろと？」

凍蝶の物言いに狼星は苦言を呈する。

「……あのな、俺は理解を示したわけじゃない。ただ情報を開示して推測しただけだ」

狼星はそこを履き違えるなよ、と凍蝶に指をさす。凍蝶は立ち上がって狼星の前まで近づき、その指を握って降ろさせた。彼の瞳には怒りが灯っていた。ただそれは狼星に向けられているわけではなく、起きている事象全体に向けての怒りだった。

少し冷ややかな声で凍蝶は言う。

「確かに合理的だ。花葉のご令息の妻の地位を手に入れれば今よりは里と連携が取りやすくなるだろう。里長も牽制出来る。それで、結婚した後は？」

その先までは考えていなかった狼星は押し黙る。

「姑は雛菊様を殺そうとした元、白藤家のご令嬢。現、花葉春月の正妻になる。噂ではずっと療養させられているらしいが、いつ復帰するともわからん。そうなると花葉のご令息がひどい家庭環境だったとご自分で言うほどの魔窟に嫁がせることになるだろう。波乱が目に見えている。そもそも自分を追い出した里長が親戚になるんだぞ？　本当に良縁と言えるのか？」

「それは……」

「今は里と折り合いが良くないからこそ付き合いが薄く済んでいるんだ。現在の状況は悪いだけではない。……二人が本当に愛し合っているなら悪感情を孕む親戚づきあいも耐えられるだろうが、そうではないだろう？　雛菊様の為に自分を殺すことになるのが目に見えている……」

凍蝶は苦しげと言えるほどの表情で最後に言った。

「何故、誰も彼も利益ばかり見て……あの娘の人生を見てやらない」

彼はどこまでも、春の娘の幸せしか考えていない。

「あの娘なら大丈夫だと言うのか？」

他の者が気づかなかったところまで推測して言うのは、彼が優しいからだという理由だけではは片付けられない。

「さくらは特別心が強いわけではないぞ！」

凍蝶にとって姫鷹さくらという娘は人生の中で大きな位置を占めている。

十年前初めて出会い、師弟関係を結び、穏やかな時間を過ごした後に雛菊誘拐事件が起きた。

里の門を泣きながら叩いている彼女を保護し大切に守ってきた。

凍蝶自身、さくらの存在に支えられる日々を送った。

やがてすれ違いから喪失した。

喪失して初めて、どれほど愛情をかけて見ていたか再認識した。

その彼女が今年の春ようやく戻ってきてくれた。

ただの同僚、疎遠だった弟子ではない。

「あの娘は、雛菊様が好きだから強くあろうとしているだけだ」

さくらの人生は凍蝶の人生の一部でもあるのだ。

「……凍蝶」

狼星は凍蝶の激情を黙って受け止めてやっていたが、次の台詞は許容出来なかった。

「強くなったのも、虚勢をはるのも、自分の為じゃない。犠牲に近い献身だ」

狼星の心を刺した。それだけは、言って欲しくなかった。

「凍蝶」

咎める声を凍蝶は聞かない。自制心の塊のような男がこうなってしまうのだから、今回のことが相当彼の胸に重くのしかかっているのがわかる。

「私はもう……さくらが何かに押し潰されるのは見ていられない……あんなに苦労してきたのに、まだ苦労させるのか？　花葉のご令息も自分のことしか考えていないっ……」

その場にまるで残雪が居るかのように糾弾の声を上げる。だが目の前に居るのは狼星だ。

「さくらを想うなら求婚なんてけして出来ないはずだっ！」

「……凍蝶！」

狼星はそこで声を張り上げた。凍蝶は驚いて言葉が止まる。

「狼星……？」

「雛菊を悪く言うな！」

狼星に怒鳴られてから、凍蝶はハッとして後悔を顔に滲ませた。

「雛菊は……ひなは為りたくて代行者に為ったわけじゃないっ！　好きでさくらを犠牲にしてるわけじゃない‼」

その怒声は、ある種狼星の悲鳴も入っていた。凍蝶はようやく自分の過失に気づく。
激しく感情をぶつけてしまった相手は彼の守るべき存在だった。

「……狼星、私は……そんなつもりでは……」

狼星が悲しげに睨んでいる。四季の代行者と護衛官は一蓮托生。さくらを語ると雛菊という存在は必ず話についてくるものだ。狼星が受け取ったような意図は凍蝶には無かった。

「……いや、違うな。今のは私が悪かった……すまない……」

凍蝶は悔いるようにうつむく。狼星はというと、非常に後味悪い気持ちになっていた。
苦虫を噛み潰したような顔をしながら胸中で自分の方を責める。

——馬鹿、俺。今こいつに言うべき台詞じゃないだろ。

カッとなって言わなくていいことまで口にしてしまった。狼星の行動は本末転倒だ。
元々は、凍蝶の心身を案じてこの会話が始まった。自身の護衛官がここまで苦しんでいるのは狼星の友人でもあるさくらを想うが故。ここで凍蝶を苦しめては、気にかけて声をかけた自分の行為自体を台無しにしている。

——それに、凍蝶は何も間違ったことを言ってない。

護衛官が代行者の為に人生を犠牲にしているということは、周知の事実だ。
彼らは代行者の為に人生を捧げる。そういう役目なのだ。

——だからこそ嫌だと思ってしまった。

狼星は自分が凍蝶を犠牲にして生きていることをちゃんとわかっている。

――俺は一生懸けても、お前に守られている恩を返せない。

自分が神様でなければ彼にそんなことを強いる必要はなかったのに。

――俺が神でなければ。

だが、大和の「冬」は狼星しか居ないのだ。それ故苦しむ。


『どうしてお前がそれを言うんだ』

『一番間近で苦しんでいる姿を見ているくせに』

『お前が俺を神に仕立て上げたのに』


従者を犠牲にしている罪を自覚しているからこそ、そう思ってしまうのだ。

「狼星、悪かった……」

どう謝ればいいか迷っている内に、凍蝶がまた謝罪の言葉を重ねた。

「……凍蝶、俺とてわかってる」

狼星はようやく反省の色が滲む言葉を発した。うつむいていた凍蝶は狼星を見る。

「……お前がひなをそんな風に思ってないことくらい、わかってる……。ただ、お前の口から聞きたくなかったんだ」

「……狼星」

珍しく狼星は弱気の顔を見せた。

「お前達護衛官が、俺達代行者の犠牲になってることなんて、わかってるよ。でも、俺はもうお前を手放せないし、お前も俺から離れないだろう……？」

傲慢にも聞こえる問いかけだが、狼星は真剣に言っていた。

「ああ……」

凍蝶の心が歓喜した。主が確信を持ってそう言ってくれたことが嬉しかった。

護衛官としての性だ。

「どうしようもなくなってるのに、お互い泥沼なのに……変えられないことを言われたくなかったんだ……それともお前、俺から離れるか？」

呪いとも言えるこの関係は、ただ舞台装置として、愛が働いているのかもしれない。

誰かによって作られた感情とも言える。その可能性は捨てきれない。

「馬鹿を言え、狼星。最後まで私を使い、死んだらお前が葬儀しろ」

けれども、それで良いと言えるのが神と人との主従関係だった。

凍蝶の返事は、ともすれば狼星を傷つけるものだったが、彼はその言葉を受け止めた。

「…………わかった」

狼星が頷くと、凍蝶も頷いた。

「この件については、もう私の謝罪で終わらせたい。さくらは……私にとって、他人だからと放っておける存在ではない……言い訳になるが、心配のあまり頭に血が上っていた」

「あいつが心配なのは俺も同じだ……」

二人はそれからしばらく黙っていたが、やがて狼星が『座れよ』と声をかけた。凍蝶が疲れた顔でまた寝台に腰掛ける。そしてぽつりとつぶやく。

「……随分話が逸れてしまったな。とりあえず、みっともないところを見せたが、あの娘が何かおかしいことに巻き込まれないか注視していきたい……お前も心に留めておいてくれるか？」

狼星も気を取り直して言う。

「留めるだけで済ませられるか。対策が必要だ」

凍蝶は戸惑いの表情を浮かべた。

「対策とはなんだ……外野の私達がどうにか出来る問題ではないぞ」

「何だ。凍蝶、お前静観するつもりなのか」

「いや……静観というか……里が違うんだ。口の出しようがないだろう。冬の里内で起きたことならさっさと処理していた」

「他の里だと諦めるのか？　お前にとってその程度なのか？」

「……狼星」

責めるように言われて、凍蝶は胸がずしりと重くなる。

「私とてさくらが不幸になるのを見ていたくない。だが、私は寒月の息子として寒椿の息子であるお前をまず尊重せねばならない。そういう立場なんだ」

「……そりゃ、悪かったよ」

これは凍蝶が及び腰というよりかは、彼が常識人故の選択だろう。

他者の婚姻問題、それも違う里の結婚に口出しするなど越権行為に他ならない。軽率にすれば、主である狼星にも迷惑がかかる。だからこそ一人で思い悩んでいたのだ。

「そうだな、確かに簡単に口出しはできん。しかも……俺が見たところ、残雪殿はさくらを憎からず思っているところが多少はあると思う。お前も感じなかったか？」

「それは……」

あまり認めたくないのか、凍蝶の返事は歯切れが悪い。

「やっぱりお前もそう思ったか。俺達の知らない時間で育んだ情が二人の間にはあるように思う。さくらも残雪殿の人柄は気に入っている様子だ」

「……」

凍蝶は沈黙してしまう。

「案外仲良くやるかもな？　それなら応援してやるほうが良いかもしれん。なあ、どう思う？」

ポーカーフェイスがうまいはずの彼は、心臓を撃たれたような顔をした。

それを見て狼星は心の中でつぶやく。

——悪いな、凍蝶。

最愛の人の子に意地悪を言っている。そういう自覚は狼星にもあった。

いま言っていることは全くもって狼星の本心ではない。

——俺はお前の最大の味方でもあるが、さくらの味方でもあるんだ。

この問題を少しでも良い方向に持っていく為に嘘をついていた。狼星はこの時点で誰が何を言おうとさくらと残雪の婚姻に介入することを決めていた。

——あいつはお前が好きなんだぞ。

さくらは残雪を人間として好いてはいるが、その感情はあくまで親愛の範囲内だ。

恋をしているさくらの瞳を狼星は知っている。

残雪に対してそれはなかった。

——みすみす不幸になんてさせるものか。

ただ凍蝶を焚き付けたくて、するはずもない応援の話をしているだけだ。

どうしてそこまで憤るのか、ということを狼星は凍蝶自身に考えて欲しかった。

——凍蝶、お前、本当にさくらのことどう思ってるんだ？

その感情がただの師弟愛なのか、それとも違うものになってきているのか。

——いくら大切でも、こんなに怒るのは他に理由があると、俺が思いたい。

無自覚で愛しているなら、気づいて欲しい。

寒月凍蝶は姫鷹さくらをどう思っているのか。これは主である狼星からしても謎だった。凍蝶がさくらを大切に想っているのは見ていたらわかることだが、彼が元々誰に対しても保護者的な振る舞いをすることもあり恋慕には見えない。

しかし、さくらに限ってはそれは師弟関係を超えているのでは、というような愛情深さを出すことは多々ある。今日の一連の発言もそうだ。悪い言い方をすれば、相手が勘違いしてしまうような思わせぶりな行動をしている。好きなものは好き、嫌いなものは嫌い、とはっきりしてる狼星からすると、まったく意味がわからなかった。『好きじゃないなら勘違いさせるような行為をするなよ、さくらに不誠実だろうが』と言いたいのだが。

——如何せん、こいつが誠実さの塊のような男だから困る。

凍蝶は十年前の事件のせいで、ずっと狼星第一の生活をしてきた。

彼の私生活をすべて把握しているわけではないが、一緒に暮らしている狼星の所感としては、色恋沙汰からは遠い生活を送っているように思える。もっと若い頃にはそういう事があったとしても、現在は恋愛の仕方すら忘れている可能性は高い。

おまけに相手が罪悪感を抱いているさくらともなれば、彼女に何か感じるものがあっても自然と気持ちを封印してしまっていてもおかしくはない、と狼星は現時点で推測していた。

その場合、下手に何か言って、話がこじれ、さくらへの気持ちを変に閉ざされてしまったら取り返しがつかない。発言は慎重にすべきだった。

——多分、いまは凍蝶とさくらの人生の分岐点だ。

二人の関係が恋になるか、ならないか。

狼星は、自分の恋を応援すると言ってくれた友人への感謝をけして忘れていなかった。

「凍蝶、おい、黙るなよ」

段々と、凍蝶は焦燥を露わにしてきた。

「……待て。いま、考えている」

「そうか。まあすぐに返事をしなくてもいいということだし、さくらも明日明後日に求婚を受け入れることはないだろう。あいつのことだ。きっとかなり悩むはず」

「……」

「ではしばらく見守るとして、さくらがやはりこの結婚は嫌だとなった時に、守ってやる手を備えておくべきだ。そういう対策は必要じゃないか？」

これには凍蝶も同意した。

「そう……だな……春の里に対して喧嘩を売るようなものでなければ……」

「よし。ならいっそのこと、さくらを養子にするか？」

狼星は安心させたところで特大の爆弾を投げつけた。

「は？」

凍蝶は彼らしからぬ声を出した。

「あいつは春の里の娘でもあるが、俺達が保護した冬の娘でもある。残雪殿も含めてだが、春はそこがよくわかっておらん。春の里が追い出して俺達が引き取ったんだ。その経緯を踏まえれば俺とお前には軽率に文句が言えんぞ」

　こういう時の狼星はひどく頭が冴える。どんどん言葉が出てきた。

「春の里の者達に知らしめてやるべきなのかもしれんな。『あれは我々の娘だ。お前達如きが適当に扱える女だと思うなよ』と。その為には寒月か寒椿の姓に入れてやるのが一番よかろう」

「狼星……それは……」

「そういう話は前にも出ていただろう？　あいつが冬の里から出ていったから立ち消えたが、今からでもそうしたっていい。俺とお前、どちらかが生きている間はそれで保護出来る。春の里と言えど、追い出した娘を預かり守っていた冬の里の寒椿家と寒月家には中々手が出せないはずだ。あいつが不憫な目に遭ったら、身内として抗議出来る。お前が思い悩んでるんだから寒月家の養子でもいいぞ」

「……」

　良い提案のはずだが、凍蝶は戸惑っている。

「あの娘は、きっと頷かない……」

「だから逃げ道だと言っているだろう。さくらが困った時、そういう提案をするのも良いんじゃないかという話だ」

「しかし……」

「残雪殿はさくらの立場からすると非常に断りにくい相手だ。支援もしてもらっているし、ひなの兄上ということで何をしても角が立つ。だが春の事件後にあいつを保護していた俺達が身元を引き受けるというなら、それを理由に話を遠慮することも出来るだろう。あいつに負担が少ない断り方じゃないか？　護衛官という地位の盤石化もこちらで可能だ。実現すれば、少なくとも花葉家はこちらの機嫌をうかがうようになるはずだからな。他の里の家にでかい顔を出来ないのはあっちも同じだ。その上、こちらは季節の最上位の冬。家格は花葉に負けてない。何より……俺達の手の内なら、さくらも残雪殿の傍より気兼ねすることがない」

狼星は、心の中で凍蝶に謝りながらも言った。

「だからお前……さくらと兄妹になったたって何も問題ないよな？」

頑なに、外野を決め込むならそうなると追い詰めた。凍蝶は絶句している。

——考えろよ凍蝶。

「元々、兄妹みたいなもんだろう」

何故、そこで『そうだな』と即答出来ないのか。

「何だ、嫌なのか」

何故、守りたいのに遠くでしか見守れないのか。

——考えろ、凍蝶。

色んなことを切り捨てることが出来る男がここまで一人の娘に拘っている。

「嫌というわけでは……私はさくらが申し出に頷くとは到底思えないと……」

ただの保護者なら今そんなにも、苦しげな顔はしないはず。

「あいつはひなの為なら何でもやる女だから、話し方次第だと思うぞ。だから残雪殿の申し出に迷ってるんだろう。先にこっちが養子の話をしてたら同じように迷ったんじゃないのか？」

「……」

「残雪殿には悪いが、俺達のほうが安心度は高い。ひなはお前のことを『凍蝶お兄さま』と言うくらい慕っているし……よく知らない兄に嫁がれるより、お前の妹として守られるほうを望むんじゃないか？　そこらへんはさくらも認めるだろう。もちろん、寒椿の娘にしても構わない。凍蝶、話し方次第なんだよ」

「そうかもしれんが……」

「ただ、これはあくまで対策だからこの提案は今は隠しとけ。いよいよこれは結婚に舵取りするようだ、という時に言え」

凍蝶はまだ踏ん切りがつかない様子だったが、頷いた。

「……わかった」

――真剣に考えろよ、凍蝶。

狼星は祈りを込めてそう思う。

「なぁ凍蝶、何にせよ俺はお前に……さくらの味方でいて欲しい」

冬のように冷ややかで、それでいて雪のように美しい狼星の瞳が凍蝶を貫く。

「さくらは俺の友人だ。尚且、命の恩人でもある。冬の里の襲撃時には俺の代わりに賊に撃たれた。自殺する度に助けてもくれたな。首を吊った時は、足を持ち上げてくれたっけ。ほんと……あいつは奇特なやつだ。俺はな……姫鷹さくらに関しては持ち得る力をいくら使っても守るつもりでいる。あいつは俺にとってそうすべき女なんだ。それだけの恩がある。主の俺がそう言っている。従者のお前もそう思え」

あまりにも重い言葉だった。狼星と凍蝶とさくらが暮らした五年間。さくらがただ保護されていただけではなく、二人にとっても支えだったというのがよくわかる。

「ひとまず、君命を下す。師としてではなく、寒月凍蝶個人として、さくらと腹を割って話してこい。残雪殿に掻っ攫われる前にな」

敢えて君命という言葉を使ったのは、彼の罪悪感を消すためだった。

不動の彼をどうにかするなら、狼星が行けと言うのが一番良い。

「……御意」

凍蝶はそれまでの迷いを封じて臣下らしく答えた。

暗狼（あんろう）と黄昏（たそがれ）の騒動と並行して、また桜と蝶（ちょう）の物語が動き始めた。

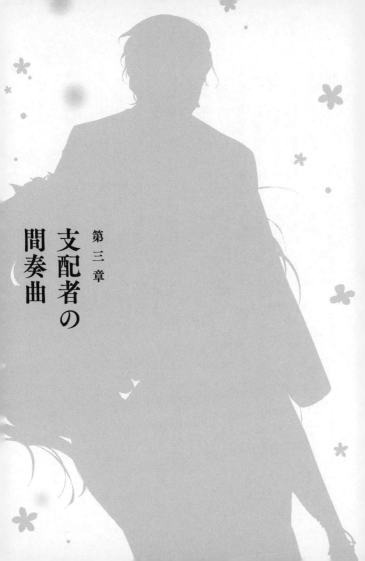

第三章
支配者の間奏曲

黎明二十年、七月二十四日、未明。夏の里。

現人神達がそれぞれ複雑な事情を抱えたまま眠りにつく頃。

夏の里の里長、松風青藍は自身の邸宅で珈琲を飲みながらまだ就寝せずにいた。

気がかりなことでもあるのか寝支度をする様子はない。

間もなく夜が明けようとしているのに、長椅子に腰掛けてただじっとしている。珈琲カップが空になると、部屋の間接照明を眺めてから、ふと窓際のカーテンを開けて外を見た。

「……」

――もうすぐ朝か。

これから夜空は朝焼けに彩られる。暁の射手が今日も役目を果たすからだ。

青藍の立場なら世の為に奉仕する現人神に思いを馳せ、感謝の念を抱くべきだったが、彼は微塵もそんな感情を持ち合わせていなかった。現人神は世界の装置。機能して当たり前。当然のことを有難がるなど愚の骨頂。それが青藍の考えだ。

――夏の代行者達を今日中に殺せるだろうか。

良心の呵責もなくそう思う。青藍にとって現人神は自分より格下の存在だった。いくらでも代わりが利く人形。雨乞の為の生贄。大きな仕組みの中の小さな歯車。

つまるところ、情を持って接するに値しない道具だ。こうした考えの層は一定数存在する。

残酷な思考だが、現人神というシステムの側面でもあるからだ。

現人神にしろ民間人にしろ、大いなる才能、力を持つ者の周囲には人が集まる。

その力を崇拝する者達によって献金や事業が発生し、一つの経済圏となる。

古くから脈々と受け継がれてきた経済圏は、今では国家機関と並び立つ独立機関となった。

四季の里や四季庁、巫覡の一族など現人神達を管理する側も大いなる権威を有したのだ。

現人神側ではなく、管理する側が権力を強くした理由は何故か。

それは、現人神が幼い時に神として覚醒することに起因していた。

幼き者とは、兎角、搾取されやすい。

まだ知見が乏しい子どもに責任や重圧を説き、家族を人質にとって掌握することはそう難しいことではない。本人が納得せずとも周りがそうさせる。

その過程で現人神の地位は下がり、囲う者達の支配力は増長した。

ある種の傀儡国家を築き上げてきたのは青藍やその父母、そのまた父母、祖先の者達だ。

彼らのたゆまぬ努力の結果、特権階級は出来上がった。こうした者達が今や【老獪亀】と呼ばれている。そしてその支配構造と特権階級による政治を批判する者こそ【一匹兎角】だ。

青藍は【一匹兎角】に敵対心を持っていた。この経済圏の中で生かされている癖に権力者に不満を言う【一匹兎角】達は恥を知るべきだと。

——誰のおかげでいまの生活があると思っている。

彼には支配者の末裔(まつえい)としての誇りがあった。

——生贄(いけにえ)に同情してどうする。食卓に上がった魚に同情するのと同じだ。馬鹿らしい。

振り返っても、青藍(せいらん)の人生に現人神(あらひとがみ)への敬愛はない。

青藍(せいらん)は夏の里の名家、松風(まつかぜ)一門の本家長子として生まれた。

母親が二度の流産を経て産んだ待望の子どもだった。

子孫繁栄を奨励される血族。おまけに跡継ぎが必要とされる家柄に嫁いだ母親の責任はかなり重いものだっただろう。

それもあってか、青藍(せいらん)は正に目に入れても痛くないと言われるほど可愛(かわい)がられて育った。

何もかも足りている子ども時代を過ごしたと言える。

青藍(せいらん)は夏の里長(さとおさ)になる前から、かしずかれる立場にあった。

『貴方(あなた)は何もしなくて良いのよ、ただ元気でいてね』

欲しい物があれば、何でも手に入った。

やっと生まれてきた子どもに苦労をさせたくない。健やかに、幸せに育って欲しいという母親の願いの現れだ。

甲斐あって、青藍は少々食が細いくらいで他は健康な身体を持つことが出来た。

苦労を知らない、というのは別に悪いことではない。幸せなことだ。愛されて育ったことは青藍に自信と自己肯定感を与えてくれた。

あまり良くなかったのは、母からの溺愛が青藍の人格形成に於いて、自分が他者から『奉仕されるべき存在』であると勘違いさせたことだった。

青藍が上で、他は下。青藍が言えば他が動く。汗水垂らして働くということは他がすべきことで、自分は違うという意識がはっきりとあった。

母親に向けてもその意識が働いた。愛という原動力で為されている奉仕が、相手が自分を敬う立場の人間だからという認識で処理された。

青藍はそのような特権意識を少なからず持つ人間となった。

幼少期に傲慢な思考になることはそう珍しくない。

成長過程で何かしら失敗を経験し、打ち砕かれる幻想だったのなら特に問題はなかったのだが、青藍の他者を見下す性格は第三者によって更に強固となっていった。

青藍の人生に影響を与えたのは、愛してくれた母ではなく、無関心な父だった。

母と違って、父は青藍にあまり興味がなかった。

青藍だけではなく、家のことに興味がなかった。青藍の父の興味は夏の里の枢府内の権力闘争に向けられており、それが彼の最大の関心事で、他は些事だった。

誰にでも歴史がある。青藍の父にも物語があった。

青藍の父のそのまた父、つまり青藍の祖父は夏の里の里長職を担っていたが、青藍の父はその椅子に座る機会を得られずに居た。里長の任命方法は里によって違うが、夏の里は先代から次代の者にまず推薦があり、それと同時に夏枢府内で同じく推薦合戦が行われる。

青藍の父は祖父に推薦されたにも拘わらずその椅子取りゲームに負けてしまい、以来ずっと支配欲と自己顕示欲を持て余し、くすぶっていた。里を良くしたい、と人前では言っていたが、実際のところはただ里長の椅子が欲しいだけだった。

里長の任期は人それぞれだが、長い者は数十年もその席に居続ける。業務が多岐に渡るので引き継ぎが困難なのと、その席に座りながら他のお偉方を御することが出来る人材は重宝されるので自然と引き留められる形になるからだ。

青藍の父は次の権力闘争にも、その次の権力闘争にも負けた。

何度も負けると、他の人間もこの人には無理だろう、という風潮になる。

そうした評価は肌で感じるものだ。青藍の父はある日、問題をすり替えることにした。

自分の代では里長になることが出来ない。だが、自分の息子が里長となれば、それは自分が成し遂げた夢と言えるのでは。そう、天啓が降りた。

王様のように家の中で振る舞って生きていた青藍の子ども時代はそこで終わった。

青藍が八歳になるかならないかくらいの頃、今まで『おはよう』も『おやすみ』も言ってくれなかった父親が急に青藍に話しかけるようになった。

なった、とは言っても親子の会話とは程遠く、いかにこの未発達な生き物を自分の思い通りに調教するかという観点で行われる教育に過ぎなかった。

人間、何故か自分を見てくれる相手より、自分を否定する相手のほうが気になってしまうものだ。百の褒め言葉より一の侮辱のほうが目について仕方がない。

青藍は父親からの関心を得ることに夢中になった。

期待に応えられる優秀さも兼ね揃えていた。

もっと勉強しよう。父がこちらを見てくれるから。

もっと振る舞いに気をつけよう。父を模倣するのだ。

もっと他者を使うことを覚えよう。いつか自分は里長になる。

自分が父親の写しとして利用されていることは薄っすら気づいていたが、それでも良かった。

『青藍、きっと里長になった姿を見せてくれるな？』

父の願いを叶えてあげたいと、彼も純粋に思っていたのだ。

しかし、残念なことに青藍の父親は彼が里長になる前に亡くなった。

死の間際まで、青藍に言い続けた。

『お前が里長になる姿を見たかった』

『墓前に報告してくれ』

『お前の晴れ姿を見るまで死んでも死にきれん』

青藍は呪いをかけられた。母親は何度も息子にそんな期待をかけないで、好きに生きさせてやってと呪いを拒もうとしたが、無駄だった。

『はい、お父さん』

彼は進んで親から子にかけられる呪いを浴びた。

母親の言葉は青藍には響かなかった。自分を否定していた父の言葉だけが青藍に響いた。

彼の完璧な世界で、父親だけが完璧ではなかった。父親も自分を見てくれたらどれだけ心が満たされることだろう。それが道具扱いだとしても良い。

『必ず、里長になって墓前に報告します』

少し歪な親子愛は、数年後に完成に至る。

青藍は苦難の末、やっと大望を果たした。彼は約束通り墓参りをして報告した。

『里長になれました』と。

墓石に喋りかけても返事はなかったが、それでも青藍は嬉しかった。

里長になれたのは彼に統率者としての才覚があったからだが、それだけで長の席は手に入らない。地盤作りを入念に行い、並々ならぬ努力で支持者を増やした。ひとえに、自身の立派な姿を父親に見せたいが為だ。ただそれだけの為に人生のほとんどを費やした。

墓前で青藍は思った。

どうしてもっと早く願いを叶えてあげることが出来なかったのだろう、と。

父はこの瞬間を一緒に味わう為に、自分に情熱を注いでくれていたのに。

——遅すぎた。

物心がついた時から数えるほどしか泣いたことがない男だったが、青藍は墓の前で泣いた。

『お父さん、ごめんなさい』

親孝行があまりにも遅すぎたと。そこからはようやく、母親のことも素直に慈しむことが出来るようになった。青藍の存在意義はこうしてめでたく確立された。

しかし、本当の戦いはこれからだった。

なにせ、彼の価値は【里長】であり続けることなのだから。

時は流れ、黎明二十年。

青藍のみならず、四季界隈全体を揺るがす事態が起こっていた。

春の代行者の帰還後に起こった秋の代行者誘拐事件だ。

夏の代行者の葉桜瑠璃、護衛官の葉桜あやめも里の反対を押し切って事件解決の為に帝州に向かってしまった。

――世界の歯車共が、一丁前に人間になったつもりか。

勝手なことをするな。大人しくしていろ。言うことを聞け。

それ以外の感情を代行者に抱いたことがない青藍にとって、腹立たしいことこの上ない出来事が連続して起きた。

もちろん、感情は外に出さない。青藍のような考え方に敵対する者も一定数存在する。

意見の違う者達をまとめなくては里長としてやっていくことは出来ない。

それでも、この状況を見守ることは苦痛に近かった。

代行者は死ねば代わりが生まれるのだから救出作戦をすること自体無駄だろう。人件費がかかるばかりだ。更に腹立たしかったのは、冬の代行者寒椿狼星が、祝月撫子救出の為に春夏秋冬の共同戦線を提案しに夏の里に来訪した時のことだ。

懇切丁寧に事情を説明して頭を下げられたが、断れば氷漬けにされる雰囲気があった。

青藍は、今でもあれは脅迫だったと思っている。

その後、部下からの報告で冬の代行者が【華歳】の刺客に殺害されそうになったと知った時はそのまま死んでくれれば良かったものをと【華歳】の力不足を恨んだものだ。

大人になった現人神ほど扱いにくいものはない。しかも我が強い性格の者は更に最悪だ。

腹立たしいことは他にもあったが、それでもどこか自分には関係ないような気持ちでいた。

そんな青藍を、背中から刺す出来事がやがて起きる。

春の事件で各里、四季庁から裏切り者が出たのだ。

関係ないと静観を決め込んでいた青藍に転機が訪れた。


『父上、これは罪なのですか』


家門から、犯罪者が出たのだ。

【華歳】の片棒を担ぎ、庁舎に賊の侵入を許した裏切り者の一人。よりによってそれは、四季庁に就職していた青藍の息子だった。

当然、息子は国家治安機構に引っ捕らえられてしまう。青藍は混乱した。

何故、自分の息子が【華歳】などに協力を？

青藍は現人神を軽視してはいるが、季節の巡りを担う自分達一族を誇りに思っている。賊に憧れるような息子に育てた覚えはなかった。そんな教育もしていない。面会した息子に青藍は問いかけた。何故こんな事をしたんだと。息子はこう答えた。

『だって、代行者は死んでも代わりがすぐ生まれる道具ではないですか』

どうしてそんなことを言うの、という顔で。

『父上も言っていました。だから、僕は賊の言い分もけしておかしいことではないと思ったんです。里長をしている父上がそう仰るから……だから……』

幼い頃から青藍によって植え込まれた代行者への蔑視。代行者は里の傀儡であり道具だという思想。それ故に、改革派の【華歳】に感銘を受けた。それは貴方がくれた毒だと息子は言う。

——化け物を作ってしまったのか。

青藍にとって、青藍の父は『世界』だった。

青藍の息子にとって、青藍は『世界』だった。

育てられた環境は、確実にその人の人格形成に影響を及ぼす。

与えた言葉は、ちゃんと返ってくる。

それが『ありがとう』や『元気でいて』といった言葉だったのならどれほど良かっただろう。

青藍は子どもにそうした言葉はやらなかった。

だって、青藍の父もくれやしなかったのだ。それでも自分は里長になれた。

――だから、子どもも、ちゃんと、育つと。

誰かの写しとして生きることを良しとした者と、そうではない者の末路は違う。

青藍は、想像力が足りなかった。

罪を犯した息子は、自分の子どもにしては不出来だったので、夏枢府には就職させず、四季庁に送り込んだ。青藍の子どもは他にも居た。次代の里長はその子達に期待すれば良い。

追いやられた子どもが、それでもこちらを見て欲しいと願っていることなど考えもしなかった。自分も視線を欲していたのに、『子ども』としての感情がどんなものだったか忘れていた。

青藍の息子は、彼とは違う形で満たされぬ承認欲求を別のことにぶつけたのだ。

『悪いのは父上ですよ、どうして駄目なことだと教えてくれなかったのですか』

青藍はそこでようやくわかった。

親が子にかける言葉は、呪いにも祝福にもなるのだと。

自分がまだ呪いの只中に居ることはもはやどうでもいい。

それでも、青藍は里長であり続けなければならない。もはや里長で居ることは青藍だけの問題ではなかった。この席に居るから出来ることがある。守れる存在がある。

怪物になった息子を守る為にも、あらゆる関係者を金で買い、脅し、罪を軽くさせた。

春からはずっと暗躍する日々だった。

守る者が居れば攻撃する者が居る。

すぐに里の者達から青藍への糾弾が始まった。

家門から犯罪者を出している者が里長の地位に収まっているのはおかしい。息子のしでかしたことの責任を取れという声が出始めたのだ。

今の地位から引きずり落とされれば、復権するのは絶望的だ。祖先から続く栄光が青藍の代で閉ざされようとしている。そんなことはけして許されない。青藍にとって家門の名誉を汚すことは大罪だ。おまけに今は息子を牢獄から救う為にもこの席に居なければならない。

――葉桜姉妹には凶兆となってもらわなくては。

青藍の完璧な世界を保つ為には新たな悪が求められていた。大きな問題に目が行くように情報操作をして、人々から向けられている自身への非難の視線を逸らすのだ。

──【老獪亀】の同士と結託し、途中まではうまくいっていた。

葉桜姉妹はよく役立ってくれた。

元々、葉桜瑠璃の素行は度々問題視されていたので代行者叩きに転じることはそう難しくはなかった。葉桜あやめが次代の代行者になったことは驚きだったが、妹よりは御しやすそうな娘だ。彼女の心を折れば何とかなるだろうと今後の管理も希望が持てた。

彼女達の在り方を凶兆とすることで自分に向けられた批判を逸らすことに青藍は成功した。

あとは、反発する者達を賄賂や他手段で自分の味方陣営に引きずり込み、批判を緩和、大きな過失を小さな過失に仕立て上げる長い工程を踏むだけだ。

汚点が消えるわけではないが、数年大人しくしていればやがて人々は過失を忘れ、今のような熱量で青藍を非難する声は減っていく。狡猾な責任逃れだ。

『里長を他の者に譲るべきでは』

『汚名をかぶった家門が里の代表をしていることはおかしい』

『他家の責任は糾弾するくせに自分の家のことはだんまりですか』

いつまでも耳朶を震わせる感覚が残っている冒瀆の言葉の数々を忘れることは出来ない。

【一匹兎角】と思われる者達からの口撃は青藍を病ませた。

――耳障りが過ぎる。

彼らには青藍が持つようなしっかりとした『志』は恐らくない。真に代行者側に立っている者は【一匹兎角】の中でも一握りだろう。ただ権力者を叩ける材料が手に入ったから嬉々としてやっているだけ。少なくとも青藍はそう思っている。

――祖先より受け継がれてきた家門繁栄の願いを背負ってもいない小童共が。

そして現在、青藍は与えられた屈辱に対して反撃を開始していた。

青藍は怒りに身を焼かれながらも携帯の端末を見る。

そこには【伏竜童子】と表示されていた。

四季界隈では名が通っている情報屋だ。子どもではあるが、昇天を待つ竜。転じていずれは全てを統べる座に就く者とされる伏竜を名乗る時点で中々の自信家だ。

青藍はその人物に会ったことがなく、またどの里の重鎮なのかも知らなかった。人の紹介で知り合い、数年前、里長の座に就く時に他の候補を蹴落とし脅す材料を調べてもらった縁がある。その時から青藍は彼の顧客だった。

「……」

青藍が握りしめていた携帯端末が着信音を奏でた。青藍はすぐに応答する。

少しの無音の後に聞こえてきたのは男の声だった。

『こちら【伏竜童子(ふくりょうどうじ)】。盤上に駒が揃(そろ)った』

熱のない声だ。

『そちらから人員の輸送は？』

冷ややかで、感情がよく読めない。

「すべて済んでいる。竜宮(りゅうぐう)に待機中だ。【伏竜童子(ふくりょうどうじ)】、四季庁(しきちょう)経由で他の代行者(だいこうしゃ)達も竜宮(りゅうぐう)に向かったと続報が入った。おまけに夏の代行者(だいこうしゃ)は黄昏(たそがれ)の射手(しゃしゅ)と合流したと聞いたぞ。予想外のことが起きすぎている……どうするつもりだ？」

『私はあくまで情報を提供しているだけだ。場の責任を問われても困る』

声音だけではなく、返しも冷たい。

『初めに言っただろう。私は単なる情報屋。もちろん、その情報に合わせてある程度戦略の指南もするが、実際に行動を移すのは貴方(あなた)だ。自分で危険だと判断したのならここは素直に退いたほうがいい。私はそれをおすすめするが。私が何か強要したことは一度もない』

「……だが発言に対する責任はあるはずだ。お前は自分の発言の責任をとらないのか？」

声音の冷たさなら青藍(せいらん)も負けない。青藍(せいらん)は他者を抑圧する性質を持つ人間だ。その場に彼の家族、部下が居れば震え上がってしまうほどの凄みがあった。こうした人間の発言は、たとえ内容が間違っていたとしても人は恐怖で従ってしまうものだが。

　しかし【伏竜童子】は気に留める様子もなかった。

『私はただ、困っている人達を仲介し、繋げ、恐らくこういうことが起きるだろうと示唆してるだけだ』

　こういった高圧的な態度には慣れていると言わんばかりだ。

『相談顧問に近いことはしているが、顧問料を貰った覚えはない。誰かが勝手に言い出したことだよ。情報料のおまけに授けた助言がいつの間にか評判になった。それだけだ。私は助言専門の商売をしていない。依頼者が第三者の意見、俯瞰の視点を欲しがるから知恵を授けている。それを聞き入れるかどうかは全部依頼者の選択次第。つまり結果は何にせよ貴方次第だ。貴方は他の【老獪亀】との繋がりを求めた。情報を求めた。私は貴方の選択肢を増やしただけで、決定権を奪ったことは一度たりともない。貴方はいつだって、自分で選び、決定してきたんだ。それが出来る立場だった。私に対して理不尽な怒りをぶつけるのなら、今までの金は全てお返しする。その代わり一切の連絡を絶たせてもらおう』

　青藍は怒りを感じながら奥歯を噛み締めた。

「所詮は卑しい商売人かっ」

『引き留める言葉はそれで良いのか？』

「【伏竜童子】……!!」

『……冗談だ。いや、半分は本気だ。いいか、敬意を払ってくれ。私は貴方に敬意を払っている。人々が眠る時間にもこうして電話しているのは貴方を思うが故だ。私は貴方の部下でもなんでもない。我々は対等な存在だ。上に立っているような言動はやめてくれ。不愉快だ』

青藍は何も言わず黙った。【伏竜童子】の言うことは一理ある。代行者達への苛立ち、現状への焦りが出て、会話の最初から相手を責めるような態度を取っていたのは青藍だ。

「……であればそちらも挑発するような口調はよせ」

ここで謝罪の言葉を口にしないのが青藍らしい。

【伏竜童子】のため息が青藍の耳にも届いた。

『危ない綱渡りだと言ったはずだ。だが貴方がやると言った。長期での名誉回復計画を蹴って、短期での謀略を望んだのは貴方だ。私はちゃんと安全な道も提案したはず』

「それは説明した。早く決着させないと私の地位が危ぶまれる。悠長なことは言ってられない。【一匹兎角】共が私の権威の失墜を画策している。次の里会合までに歯向かう者はどうなるかわからせてやらねば。私は家門を守らねばならん立場なのだ、里の為にも、子々孫々の為にも……。いいか、引き際をわきまえていないわけではない。もう、やるしかないんだ」

青藍の言葉には、決意がみなぎっていた。彼が父親に託されて紡いだ人生は、多くの人がそうであるように努力して得た栄光だ。捨てろと言われてすぐ捨てられるものではない。

彼は人生のほとんどを『夢』の成功の為に費やしてきた。

それが自分の『夢』ではないからこそ、守りたいという気持ちが溢れる。

『……代行者達が動いているのは、あちらも必死だからだ。我々が健闘している証拠でもある。春の事件で身内から恥を出した貴方達お偉方に必要なのは他者に非難の声を許さない恐怖政治だ。その雰囲気は作れている。貴方は弾圧する側で、代行者は弾圧される側だ。危機を感じた相手が動くのは当然だろう。代行者は道具である前に人間だ。【一匹兎角】も人間だ。反発があるのは、異を唱える声すら出せないほどの弾圧を貴方が敷けていないだけだ』

「だとしても、夏の代行者達の暴走は目に余る！　黄昏の射手の懐に入り込むなど越権行為だ！　その責任は誰がとる？　あの小娘共はやはり春に死んでおくべきだった……！」

『貴方がすべきことはこれからどう行動すべきか決断することであって、敵を糾弾し憂さ晴らしをすることではない』

【伏竜童子】の言っていることは概ね正しい。正しいが、第三者視点からの言葉は当事者の耳に痛く響く。そして、青藍の神経を逆撫でした。

「……【伏竜童子】……貴様、代行者に味方する気か？」

『そう聞こえるなら、貴方が冷静ではない証拠だ』

「なれるならそうしているっ!!　生態系破壊、天罰説……絵空事を吹聴し、環境保護庁や巫覡の一族にまで根回しに根回しを重ねてようやくここまで持ってこられた！　なのに……！」

青藍は怒りに震えた。

「あの馬鹿な小娘共が逃げたっ！　監視の目をどうやってかいくぐったんだ？　【一匹兎角】

統治というものをわかっていない馬鹿共のおかげで計画が手助けしたとしか思えない……！　統治というものをわかっていない馬鹿共のおかげで計画がすべて無駄になった……！」

『それに関しては、何かしら彼女達を助ける者が居たのだろう。代行者に同情的な層は皆無ではない。貴方のやり方はいささか乱暴だからな。反発はあって当然だ』

「……何もかも煩わしい。どうして誰も彼も私が築いたものを壊そうとするのかっ！」

思わず青藍は目の前にあった卓を蹴り上げた。

卓上に置いていた空の珈琲カップが床に落ちて無残に割れる。何が起きたか察したのか、【伏竜童子】はまた長いため息を吐いた。

『いい加減怒りを静めて話し合いを進めさせてくれないか。貴方がそうやって騒ぎ立てて、私をカウンセラーの代わりにすることに何の意味があるんだ？　私はカウンセラーじゃない。私は情報屋だ。いいか、もう一度言う。電話口で怒鳴り散らすのはやめろ……』

「……」

青藍は元々一度怒髪天を衝いたら物に当たる傾向があったが、今日はそれが顕著に出ていた。血圧が急激に上がったのか、苦しそうに手で胸を掻きむしった。

【伏竜童子】は続けて言う。

『……冷静に。いいか、状況を整理しよう。夏の代行者が我々の予想を裏切って竜宮岳に乗り込んだ。しかも黄昏の射手と出逢ってしまった』

青藍は何とか頷く。その情報を聞かされた時は気が狂いそうになったものだ。

『凶兆扱いをどうにかしたい葉桜姉妹。正義感だけは立派だと評判の黄昏の射手。互いに協力して暗狼事件解決に挑むのは目に見えているだろう。しかし、大まかな流れは貴方の計画の筋書きに沿ってはいる』

「だが本来は今年の夏顕現で異常が起きたと虚偽の報告をでっち上げ、地方で再顕現の予定を組む。そうして殺すはずだった」

『殺しの舞台が変わっただけとも言えるだろう。まだ筋書きが死んだわけではない』

なだめるように言われ、青藍は再度怒鳴りたい気持ちを抑えた。

『凶兆の双子は、自身の凶兆と向き合い、彼の地で突然死を迎えた……というシナリオは竜宮でも可能だ。むしろ、今のほうが自然に殺しやすい状態ではある』

物騒な話をしているが【伏竜童子】の声音は常に一定だ。感情がブレることがない。

『暗狼事件のどさくさに紛れて殺せば、馬鹿な双子の末路として里の者達も受け入れやすいだろう。里の者達は当然、誰がやったか詮索する。馬鹿じゃなければ【老獪亀】の誰かだとわかるはずだ。夏の里で【老獪亀】の筆頭は貴方……里の者達は恐れるだろうな。その貴方が迅速に事後処理を行えば、貴方が重宝すべき人材であり、と同時に逆らえば殺される人物だとみなわかる。畏怖と敬意を抱いてくれるはずだ。為政者には必要なものだろう。あとは非難の目が逸れている間に賄賂でも脅しでもして、引き続き貴方の息子の件の火消し処理をすればいい。

計画に大きな齟齬はない』

青藍はまだ疑う口調で言う。

「お前の情報では春夏秋冬の共同戦線も竜宮に駆けつけているのだろう？　その状況で果たして双子を殺せるのか？」

『困難ではあるが……二人ではなく一人殺すことに全武力を集中させれば、出来ないことではないだろう』

「どちらだ？」

『どちらでもいい。どちらか殺ればあの双子に関しては畏縮して動けなくなるはずだ。次は親が殺られると察する頭はある。自分達の罪を認めなかった為に愚かにも死んだ。里の言うことを聞かなかったから、出過ぎた行為をしたからこうなったのだとわからせることが出来れば代行者達の尊厳を高める動きを止め、貴方の権威を取り戻すことはそう難しくない。他に不確定な要素がなければギリギリ及第点と言うべき成果を得られるはず。現時点で貴方に援助された兵隊の数は多い。貴方と同じ身分にあるお仲間が私兵を出してくれた。全部隊竜宮岳に向かう予定だ。【老獪亀】のお仲間に感謝するといい』

「数は？　こちらの私兵は二十人だ」

『六十名ほどだな。まだ増えるかもしれない』

青藍はそこでやっと安堵の息が漏れた。

『……言っておくが、数で押すには凶暴すぎる相手だということも忘れずに。それで暗殺が可能なら賊が容易く殺している。山の中で暗狼を探すという状況下だからこそ隙があるというだけだ。夏の代行者はこちらが用意した手駒によって通信手段が完全に掌握されている。携帯端末が乗っ取られていることに気づかない限り、他の四季の代行者が竜宮に駆けつけているという事実を知ることはない。そちらも各関係者に言い聞かせているな？』

「春、秋、冬が独断で動いたことは賊を警戒する為にも秘匿情報として扱われている。彼らを保護し回収する部隊を出してはいるが、何せ知ったのが遅かった。明日、いやもう今日か……今日の午前中に到着する。それが最速だろう。無事間に合えばホテルに足止めが可能だ」

『夏と黄昏の陣営に合流するようなことがあれば即座に兵は退いたほうがいい』

「そうだな。その場合は一時撤退させる。現場がうまく動いてくれることを祈るばかりだ。その為にも現地で陣頭指揮を取らせている者に他部隊と合流させたい。連絡先を共有出来るか？」

『ああ、では引き続き仕事の話をしよう』

それから青藍と姿の見えない情報屋は話し合いを続けた。すべてが決まると青藍はようやく穏やかな気持ちになれた。後は手配した者達に任せるだけだ。

権力者とは実際の闘争とは離れた場所に居る者。

明日、いや明後日、きっと良い結果を聞くことが出来ると信じて青藍は眠りについた。

自分が安らかに眠れるのは夜を齎す現人神のおかげだということを無視して。

春夏秋冬、朝と夜。善人にも罪人にも、等しくそれらは降り注ぐ。

その裏側で努力している者達の姿を、やはりみな知らない。

代行者もその敵も睡魔に身を委ねる頃。まだ夜の恩恵を受けず働く者が居た。

帝州の山中に存在する春の里に帰還していた若き統率者、花葉残雪だ。

里にも夜の帳が下りている。残雪の住まいは風情ある大和建築様式の一軒家だった。

父方の花葉家も、母方の白藤家も春の里の中に邸宅を幾つか所有しているが、そこには住まず、自身で空き家を買い上げて改築したようだ。一人で住むには広い家だが、花葉の子息が住むにしては貧相に見える。彼の生家である花葉家本邸からすると月前の星だ。

しかし、残雪にとってはようやく手に入れた自分だけの城だった。

里長である祖母。次期里長と名高い父。刃傷沙汰を起こした母。すべてを嫌った彼がやっと一人になれる空間だ。彼の私室はとても簡素で、最低限の家具しかなかった。

働いて寝る。それしか意識していない部屋の造りだ。

残雪は寝不足が続いているのか、眉間をほぐして息を吐いてから携帯端末を操作した。

『はい、こちら阿星燕です』

少し眠たそうな少年の声が聞こえる。

「起きていたか」

『いま起きました』

「……苦労をかけるな」

『そんな。残雪様、僕の眠りが浅いこと知っているでしょう？　御身こそちゃんとお休みになられていますか。僕はそれが心配で心配で……お一人だと食事も疎かにされますし……』

「よくわかったな。実は夕餉は食べそこねた」

『……もう、僕が居なくても三食召し上がってくださいと言ったじゃありませんか』

残雪は燕が口を尖らせて苦言している姿が見ずとも目に浮かんだ。

「燕、お前はちゃんと食べたか？」

『食べましたよ。あの……これは事後報告になるのですが、姫鷹様に誘われて……雛菊様ともご一緒にお弁当を食べてしまいました……申し訳ありません』

「何故謝る？」

『………御身を差し置いて僕如きが』

「お前は私の代わりに彼女達を支えるべく派遣されているのだ。私との繋がりが露見しない限り交流は問題ない。二人とはどんな話をしたんだ？　姫鷹さくらと……我が妹に調子が悪いところなどは見当たらなかったか？　些細なことでもいい。報告と一緒に聞かせておくれ」

残雪がそう言うと、燕は使命感に溢れた様子で二人のことを語った。

どんなお弁当を食べていたか、何が好物か、どんな笑顔を見せてくれたか。業務報告もしたが、ほとんどは春の娘の話で終わった。残雪はそれを穏やかな表情で聞き続ける。

「どうやらそちらに大きな変化はないようだな。安心した……やはりお前を遣いに出して正解だった。燕……お前は民と比べても、里の子どもと比べても大人びた暮らしを余儀なくされる立場だ。それが辛いこともあるだろう。だが、私はお前の献身に必ず報いる。この騒動が終わったら褒美をやろう。今から考えておきなさい」

残雪としては従者に気を遣ったつもりだったのだが、端末の向こう側からは想像していたような喜ぶ声は聞こえなかった。代わりにふくれっ面で言っているような台詞が返ってくる。

『……僕は物が欲しくて残雪様のお傍に居るわけではありませんよっ』

「そのほうが御しやすいんだがな」

『もう！　残雪様！』

「……何もないのか？　主たるもの、従者を労うのも務めだ。私に務めを果たさせておくれ」

残雪のほうから下手に出てそう言うと、燕は考えるように黙り込んだ。それからぼそりとつぶやく。

『…………いつか、一緒に遊園地に行きませんか』

数百万の物をねだられても買ってやるつもりだったのに、予想外の願いを言われて残雪は虚を衝かれ、目を瞬く。

「……私の為に言っているのか？　確かにそうした場所に行ったことはないが」

『………違います！　残雪様の為の行楽なら温泉にします……。いつもお身体が鉄のようにカチコチですし。僕が肩叩きしてもちっとも良くならないし』

「何だ、爺呼ばわりか」

『そうじゃなくて……僕が残雪様と遊園地に行きたいだけです。乗り物に乗れなくても構いません。すごく、すごく……楽しい場所だったので雰囲気だけでも……味わって欲しくて……』

健気な言葉だ。残雪は眉を下げる。

「……お前は、私にこき使われているということを忘れている」

『残雪様は、僕を慈院から救ってくださったことを忘れています。あのまま居れば里の中で飼い殺しにされるか、【老獪亀】のどこかの家に引き取られ、同じく飼い殺しにされていました』

「……」

『……』

二人の間に沈黙が流れた後、観念するように残雪が言った。

「わかった……此度の騒動が終わったらお前の行きたい場所に、一緒に行こう」

『本当ですかっ！』

「本当だ。さあ、もう一度寝なさい。あと数時間は寝られるだろう」

燕のはしゃいだ声が端末から聞こえる。

残雪は優しく『おやすみ』と言うと、電話を切った。

幼い従者との通話が終わると、部屋は途端に静かになる。

「……」

心地よい夏の夜風が窓の外から吹いてきた。さわさわと風は音を立て、残雪の頬を撫でる。

――子どもと遊園地とは、私も丸くなったものだな。

つい、先程の会話を頭の中で反芻して、苦笑してしまう。彼は自分が何か優しいものに包まれることを嫌う人だった。約束を退けなかったこと自体が異例のことだ。

そういうことをすると、自分が弱くなってしまったような気になるのだ。

――それでは戦えない。

彼の横顔は、目をかけている小さな従者への愛情にあふれるものから、段々と感情が薄れていき、やがて眉一つ動かさずに冷たい命令を下す男の表情へと変化した。

意識して、非情な自分を降ろしたとも言える。これが本来の彼だった。

一呼吸置いてから、今度はタブレット端末に持ち替え、連絡アプリケーションと変声アプリケーションを起動させた。この時間にまだ起きている人間は不眠を抱えているか、そもそも生活時間が人とはずれているか、よほど成し遂げなくてはならない何かを抱えている者だろう。

「……私だ。そちらの準備はどうだ？」

相手は問題なく出た。

残雪と同じく、こんな時間まで寝ずに起きている相手は誰なのか。

端末の向こう側からは虫の合唱がやけに大きく聞こえる。

恐らく相手は外に居るのだろう。自然の音に声がかき消されて、漏れ出る声は小さい。

謎の相手との会話は業務連絡をするように淡々と進んでいく。

「やはり予定通り、明日竜宮岳に戦力を集めて、賊の仕業だと細工して殺すつもりのようだ。貴方はもう明日に備えているんだったな。ああ……私も今の状況のほうが安心だ。夏の代行者様の安全性は保たれている。他の代行者がたどり着く前に制圧出来ていれば、彼らも危険な目に遭うことはないだろう。囮と陽動の役割は十分果たしてくれた」

電話口から何か反論があり、残雪は声を少し和らげる。

「わかっているさ。犠牲にするつもりはない」

残雪は話しながら窓辺に向かった。夏の夜空には雲ひとつなく、星と月が輝いている。

都会のネオン、高層ビルという遮蔽物。

そうしたものがないこの隠れ里では空はありのままの美しさを見せてくれる。

——みんな死体のようにそのまま黙っていてくれ。

誰も彼も寝静まったこの時間だけは、里のことが好きだと思った。

——呼吸音すら聞きたくない。

里に生きるすべての者が、彼にとっては煩わしい存在なのだ。

残雪にとって、小さな頃から世界は汚泥にまみれていた。

美しいと思えたものに出会えた瞬間は、短い人生でも数えるほどしかない。

全部が全部、どうしようもない。あまりにも生きにくく、一時は何もかも呪った。

「恐らく明日……というかもう今日だな。今日ですべてが決まるだろう。もしも危ないとなったらすぐに連絡を。現地に私は居ないが、影となる者は飛ばしている。協力出来ることは即時対応しよう。他に欲しいものはないか？」

だが、今は少し呼吸がしやすくなっている。

誰しも集中している時は、苦しさや痛みを忘れるものだ。

彼に必要なのは恐らく安らかな時間なのだが、残雪はそれより困難な目標を求めた。

──私と妹を苦しめたすべての者に相応の報いを。

最後まで口を挟まず相手の話を聞いてから、残雪は頷いた。

「……ああ、こちらこそ感謝を。健闘を祈るよ……貴方とはかなり長い時間やり取りを繰り返した。そういう相手にくたばってもらいたくはないものだ。……失敬な。貴方は誤解しているようだが、私は戦争の火種を売ってはいるが、誰かに不幸になって欲しいわけじゃない……ああ、そうだ。わかってくれて嬉しいよ。私は死の商人ではない」

相手が何か面白いことを言ったのか、彼にしては珍しく笑った。

「私は【伏竜童子】。天下があるべき形になるのを見定める者だ」

残雪は妹への思慕を語ったのと同じ唇でそう囁いてから端末の通話を切った。

第四章 春と冬の二重奏曲

黎明二十年、七月二十四日、午前。

春、秋、冬陣営は帝州から竜宮への大移動を終えて、一夜明けていた。


「凍蝶」

通りの良い声がホテル内のラウンジに響いた。

凍蝶はなるべく顔には出さないようにしつつも、少しばかり硬い表情で振り返る。

「朝食の会場に居なかったが、部屋でルームサービス頼んだのか？」

声をかけてきたのは目下の悩みの種である娘、姫鷹さくらだ。

まだ集合時間ではないが、ラウンジには朝食を終えた旅の仲間達が揃い始めていた。

身支度が終わった者が自然と集まり、食休みも兼ねてラウンジに点在するソファーに腰掛けている。凍蝶は彼にしては珍しく他の者より行動が遅かった。その理由は瞳の下のクマで察することが出来る。彼はさくらから目を逸らしながら答えた。

「いや、食欲がなかったので食べていない」

さくらは『そんな』という顔をした。

「ここの朝食、美味しかったのに……」

どうやら、彼女は朝食を食べながら一向に現れない凍蝶のことを気にしていたらしい。

大方彼女の師匠好みの食事があったのだろう。普段はそっけない態度を取るが、その人の為に良いと思うことは率先的にするのがさくらだ。凍蝶は少し心が痛んだ。

——お前のことを考えていたら夜も眠れず、寝不足になって食欲もなくなった。

とは、口が裂けても言えない。

「そうなのか……それは残念だったな。さくら、気にしてくれてありがとう」

「別に……ただ、凍蝶好みの味のものがあったから……」

「そうか……」

せっかく目を逸らしたのに、あまりにもいじらしいことを言うので凍蝶はさくらと目線を合わせてしまう。大きな猫目と視線がぶつかった。さくらは凍蝶の微妙な変化を逃さない。

「なぁ、具合悪いのか？」

狼星と同じことを言うので凍蝶は苦笑いした。

「昨日から少しそんな感じはあったよな……。てっきり移動疲れかと思ったんだが……。あれか、また偏頭痛か？　それとも胃腸？」

なまじ五年間一緒に住んでいたので、さくらは凍蝶の持病や弱いところを知り尽くしている。

「……」

「ラウンジの飲み物にほうじ茶あるぞ。いま淹れてきてやる」

「いや……」

「まだ時間はある。いま冬の四季庁職員が夏のお二人に関して続報がないか確認しているところだ。連絡は相変わらず繋がらないし……端末の位置情報自体がわからないようだから」

「了解した。何か派手な動きがあれば……もし、あるとすれば竜宮岳か……」

「うん。どのみち、今日は一度竜宮岳に足を運んでみるべきだろう。それは春も秋も同意している。暗狼事件のことを調べるならやはり一度は現地に行かねば」

「そうだな。ただ、空港から近いこの地点から竜宮岳がある麓の街まで車で一時間半弱。街から竜宮岳に行くにも四十五分くらいかかると聞いている。早めに行動したほうが吉だ」

「それでも、お茶を飲む時間くらいある。いま何も食べたくなくても飲み物くらい口にしたほうがいいぞ」

「……」

「何だよ、今日は登山するんだぞ。朝から体調整えないと……お前を心配して言ってるのに」

反応が薄い凍蝶にさくらはむくれる。凍蝶はどうしたものかと考えながら他に目を遣った。

さくらの後方には狼星と雛菊、秋主従が仲良く一つの卓を囲んでいる。

凍蝶の視線に気づいて、狼星がちらりとこちらを見た。無言の圧力を狼星から感じた。

——わかっている。

昨日約束したことを実行せよ、と言いたいのだろう。凍蝶は主の命に従った。

「さくら、いま時間があるなら少し二人きりで話したいことがある。いいか？」

「何だいきなり……？」

さくらは後ろを振り返る。警備の人数は足りているし、代行者達も固まってくれている。離れても問題ない状態ではある。さくらは雛菊に断りを入れてから、凍蝶と共にラウンジを出た。

長い廊下の、ちょうど突き当たりにエレベーターホールがあり、そこで立ち止まる。

外からの光を多く取り入れられるように設計された窓からは竜宮の風景が見えた。南国感を味わえる街路樹がずらりと立ち並ぶ様子が見下ろせる。帝州やエニシ出身のさくらと凍蝶からすると物珍しいものだ。さくらも興味深そうにちらりと見た。

「夏のお二人もご無事だったら……雛菊様と海岸にでも行きたいものだ……」

ため息交じりの独り言だったが、凍蝶は同意するように頷いた。

いまの精神状態が良ければ、凍蝶もさくらとこの景色を少しだけ楽しめただろう。

「それで、話とは？」

さくらのほうから会話を開始してくれたが、凍蝶は少し躊躇う。話し方を気をつけなければ、彼女が怒り出すのは目に見えていた。

「こんな時だが……お前と残雪殿のことについて少し聞きたい」

「……本当にこんな時にだな」

さくらが窓辺に、凍蝶がラウンジへと続く廊下の方を背にしているせいか。それともここ最近冬への態度が軟化しているせいか、さくらはすぐに逃げはしなかった。

「凍蝶が気にするだろうな、というのは私も予想出来ていた。お前は……すぐ人のことに首を突っ込むから……。だから聞かせたくなかったんだよ……」

「私は言ってくれて良かったと思っている。お前が大きな決断をする前に、他の選択肢も提示出来るからだ」

さくらは凍蝶の言葉に目を瞬いた。その瞳には驚きと、少しの期待が芽生えたように見える。

上擦った声でさくらは言った。

「他の選択肢って……？」

凍蝶はその期待を、違うものと捉える。

——やはり本心では結婚したくないんじゃないか。

さくらの望みとは違うものだ。彼女が九歳の頃から自身に恋をしていることなど知らない凍蝶は、複雑な乙女心など見抜けはしない。

「なに？　凍蝶……」

本当は使命感とは別に、惚れた男に純粋な気持ちで引き止めて欲しいと願っていることなど。

「狼星からの提案なんだが、冬の里に身を寄せないか？」

「……は？」

「寒月、寒椿、お前が望むほうで……養女になれば私達が後ろ盾になれる。春の里もそう簡単にお前を護衛官から引きずり落とす真似は出来なくなるだろう」

「……」

さくらは口を開けたままぽかんとしている。

予想外のことを言われたのだ。そうなるだろう。凍蝶も凍蝶だった。狼星にいまは言うなと釘を刺されたくせに、説き伏せる為に早速言ってしまった。

——早期に解決しなくては。

焦って、予定ではないことを口にした。

——それがさくらの為だ。

自分の為に何とかしたいという気持ちを隠した。ずるくて、少し寂しい言い訳だった。

何とかして彼女を引き止めたいのに、自分の言葉を持っていない。

「……よ、養女って……」

混乱するさくらに凍蝶は優しい声音で話す。

「お前が此度の縁談に悩んでいるのは雛菊様を想うが故だろう？　だが、結婚は利益だけではそううまくいかない。お前に後々苦しい経験をして欲しくない」

さくらの顔に怒りの感情が宿った。

「凍蝶、お前、狼星に勝手に言ったのか？」

せっかく大人しく聞いていてくれていたのに、話し合い早々に衝突だ。

「……言った。もちろん、口外するなとは言いつけている。さくら……冬からそういう提案があったとまず受け止めてくれ。実際にしなくても、今代の冬の代行者と代行者護衛官から養子縁組の話が出ていると残雪殿に言うだけで良いんだ。そうしたら、あちらも無茶な求婚は取り下げる気になるはず……」

「何で言うんだよっ！　雛菊様には内緒にしてるんだぞ！　あの馬鹿が口を滑らしたらどうするんだ！」

さくらは憤りに溢れた口調で凍蝶を責める。だが、凍蝶も此処で退くことは出来ない。

「狼星はお前を大事に思っている。お前が嫌がることはしない」

「もうしてるじゃないか！　何だよ、養子って……あいつの妹になれってことか？　それとも凍蝶の……？」

「いや、実際になる必要は……そういう話があるから今回は……と、断りやすく……」

「勝手に人の人生決めるなよっ！　関係ないだろお前達っ‼」

「関係ある……」

「ないっ！」

「あるっ……！　私はお前の師だ！　弟子に不幸になって欲しくないっ！」

そこで初めて、凍蝶は大きな声を出した。

「……っ」

　さくらはぴたりと動きが止まった。

　凍蝶に叱られることは今まで共に過ごした時間でもあったが、このように激情を向けられることはあまりなかった。

「……さくら、お前に不幸になって欲しくないんだっ……」

　大切にされてきたのだ。

　その凍蝶がいま、さくらの結婚が理由で感情を剝き出しにしている。

「勝手に狼星に言ったこと、二人で考えたこと、それで混乱させてすまなかった。お前を不快にさせたかったわけではない。ただ、お前を守りたいんだ……」

　ポーカーフェイスが常で、誰に対しても終始穏やかで紳士的な男が、たった一人の愛弟子にこうも容易く崩される。

「さくら……頼む」

　サングラス越しでも、凍蝶が痛みを堪えるような瞳でさくらを見ていることはわかる。

「でも……！」

「考え直して欲しい。阿左美君も言っていたじゃないか。まだ若い。他にも機会は来る。こんなに早く、将来の伴侶を決めなくてもいいだろう」

「……」

「残雪殿はお前にとってそんなに……」

「凍蝶、他って……？」

さくらは震える唇で問いを口にした。

「……私のことを、打算込みでも好意的に見て、求婚してくれる人なんて他にいないよ……。他って誰のことを言ってるんだよ……」

「……何を言ってるんだ。たくさんいるだろう」

「誰……？」

「いや、いまは思いつかないが……。お前ほど優しくて気立ての良い女性は……」

「ほらっ！　思いつかないじゃないかっ！」

最後のほうの言葉はさくらの耳に届いてはいなかった。さくらは無理やり凍蝶の横を通り過ぎてその場を去ろうとする。凍蝶は咄嗟に手を伸ばし、さくらの腕を摑んだ。

「放せ！　もうくだらない話はお終いだ！　雛菊様の元へ戻るっ！」

「くだらなくなんかないだろ！　お前の人生がかかっていることだぞ！」

「私の人生なんてどうでもいいよっ！」

今度、言葉を失ったのは凍蝶のほうだった。

「……どうでもいい！　雛菊様のことに比べれば私が花葉家でいびられようが些事だ。お前はきっとそういうことを気にしてるんだろうが、私とて馬鹿じゃない。わかってる！」

「……何で、どうでもいいだなんて言うんだ……」

凍蝶は悲嘆に暮れた声を出した。

「…………実際、どうでもいいんだ。私のことなんて。どうでもよくないと、本当に思ってくれるのは雛菊様だけだ」

さくらの言葉は的確に凍蝶の心を抉った。

「……私がいるだろう」

「凍蝶は私の師匠だから義務感でそう思っているだけだよ」

「……さくら、どうしてそんなこと」

「残雪様は……あの方は私を利用しようとしてはいるが、同時に守ろうとしてくれている。それは確かなんだ。お互い、雛菊様のことも大事に思ってる。私達、利害は一致してるんだ。だからこの婚姻は本当に悪い条件じゃない。残雪様もお前が心配しているようなことは予想済みだし、多少は対策をしてくれるだろうさ」

「多少では駄目だ。絶対に守ってくれる、味方してくれると言い切れるのか」

「……さっきも言ったが、私のことはどうでもいい。雛菊様が大事なんだ」

さくらにとって生きる指針は雛菊。それは真理だった。初めて包み隠さず愛情をくれた人。さくら自身をただ好きという理由で欲してくれた人。それが花葉雛菊という存在だ。

命を懸けて自分を守ってくれた神様でもある。

大人達が守ってくれなかったさくらの人生で、そこまでしてくれたのは雛菊だけだ。

だからすがるようにさくらも雛菊を愛す。献身する。奉仕を厭わない。

「雛菊様が私のすべてだ」

あの少女神に愛されていたいから。

「護衛官なんだ。主の為に生きて何が悪いんだよ」

その言葉に、凍蝶が反論するのは難しい。

「……」

それでも、凍蝶は掴んだ腕を放さなかった。

「……お前が覚悟を持ってそう言ってることは理解した。同じ職に身を置いている者として、頷ける部分もたくさんある」

ぎゅっと掴んで、放さない。

「でも、それではいつかお前が辛くなった時、誰が支えになってくれるんだ？」

さくらは怪訝な顔をした。

「雛菊様がいる」

「雛菊様の為に苦しい思いをした時は？」

「……それは」

「本人に苦しいと言えない時お前はどうするんだ？」

「……言わなきゃいい」

「苦しくなるぞ」

凍蝶のいまの言葉は重かった。

「味方の居ない生活ほどつらいものはない」

そして鋭い指摘でもあった。さくらはついこの間までそうだったからだ。

雛菊の為に生きることは嬉しい。だが、自分がどれほど疲労困憊で余裕がなかったかは冬の手助けで思い知らされている。

「……私も狼星に仕えることが幸せだ。だが、それだけでは人は生きていけない」

妙に実感のある様子で言われて、さくらは狼狽える。

「そんなことないっ！」

「私は雛菊様が誘拐されてから、自責の念で気が狂いそうだった」

「……っ」

「狼星のことをどれだけ愛していても、護衛官で在る日々が辛くなる時はある」

凍蝶は心が通うようにと願ってさくらをまっすぐ見た。

「お前がいたから耐えられた」

彼女にもサングラス越しに見えているはずだ。嘘をついていない瞳が。

さくらのこわばっていた腕の力が少し弱くなった。

「狼星が死なないように、小さなお前は毎日奮闘してくれていたな。　私はあの時、　確かにお前に生かされていた」

三人で過ごした過去の日々は、その苦しさは、三人にしかわからない。

「さくら……覚えているか。雛菊様恋しさに押入れで泣いていたお前を見つけたら、逆にお前が私をなぐさめてくれたことがあったな」

「………」

「もう忘れたか……」

「お、ぼえてる……」

それは確かにさくらの記憶にあった。

冬の里での暮らしは穏やかな日々もあれば波乱万丈でもあった。

自分のせいで雛菊が誘拐されたと後悔し続ける狼星が度々自傷し、それに凍蝶が参ってしまい、さくらも二人が悲しむ姿を見て雛菊が居ないことをまざまざと思い知らされよく泣いた。

雛菊に帰ってきて欲しかった。

悲しくて悲しくてずっと泣いていたい。

だが自分まで駄目になった姿を見せれば本当に三人共倒れてしまいそうで、さくらは隠れて泣いていたのだ。そんな彼女を、狼星が見つけてくれることもあったが、圧倒的に凍蝶のほうが一人で泣いているさくらを探し当てることが多かった。

暗い押入れに光が差し込んで、『おいで』と声をかけられる。

嫌々と首を振っても大きな手が伸びて、今みたいに腕を掴んでしまうのだ。

あれよあれよと言う間に外に出されて、守るように抱擁された。

そして言うのだ。『大丈夫だ』と。頭を撫でて、自分は味方だと肌と体温で教えてくれる。

何度か目の時に、さくらは耐えきれず囁いた。

『貴方も泣いていい』と。

支えてもらうのは自分ばかり。では凍蝶は誰に泣き言を言うのだろうと思った。

彼はいつも他人を優先する。自分が苦しくても、外に出さず押し殺してしまうのだ。

さくらにとって凍蝶は頼もしい庇護者だったが、まだ若く、傷つき惑っている青年でもあることを理解していた。護衛官なのだ。そう在るべきとされて育った結果だとわかっていた。

その頃は凍蝶様と呼んでいたので、さくらは続けてこう言った。

『凍蝶様もつらいのを、私は知っています』と。

そして凍蝶の頭を胸に抱え込んで囁いた。彼がしてくれたように。

『貴方も、泣いていいんですよ』

あの時、声を殺して凍蝶が泣いたことを、さくらは覚えている。

自分より随分大人の青年の頭を撫でてさくらも泣いた。

悲しい日ではあったが、凍蝶が自分を必要としてくれた気がして、嬉しかった。

忘れるはずがなかった。


「私は、お前に耐えるだけの日々を送って欲しくない。お前が雛菊様を想うように、私にそうしてくれたように、誰かに大切にされて生きて欲しいんだ」

現在の凍蝶の手はいつの間にか外れている。感じていた熱も消えた。

「うるさいと、嫌いだと言われても、それだけは伝えたかった。……さくら、少しだけ残雪殿との結婚のこと、それが良い決断なのか考えてくれ。雛菊様にもご相談していないのは、お前自身も迷うところがあるからなのでは……？」

「……」

「せめて、大きな決断をする前に雛菊様と話して欲しい。お前を本当に大事に想っている人間が雛菊様しかいないと言うなら……その人の意見を聞いてみてくれ」

さくらは離れた手を見つめる。

見つめながら、凍蝶の言うことは正しい、と冷静な自分が頭の中でつぶやいた。

――まただ。

以前ならそうは思えなかったが、現在のさくらは違った。

また、凍蝶に自分の苛立ちをぶつけて悲しませてしまった、と今度はちゃんと思えた。

「……もし、私に出来ることがあれば言ってくれ。お前の為なら何でもしよう」

あの日、冬の里から出ていったように、うるさい、知らない、嫌いだと取り付く島もないことをしてしまった。傷ついている凍蝶を見つめながら思う。

——私は自分の気持ちを凍蝶に押し付けてばかりだ。

彼は純粋に心配してくれているだけ。それなのに反発するのは自分が痛い所を突かれているからだ。凍蝶が諭すように言っていることは何も間違っていない。

さくらは主の為だと言いつつ、肝心の主には残雪からの求婚を話せていない。

相手の名前を伏せて相談することだって出来るのにそうしていない。

さっさと決断して話せば良いのに。迷いがあるから出来ない。

残雪はきっと優しい夫になるだろうが、花葉の家に嫁ぐなど地獄の門を叩くのと一緒だ。

あの家の者達が結婚でどれだけの悲劇を起こしているかは、里の者なら誰でも知っている。

里長のことも信用ならない。

さくらが一緒にいて本当に安心出来て、頼りたいと思える人は限られている。

「……凍蝶」

目の前の人がそうだ。

好きなのに、傷つけて、何がしたいのか自分でもよくわからない。

──私の馬鹿。

大人になれ、といまの自分に言いたかった。

もう孤独に震え、怒りと悲しみで目の前が見えなくなって里を飛び出した子どもではない。

ちゃんといまは、色んなことが見えている。わかっているのだ。

──見えるようになったのは。

さくらがおせっかいだと思っている冬の青年達が支えてくれた結果だ。

「……ごめん……なさい」

さくらは小さな子どものような謝罪が自分の口から出たことに我が事ながら驚いた。

「心配してくれただけなのに、言い過ぎた……自分でも混乱してるから、凍蝶の言葉……過剰に反応した………」

過去を思い出してしまったせいかもしれない。

「さくら……」

凍蝶の吐息に少し安堵が混じる。

さくらは恥ずかしい、と思いつつそのまま言葉を続けた。

「結婚してくれ、なんて生まれて初めて言われたし……」

「……そうだな、混乱して当然だ。私でも驚くと思う」

「私、男の人と付き合ったこともないのに……いきなり結婚するの、怖いとも思った」

「……そ」

「でも、もう子どもじゃないし。自分で考えなきゃいけないし。雛菊様の為になるなら怖くてもしたほうが良いかもって……。私なりにちゃんと悩んでたから……凍蝶に……まるで考えていないみたいに思われて……腹が立った……」

さらりと重要な情報が流れ、凍蝶は動揺していたがさくらは気づいていない。

「けど、お前がこの事に口を出しても何の利益もない。わざわざ時間を割いても心配してくれているのは、私が導いてくれと言ったからだ……。私が言ったくせに、いざそうしたらお前にあたるなんて間違ってる……ごめん……なさい……」

言ってからさくらは凍蝶の反応を窺う。

「さくら、そんなことはない」

彼は少し戸惑っていたが、すぐ微笑んでくれた。

「私こそ悪かった。言い過ぎたのは私のほうだ。すまない」

こういうところは自分より大人な部分だとさくらは思う。

――きっと腹が立っているだろうに。

すぐに水に流してくれた。少なくとも表面上では。

さくらは同じことをされて、そんな風に微笑むことはけして出来ない。

やはり敵わない、と自分と彼との差を痛いほど感じた。

凍蝶はそんなさくらの胸中など知らず、話を受け止めてくれた彼女にやわらかな声で言う。

「お前が言っていたのは護衛官としての立ち回りだったはずだ。私生活の……結婚にまで口を挟むのは出過ぎた行為だと自覚している。心配でつい言ってしまった……」

「……凍蝶が心配性なのは、わかってる……」

「誰のことでも心配するわけではないぞ……」

「……それも、わかってる」

本当に自分は子どもだとさくらは思った。

目の前の人と釣り合う、釣り合わない以前に人として未熟だと悲しくなる。

「……さくら、そんな顔しないでくれ。お前を悲しませたいわけではないんだ……」

「……私、いまどんな顔してるんだ」

「見ていて私まで悲しくなる顔だ」

「…………じゃあ見るな」

さくらはうつむいた。

「……見ないと会話が出来ないだろう」

「……」

「さくら……？」

降ってくる声が優しければ優しいほど、さくらは惨めな気持ちになる。

自分を慈しんでくれるこの男は、けして自分を好きにならない。

いつも良い師でいてくれる。さくらも諦めて良い弟子になりたいと思う。

——でも。

彼が自分を大切にしてくれる度に恋心は膨らむのだ。

——何度でも好きだと思ってしまう。

これでは病だ。なんて馬鹿な恋をしているのだろう。

報われないのは自分のせいだと言うのに。

「……凍蝶」

さくらはうつむいたまま言う。

「きちんと考える。まだ、断るかどうかわからないけど……」

断る、と決めたわけではないことに凍蝶は歯がゆい気持ちになった。

だが、それでも一歩前進だろう。

「わかった…………雛菊様に相談するんだぞ」

「うん。あと養子縁組はしない」

「そうか……」

「狼星の妹にも、凍蝶の妹にもなりたくない」

「まあ……そう言うとは思っていた」

話すことは終わった。長話をしていたわけではないが、そろそろ戻ったほうがいいだろう。

「……戻れそうか？」

凍蝶の問いにさくらは首を横に振った。

「先に戻って」

いま、悲しい顔をしているからみんなの前でいつものように振る舞える自信がない。

そう言いたかったが言葉にならなかった。何だかとてもみじめで、恥ずかしい。

泣きたいのを我慢するので必死だった。声が震えていることに凍蝶も気づき、さくらの顔を覗こうとする。さくらはそれを防ぐ為に腕で顔を隠した。

「……さくら、お前泣いてるのか？」

「……違う」

「悪かった……。私がお前に色々と嫌なことを言ったから……」

「…………うるさい」

「さくら」

「凍蝶、うるさい。お前があと一つでも何か言うと本当に泣いてしまう」

「……」

凍蝶はぴたりと言葉が止まった。

「お前のせいじゃない。私の気持ちの問題だ。さっきも言ったけど……私、初めてのことで動揺していて……大丈夫なように振る舞ってるけど、いつもより冷静じゃないんだ。でも、雛菊様のところには元気な顔で戻りたい……。だから必死に我慢してる。先に戻って、凍蝶」

「…………」

「早く、お願い」

そう言われると、凍蝶は従うしかない。かなり躊躇っている様子が空気で伝わってきたが、やがてさくらの目の前から消えた。足音が遠ざかって、彼がつけているであろう名前のわからない香水の匂いまで消えるとようやくさくらはホッとした。涙が数滴零れる。

「……」

ハンカチを取り出して、そっと拭ってから深呼吸した。あまり化粧をするほうではないが、慎重にやらないと崩れてしまう。泣いていたのが丸わかりだ。

――そうしたら雛菊様が心配する。

「私は雛菊様の完璧な護衛官、私は雛菊様の完璧な護衛官……」

――いま、私の最重要課題は恋愛じゃないぞ。

「夏のお二人をお探しして、雛菊様の憂いも絶たねば」

――男に惑わされてる場合か。

最後に深く腹の中の空気を吐き出すと、キリッとした顔つきに戻った。

「よしっ」

さくらは廊下を歩き出した。ラウンジまでは何度か角を曲がる。

二回ほど曲がった地点で、人目を引く男が壁に背を預けて待っていた。

「……」

「……さくら」

ある程度予想は出来ていたが、さくらは深いため息をつく。

「凍蝶（いてちょう）、先に行ってって言っただろ……」

怒った口調で言ったが、凍蝶（いてちょう）は退かなかった。

「……お前を一人にして置いて行きたくなかった。何かして欲しいことは？」

「ないよ……」

凍蝶（いてちょう）が困っているので、さくらは無理して笑った。

「馬鹿凍蝶（いてちょう）。私の泣き顔なんて見慣れてるくせに」

「……」

「私は意外と泣き虫で、だから……私の涙は安いんだ。気にするな」

「……そんなことはない。私にとって、お前の泣き顔ほど心臓に悪いものはない」

「……狼星（ろうせい）は？」

「あいつの場合は泣いたほうが良い。ストレスの発散になるから心にも良いだろう。お前が泣く時は我慢して我慢して、もうどうしようもない時だから見ていて辛いんだ」

よくわかっている。そして、さくらも凍蝶のことがよくわかっていた。凍蝶がしたことはさくらを思ってこそだが、戸惑う娘に自分の気持ちを押し付けて責めるように諭す行為をした。早々に罪悪感を抱き苦しんでいるのだろう。さくらが凍蝶のせいではないと言っても。

「……何かして欲しいことはないか？」

彼が護衛官の顔を取り戻すには、さくらが罪滅ぼしの機会をあげなくてはいけない。彼は自分の有用性を示すことで感情を調整する男なのだから。

だからさくらは、少し考えてから言った。

「無事に、この件が終わったら……」

「終わったら？」

「空港に売ってた美味しそうなアイス食べたい。ちょ、ちょっと高いやつ……」

「……」

「ダメ？　じゃあ……」

「馬鹿を言うな。任せろ」

「でも躊躇ってた」

「……あまりにも小さな願いで驚いたんだ。泣かせた罪滅ぼしにもならない……。十個でも百個でも買わせてくれ。必ず帰りに食べよう……」

「そんなに要らないよ……。雛菊様と私の分だけで良い。あと、狼星と凍蝶……」

さくらが呆れたように言いながらまた歩き出す。すると凍蝶も連れ立って歩いた。

二人が喋りながら戻ってきた時には、事態は新しい展開を見せていた。

「瑠璃様とあやめ様が、黄昏の射手様に保護されている？」

さくらは驚いてつぶやいた。

ちょうど凍蝶とさくらがラウンジに戻ると、追加の情報がないか確認していた冬の四季庁職員が戻ってきたのだ。代行者達が一致団結した独断行動に同行している彼らは最初は難色を示したが何だかんだと協力してくれている。恐らくは春の事件で出した裏切り者、石原の存在で失った信用を取り戻そうとしてくれているのだろう。各団体、それぞれ問題はあるが所属している人間すべてが悪人というわけではない。職務の範囲内で、味方しようとしてくれている者はいる。その一人である冬の男性四季庁職員が頷いてまた話した。

「……その、色々と話が入り組んでいるのですが、そもそもいま黄昏の射手様は四季の代行者様の護衛官にあたる守り人が不在で、国家治安機構のシークレットサービスに守られているようでして、彼らを通じて国家治安機構に夏の代行者様の保護を通達、国家治安機構から四季庁に情報が伝達された……という形です」

ラウンジに集まっていた者達はざわめきたつ。竜胆が急かすように尋ねた。

「保護されている、ということは怪我などもなく、無事だということですよね？」

「病院に担ぎ込まれた、という話は聞いておりません」

竜胆と、彼の隣に居た撫子は顔を見合わせてホッとする。他の者達も同様な反応を見せた。

あの、と撫子が行儀正しく手を挙げてから口を開く。

「るりさまとあやめさまとお話ししたいです……。あぶないよって……いま、みんなですげかえされないようにかたまってます……そう、言ってさしあげないと……」

竜胆も加勢するように言った。

「我が主の言う通りです。俺達と夏の御二方に連絡手段を設けてもらうことは出来ませんか？　国家治安機構のシークレットサービスが傍に居るなら、機構の秘匿された回線を使えるはず。お二人の携帯端末への連絡は依然として通じないままですので……どうにかコンタクトを……」

四季庁職員は歯切れの悪い回答をした。

「一応、申請していますが承認待ちのまま待機させられると思います……。我々冬の四季庁職員もこのまま代行者様方を護衛しつつホテルに留めろとお達しが出ています。代行者様方が挿げ替えの危機を感じて団結しているということは、限られている者だけが知らされています。管理出来るところに居てもらい、問題提起に対する回答の姿勢を見せるのはゴタゴタが終わってから、と……いうのが上の意向です。問題の封じ込めですね……」

「いいからすっこんでろと言いたいわけだ」

狼星が口を挟み、手厳しい返しをする。

「冬の代行者様……信じていただけないかもしれませんが、いま国家治安機構も四季庁も二分化しています。現人神様達を本当に守りたい者達と、そうではない者達で……。その結果がこういう回答で……我々も出来ることが限られているんです……。すみません、末端なので……」

四季庁職員は申し訳無さそうに言った。

管理されるべき者達が起こした行動は当然問題視される。

だが、共に同行してくれている四季庁職員達は無理に現人神達を止めようとはしていない。監視と報告のみだ。恐らく、それは目の前に居る彼のように現人神に好意的な者達の精一杯の援護だろう。本来なら多少の衝突があって然るべきだった。

狼星は眉を下げた。凍蝶がかばうように言う。

「みんなそれぞれ生活があるし家族もいる。彼らをあまり責めるな狼星。こうして正直に話してくれているだけでも、十分味方になってくれているんだ」

「いや……別に個人を責めてない。すまん……団体そのものへの不信感の表明だった」

「いえ、代行者様方がそう思われるのは仕方ないことです……」

竜胆が狼星に続いて四季庁職員に言葉を投げかけた。

「瑠璃様、あやめ様の個人携帯端末と連絡が繋がらない以上、あと俺達が出来る方法は限られています。……巫の射手側にツテがある方はいらっしゃらないでしょうか？　国家治安機構と射手様のシークレットサービスの連絡網に入れないなら、別の線でアプローチすべきです」

四季の代行者陣営としては、挿げ替え防止の為にあらゆる機関より先に自分達が葉桜姉妹を確保したい。保護しますから大丈夫ですと言われて信じられるわけがない、という心境だ。

他のルートでの介入は妥当な代替案だった。

問題は射手陣営と代行者陣営がまったく関わり合いのない現人神同士だということだ。

「凍蝶」

狼星が『出来るか』という意味を込めて名前を呼ぶ。凍蝶は悩ましげな顔になった。

「……今回我々が連絡を取りたいのは黄昏の射手様だ。暁の射手様なら……我々のホームであるエニシの霊山で朝を齎してくださっているので、霊山近くにある神社に依頼すればあるいは……あそこは射手様とご縁がある。うちも季節顕現の時に立ち寄る神社だ」

「至急やってくれ。うちからエニシの神社に連絡。エニシの神社が巫覡の一族経由で射手様にご連絡……で繋がらないだろうか。我々が保護されている同胞と連絡を取りたがっているということを伝えてもらえれば万々歳だ」

だが凍蝶の返事には躊躇の色が見える。

「橋渡しをしてもらうにしても、かなり遠回りなお願いになる。……大きな借りを作るし、不平等な取引が発生するかもしれない」

「人命がかかってる。お前の判断で呑める要求なら呑め」

「了解した。少し電話をかけてくる」

凍蝶がその場を離れた。同時に、姿が見えなかった燕がラウンジに入ってきた。

「阿星殿、実は……」

さくらが声をかけると、燕はつらつとした声で答えた。

「あ、状況は把握しています。恐らく同じ情報を持っているかと。四季庁に射手陣営から夏の代行者様方の保護が通達されたとか。僕も朝一で色んな機関の動きを確認していました」

「阿星殿の主の命か？」

「はい、とは言っても、主が調べてくださったことを聞いているだけなんですが……」

「では話が早い。連絡を取る為に試行錯誤している。阿星殿の主にツテはないだろうか？」

「いえ……すみません。さすがに直結で繋がるツテはないようです。そもそも射手様の存在はものすごく隠されていますからね。ただ、もう少し待って頂ければ全体の動きがわかると思います。そうすれば打開策はあります」

「本当か！」

「はい。竜宮には国家治安機構特殊部隊【豪猪】の竜宮基地があります。どうやら暗狼事件の解決の為に射手陣営は【豪猪】に協力を要請しているようです。国家治安機構内の情報提供者に動向を知らせてもらうようお願いしています」

　さくらは少し肩を落とした。

「……つまり、待機か」

「ちょ、ちょっとですよ！　少しだけ待ってください。みなさんが竜宮に来ていることは確かに牽制になっているはずです！　四季庁の職員も、国家治安機構の者達も、昨日の内に動いて竜宮に辿り着いています。挿げ替えを狙う者達は我々の動向を見ているはずです。我々も彼らより先んじて動こうとしています。この睨み合いの時間はけして無駄では……」

「……だが、そもそもそんな連中は賊の根絶派と似たような者達だ。阿星殿が思うような思考をしているとは限らないぞ」

「う……」

「この状況でも踏み留まらず、暴力で支配力を示そうという者は一定数現れる。そういう頭のおかしいやつらより先に瑠璃様、あやめ様を見つけないと……」

　燕が焦っていると、凍蝶が携帯端末片手に戻ってきた。さくらが声をかける。

「凍蝶、手配してもらって悪いが、いま……」

「いま大変なことが起こった」

　凍蝶は携帯端末片手に緊張した面持ちで駆け寄ってくる。

「大変なことって……」

　すると、その場に居る四季庁職員達の携帯端末が同時に鳴り出した。

「射手様のお触れの連絡だろう。私が言った大変なことだ。冬の里の里長と連絡している最中に火急の連絡が入った。メールを開いてみてくれ」

職員達が取り出した携帯端末を各々みんなに見せる。

全員、覗き込んで呆気にとられた。

唯一、内容を知っていた凍蝶だけが書かれた言葉を読む。

「四季庁、国家治安機構、巫覡の一族に通達。黄昏の射手は夏の代行者と同盟を結び、暗狼事件の解決に挑む。此度の同盟に至った経緯はひとえに現人神を軽視する各団体への抗議の表明である。暗狼事件で発生した生態系破壊説、天罰説、また当事者である射手へその情報を隠蔽したことに遺憾の意を表する。この同盟に異を唱える者は、そのまなざしに夜が来ないことを確認せよ」

それは黄昏の射手、巫覡輝矢から送りつけられた宣戦布告だった。

第五章　狩りの前奏曲

嫌われていたな、と思う。

思い返すと悲しくなるが、確実にわたしはあの方に嫌われていた。

想像していた黄昏の射手様とは随分違ったので、それが初対面の時に顔に出てしまったかもしれない。現人神という存在を、神聖視しすぎていたのは確かだ。

あの時の彼に必要だったのはそういう存在ではなかったのに。

『荒神月燈さんだっけ？　帰って』

はっきりと拒絶された。

『帰って、要らないから』

睨まれ、威嚇された。

『君は必要ない。帰って』

わたしは、驚いた。

何というか、そこには神様が居なかったから驚いた。

代わりに居たのは、傷ついて他人を拒絶している普通の男の人だった。

——失敗した。

わたしは国家治安機構から彼を警護することになった理由の詳細をある程度聞いていた。

奥様と守り人がただならぬ仲になり、裏切られた夜の神様は人間不信に陥った、と。

巫の射手を、管理・育成する巫覡の一族は新しい奥様と守り人を速やかに用意したが拒否。

裏切った二人との思い出が多く残る屋敷から飛び出し、山に籠もって降りてこなくなったと。

そんな神様に、一時的な護衛措置及び監督役として派遣されたのがわたしと部下達だった。

依頼内容はわかっていたはずなのに、わたしは深く考えないまま竜宮まで来て、彼に会ってしまったのだ。

——どうして傷ついている人が居たことに驚いてしまったんだろう。

そもそも、傷心でご乱心されたと聞かされていたのに。

やはり相手が神様だと思っていたせいだろうか。

神様だから大丈夫なわけではない。少し視点を変えれば当たり前のことだった。

自分がなまじ幼少期から現人神信仰系の教育機関で育っていたせいか、思い込みが膨らみすぎていた。まるで小さな子どもが大人は泣かないだろうと思っているような盲目さだった。

現人神は敬うべき存在だが、完全無欠の神ではないのだ。

——あの方は、どう見ても神様にされた人間だった。

そう考えると、彼が山に籠もってしまった理由がするりと理解出来た。

巫の射手は場所に固定された現人神だ。

四季の代行者と違い、何処かに行くことが出来ない。

毎日、決まった場所で矢を射る義務があるのだからそれを阻害するような行為は厳禁だ。

そんな彼に与えられるのは閉鎖的な環境。

関わる者自体が少ない彼の人生で、大きな存在が二人揃って彼の前から姿を消した。

本当なら何処かに逃げてしまいたかっただろう。それか探しに行きたかったはず。

だが休むことは許されない。

大和の夜は黄昏の射手が居なければ齎されないから。

彼は気持ちを整理する時間がきっと欲しかったはずだ。

そんな人に、じゃあ代わりの守り人をあげよう、じゃあ代わりのお嫁さんをあげようという対応は最悪だと言えた。

パズルの穴を別のピースで埋めれば機能するだろうと言わんばかりだ。

配属される側の者のことも考えていない。

巫覡の一族のしたことは悪手だった。

もし自分が同じことをされたらと考えると……とても怖いし、何より悲しい。

間違いなく、彼に必要なのは一人で心を癒やす時間だった。

だから、わたし達の登場はやはり最悪だったのだ。

ようやく巫覡の一族を追い払えたと思ったら、国家治安機構の人間が山に来て、これから守り人の代わりに貴方を守ります、貴方の生活を管理します、貴方は神様だからそうされるべきなんですよと言ってきたら、拒絶反応を示すに決まっている。

——でも、ここで引き下がればもっと強硬手段に出る者が派遣されるはず。

わたしは自分が派遣されたことの意味を考えていた。

候補者の顔ぶれを覚えている。もっと強い者も居た。もっと賢い者も。

ただ恐らく、最も人の采配がうまいのはわたしだった。

調整者であることを求められているのだと思う。彼を保護、観察し、報告する。

と同時に彼を本当の意味で保護出来るように寄り添い、見守り、わたしの後続なり本来の守り人にはどういう人間が適格であるか調査し進言する。

それがわたしに求められる働きだった。

『お前に出来ることを探せ』と言ってきた上官の言葉を思い出す。

現地にて問題を確認した以上、直ちに解決に導かねばならない。

『帰って』

しかし残念なことに、わたしに与えられた試練はすぐに実を結ぶものではなかった。

わたしは彼に信用してもらう為に部下と一緒に山に野営場を作り見守り続けることにした。

帰れと言われてもお傍に居て、困っていることがあるなら手助けする。

自給自足生活に慣れているわけではないようだったので、国家治安機構仕込みのサバイバル知識をそれとなくお伝えしたりして、会話を増やすようにした。

矢を射る姿を最初に見た時には驚愕した。頭が混乱もした。

彼は人間だけど、やはり神様なのだ。

けれども、目覚めた時に握った手を跳ね除ける姿は人間だった。

わたしは少しずつ、少しずつ、彼を理解していった。

彼にもわたしを理解してもらいたかった。わたしは敵ではない。

貴方の味方で居たいと思っている一人の人間なのだと、わかってもらえるように。

数ヶ月、そうしていると緩やかだが関係性が変化した。

秋の終わり、竜宮岳の山中であの方と初めて一緒に御飯を食べたのだ。

恐れ多いと思いつつも、お椀によそってくれた寄せ鍋の汁が美味しくて、一口一口味わって食べたのにすぐ無くなってしまった。

『月燈さん、わりと食べるね』とあの方に言われて、わたしは大層恥ずかしかった。

そう、わたしは良く食べるのだ。

恐縮していたら『悪い意味で言ってないよ』とおかわりを用意してくれた。

食べてる様子をじっと見られるので、益々恥ずかしかった。

『美味しい？』と聞かれて何度も頷く。彼は笑った。料理が好きで、人に食べさせるのも好きらしい。いつも怒っている人だったから驚いた。

――本当はこんなに優しい方なんだ。

笑うと、穏やかな顔つきになる。知られざる一面にどきどきした。

――悲しみで変わってしまわれたのか。

彼から向けられていた『帰ってと言ってるのに帰らない国家治安機構の人』という評価は、ここ数ヶ月の努力のおかげで『厄介だけど居るのを許可してる民』に変わり、多少の信頼が混じるようになっていた。部下のおかげでもある。気のいい者達を選んでよかった。

わたしだけではこうはならなかっただろう。

わたし達は全員でこの夜の神様をなんとか人側に留めようと努力した。

放っておけば、いくらでも神様になりすぎてしまう人だったから。

最近では儀式を近くで見ても離れろと言われなくなっている。

買い出しの車に乗ってくれるようにもなった。

海辺にある銭湯にも一緒に行ってくれる。

誰も何も言わなかったが、時間をかけて、わたし達は何となく運命共同体というか生活を共にする者になっていた。

だから、彼が夜を齎した後に『よかったら食べる？』と夕食を誘ってくれたのは、奇跡でもなんでもなく、わたし達が共に過ごした時間の積み重ねの結果だった。

もう空は暗闇の帳が降りている。

共に焚き火を囲んでいる黄昏の射手様が夜を齎してくださったのだ。

今日は、気絶した彼の手を握っていても何も言われなかった。

『……月燈さんさ』

この頃には既に今の呼び方になっていた。

『はい、何でしょう輝矢様』

お鍋のシメにと作ってもらったおじやをぺろりと食べ終わって口を拭く。

『……野宿つらくないの？』

気まずそうな顔で問われた質問にわたしはきょとんとした。何を言っているのか。

山に籠もっているあなたを見守る為に野宿生活を始めて随分経っている。

つらいという状況はすでに通り過ぎていて、みんなでいかに快適なサバイバルライフを送るかという段階に来ていた。

『国家治安機構の者ですから、天幕を立て、野外で料理することは民間人より経験して慣れていますよ。じゃないと災害派遣とかに対応出来ないですからね』

『……そっか』

『また出ていけというお話でしょうか……？　出ていきません』

『君、俺のことを信仰してるって言うわりには反抗的だよね……』

『す、すみません……』

『別にいいよ……でも、誠実な人だから上に立つ仕事をしてるのは納得だ』

驚いた。褒められたと思って良いのだろうか。

わたしが瞳を瞬いていると、彼は言いにくそうに言葉を続ける。

『……君、本当根性あるよ。俺、結構冷たくしてたけど帰らないし、正直根負けしてきた』

『お叱りのお言葉ですか……？』

彼は首を振って否定した。

『違う。敬意を表して提案……』

一体何を言われるのかと怯えたわたしに齎された言葉は、ひどく優しいものだった。

『君と部下の子達さ……うちの屋敷使いなさい。ずっと帰ってないから汚いかもしれないけど、ここよりマシでしょ。これからも俺んとこ来るならあそこで夜は過ごしたほうがいいよ……』

労りの言葉に驚いたわたしを許して欲しい。

しかし、わたしはそれまでかなり拒絶を受けていたので、本当に驚いてしまったのだ。

『どうしてですか？』

『いや……俺に付き合わせてるから……』

『お傍に侍り、警護するのが仕事です』

『そうなんだけど……それが君の仕事だけど』

『お気遣いは不要ですよ』

彼は少し悲しげな顔になった。

『いいや、もう決めたんだ。月燈さん達のおかげで大分頭も冷えた』

彼は憂いを断ち切る決意をしていた。

『俺は今まで……神様だからって理由で許されることが多すぎたんだ。縛られてることも多いけど、それを理由に他の人をないがしろにしちゃあいけなかったんだよ。だから奥さんも慧剣も出ていったんだ。自分が管理されるべき者だってわかってるのに、君にも我儘言った』

『輝矢様……』

――貴方はわかっていない。

わたしは貴方が理不尽だと思わない。

犠牲になっているのは貴方なのだと、馬鹿なわたしとてちゃんとわかっている。

わたしのように無神経な者が貴方をたくさん傷つけた。貴方の怒りは正当なものだ。

それを我儘だと捉えてしまったら、じゃあ、貴方はいつ運命に怒るのだろう。

貴方は今まで痛みに慣れすぎていて、怒るのが下手だったのだと思う。

いまは怒っていていいのだ。

冷遇を当たり前と受け止めてほしくない。

『女の子だと、色々、ほら、あるでしょ。これから冬もくるしさ。身体冷やさないほうがいい。部下の子達とあの屋敷を使いなさい。歴代の射手も使った屋敷で、無駄に広くて部屋数だけはたくさんあるから』

とっつきにくくて、いつも不機嫌顔の神様。

わたし達と仲良くなってしまったから、この状況にみんなで居ることに罪悪感を抱いてしまった。山での暮らしは彼の言うように大変だ。

きっとたくさん考えて考えて、追い出すのが無理ならせめて民であるわたし達だけでも良いところに住まわせてあげたいと思ってくれたのだ。

『一緒には……帰らないですか……？』

今までもそれとなく聞いてきたことはあったが、ぎろりと睨まれて終わっている。

『……』

だが、その日の彼は怒らなかった。

『………帰りたいけど、家の中入ったら嫌なこと思い出す。そうなると、務めに支障が出る。神通力って心と関係してるから……。透織子さんと慧剣が出ていった日から、矢を作るのすごい難しくなっちゃって、不安定な夜が続いた。俺がまたああなったら大和の民に悪いでしょ』

俺の行動にもちゃんと理由があるんだよ、と彼は苦笑いした。

わたしは今更ながら、彼の妻と守り人がしでかしたことに腹が立った。

――あんまりではないか。

奥様と守り人が離れていくにしても、もう少し彼が傷つかない道はなかったのだろうか。

――それか、こうなってしまうほど深く二人を愛しておられたのか。

何処にも行けない神様は、耐え難いことが起きて、目を瞑っていたいのに逃げられない。

家にも居られなくなり、引きこもり先に選んだ場所が人に奉仕する為の聖域だった。

秋の夜長、明日も矢を射る為に山で彼が寝泊まりしていることを人々は知らない。

つい数ヶ月前まで、わたしもただ奇跡を受け取るだけの者だった。

彼がどれほど苦しみながら矢を射っていたことを知らなかった。

何の疑いもなく来ると信じていた夜が、この人の犠牲により齎されている。

『でしたら、今度一緒にカーテン買いに行きませんか？』

何でもいい。わたしは彼の為に何かしたかった。

この気持ちだけは信仰ではない。

『カーテン？　何で？』

目の前の人への親愛の気持ちだ。

『カーテンはお家の顔みたいなものですから、変えるだけでまったく違う印象になりますよ。絨毯とか家具とかも、少しずつ変えていったりしたら……お家で過ごすのも嫌じゃなくなるかも……。もちろん、新しいお屋敷を検討されるのも良いでしょう……。お手伝いします！』

さあ、どう反応されるだろうか。

顔色を窺い待っていると、彼はわたしを試すように言った。

『……そんなこと言ったら、俺、屋敷の家具全部変えるよ……思い出全部消したいから』

わたしは拳を握った。

『良いではないですか！　賛成なのです。全部変えましょう！』

『……無理だよ、大変だし』

『力仕事はお任せください。各種筋肉を取り揃えています』

わたしが言うと、部下達は力こぶを見せてきた。

輝矢様お手伝いしますよ、と部下達が各々の筋肉自慢をしながら言う。

彼は声を出して笑ってくれた。嬉しい、もっと笑顔が見たい。

『……本当に手伝ってくれるの？』

『もちろんです』

『警護が仕事でしょ……君達……何も得にならないじゃないか』

今度は私が笑った。

『警護以外してはだめだと言われていませんし……。わたし達のホームキャンプがお屋敷に移動すると考えたら必要な措置です。それにわたし、インテリア用品見るの大好きです。組立家具も得意です。お任せください。輝矢様……全部一人でやろうと思わないでください』

世の中のすべてが義務やしきたりで動いているわけではない。

『……いっしょに、帰れるお家を作りましょう』

貴方は、神様の法律で生きている。

『お家で食べるお鍋もきっと美味しいですよ』

わたしはそれが少し悲しい。

わたしが出逢った貴方はただ傷ついている「人」だったのに。

『……此処にずっと居てはだめです』

わたしは貴方ともっと近くにありたいのです。

そう想うことをどうか許して。

黎明二十年、七月二十四日、午後。巫覡輝矢邸。

荒神月燈は輝矢が言った通りの言葉を国家治安機構に転送した。

それから程なくしてひっきりなしに携帯端末が鳴り響き始めた。月燈は輝矢邸の広い廊下の端に移動し、ひたすら上司やその他機関からの問い合わせを捌き始めた。

「暗狼事件の解決の目処が立ちました。此度の暗狼の正体は射手様の元から失踪した守り人です。秘匿事項が関わる問題ですので、情報の取り扱いは十分お気をつけください」

「【豪猪】への支援要請はあくまで山狩りの援助であって、夏の代行者様の身柄をお引渡しするわけではありません。御二方はご厚意でこちらの山狩りに参加していただくことになりました。もちろん、ご両親には許可をいただいております。……夏の里長？　四季の代行者が休暇期間中に訪れた竜宮岳で、同じ現人神の窮地に救いを申し出る行為に里長の承認が必要ですか？　顕現期間中ならいざ知らず。里長はあくまで夏枢府の長。多数決の決定を伝える立場であるだけです。夏の代行者様の行動すべてを制限出来るわけではありませんよ。夏の里長が苦言を申しているのであれば、取り次ぎますが、その場合射手様も同席します。射手様自らの決断で夏の代行者様にご依頼したのですからそれは当然です。どうぞそのようにお伝えください」

「ええ、射手様は大変お怒りなのです。そもそも何故、四季の代行者様を巻き込んだ論争になっていることを教えてくださらなかったのですか？　事前に知っていれば軋轢を生むことがないよう、事の運びを気をつけられました。僭越ながら、申し上げます。わたしの仕事を警護と監視専門と仰るならその指摘は的外れです。知らされていないのに射手様のお怒りを鎮めることなど出来ません。お触れを出されたことを非難されるのであれば、ぜひ直接竜宮に来てご本人を前に言ってみてください。貴方はただ矢を射っていれば良いと。言えますか？　夜が来なくなるでしょうね。職務不履行……？　仰る通り、警護と監視をしています。本日も夜を齎してくださるよう可能な限り補佐していきますが、嫌だと言われた時に返す言葉を我々は持っていませんよ。わたしは今まで努力してきました。やっと、お屋敷で暮らしていただけるようになったのに。また御山に籠られたら……ええ、そう言われるのであれば、ぜひ、この責任を取れる方を現地に。何故、情報を降ろさなかったのか、それに対する回答を射手様はお待ちです。ええ、わかっています。可能な限り、努力します。それでは……」

一つ終わればまた一つかかってくる。

もう何度目かわからない着信が鳴って月燈がため息をついた時、廊下に輝矢が現れて携帯を取り上げた。

「黄昏の射手、巫覡輝矢だ」

月燈が奪い返そうとするが、輝矢は無視して電話の相手と会話する。

「月燈さんの直属の上司？　よかった、一度話したかったところだ。今回の件について釈明出来る人間を現地に送ってくるまで意味のない電話攻撃をやめてくれないか。かれこれ一時間くらい廊下の隅っこで喋り続けてるんだよ、彼女は。……脅迫とはまた物騒な。それを言うならそちらは悪質な隠蔽だろう。まさか貴方まで四季の代行者様が此度の暗狼事件のせいで風評被害にあっていることを知らなかったわけではないよな？　いいか、此度の騒動は巫覡の一族側の不始末だ。俺は四季の代行者様に謝罪する立場にある。しかしそもそもこのような事態になったのは現人神を取り巻く各機関の対応が不誠実なせいだろう。貴方達がおかしな論調を止めないでほったらかしにしたからこうなってるんだよ。部署が違う？　知るかそんなの。全体の責任として考えろ」

そう言うと、輝矢は無慈悲に通信を閉ざした。

「……輝矢様」

輝矢は疲れ切った顔の月燈を見て、悲しげに眉を下げる。

「ごめんね。俺も巫覡の一族のお偉方と一時間ずっと電話で口論してたから加勢するの遅くなった……」

「い、いえ……むしろ代わりに対応していただき申し訳ありません……」

「そんなことないよ。俺と他の機関の間に挟まれて……月燈さん一番辛い立場だ。俺が矢面に立つべきなのに……色々ありがとう……」

月燈はフォローをして欲しいと思っていたわけではないが、輝矢が一言そう言ってくれただけでそれまで感じていたストレスが一気にふっと消えていくように感じられた。

「いいえ、いいえ……」

主からの労いの言葉は護衛にとって最上の特効薬だ。

「とんでもない。当然のことです。あの、輝矢様……そちらはどうでしたか？　情報隠蔽の件……四季の代行者様の件についてお偉方はなんと？」

輝矢は眉間にシワを寄せて言う。

「……ただでさえ俺が精神的に参ってる時に、そういう風評被害があちらの界隈で出ていると聞かせたくなかったんだと。聞いて情緒不安定になって夜が来なくなるよりは、知らせない選択を管理する側としてせざるを得なかったんだとさ」

「……ただの後付の言い訳にしか聞こえないんですが……」

「実際そういう気持ちはあったんだろうけど、それよりも四季界隈のお偉方と仲良くすることを選んだんじゃないのって俺は思うね。昨日、夏の代行者様達から色々聞いただろ？」

「はい、【老獪亀】と【一匹兎角】のお話ですね」

「都合悪くなって代行者叩きをすることで非難逃れしたい勢力が、その雰囲気を作り出す為に有識者会議に居た人間を買収したって言うなら……いまのわけわからん状況になってるのすごく納得出来るんだよね。瑠璃様の言ってた通りなんじゃないかな」

暗狼事件に関する有識者会議に参加した者達が所属している組織の内訳はこうだ。

射手を守護する『巫覡』の一族、

大和国の警察権を持ち国民の安全を守る『国家治安機構』。

大和国政府の自然環境の保全を担う『環境保護庁』。

四季の代行者の養育機関である『四季の里』。

四季の代行者の活動を補助する『四季庁』。

環境保護庁の要請から四季の里と四季庁が追加されたという流れなので、竜宮岳での騒動を聞きつけた者が、この陰謀を考えつき、環境保護庁含め様々な人をそそのかして四季の里や四季庁を手引し風評被害を振りまいた、と考えるのが確かに一番わかりやすいだろう。

「そっちの国家治安機構の人達が月燈さんに有識者会議の内容を伝えなかったのは、巫覡の一族から射手を動揺させないよう周囲の人間にも情報を降ろさないでくれ、と頼まれたからだよ。うちのお偉方が白状した。実際、俺達は夏の代行者様と出会うまで暗狼に襲われている日々でも今ほど緊迫感のある状況じゃなかった。まあ成功はしているよね」

「……それでも……他の人が傷ついているのに、知らないほうが良いというのは独善的です。輝矢様に関わることなのに……」

輝矢はなんてこと無いように言う。

「俺は飼育されてる家畜みたいなもんだからね。箱庭の中で何も知らず生きてるほうが幸せだと思われてる。月燈さん、君は巻き込まれただけで、能力を低く見積もられたわけじゃないよ。君の部下も。そこは間違えないでね。俺の傍に居る人は自然とそうなっちゃうんだ……。俺の傍は、あんまり良い環境じゃないから……」

あまりにも達観していて、そして寂しい言い方だった。

「そういう身分に生まれたから仕方ない。昨日まではそう思ってたけど……」

輝矢は苦笑いしてみせる。

「……今日は、若い現人神の為にも、自分自身の為にも尊厳を守る戦いをしたい。痛めつけられるばかりは嫌だ」

「輝矢様……」

「月燈さんは俺のやることに巻き込まれてるだけだから、そこんところは考えなくていいよ。ただ、俺がそういう考えでいるってこと……君には知らせておきたいから……」

月燈は首を横に大きく振った。

「いいえ、賛同します。わたしは、ずっと輝矢様に怒って欲しかったのです……」

輝矢は突然の言葉に目を瞬く。言っている意味がよくわからなかった。

「俺、結構怒るほうだけど？」

「日々のことではなく、運命に……御身がそういう状態になられていることに怒って欲しかったのです」

「……」

「輝矢様、わたしは現人神様を信仰する立場、御身を見守る立場ではありますが……」

月燈は一度目を伏せてから、改めて輝矢の瞳と目を合わせた。

輝矢より少しだけ背が高い月燈は、彼と目の高さが近い。

親密な距離で見つめ合えば、何となく世界が二人だけ切り離されたかのように感じられる。

「荒神月燈個人として、巫覡輝矢……さん、という個人を応援しています」

たとえいまどんなに酷い状況でもこの世界で、共鳴し、出逢った。

ただの月燈と輝矢になれた。どちらの心も切なく、しかし甘い痛みを訴える。

「理不尽な出来事に負けないでください……」

輝矢は驚くよりも先に疑問が湧いた。

彼の人生で、そんなことを言ってくれる人は老若男女問わず誰もいなかった。

「何で……？」

今まで誰一人として、神様ではない個人の輝矢を見る者はいなかった。

「何で、そんな、優しくしてくれるの？」

人間として見てくれる人は居なかった。だから輝矢も神様であろうと努力していた。その生活の中で、もう既に大切な人達二人に裏切られている。

「何でと申されましても……それに優しいとは違うような……」

「だっておかしいよ……月燈さん、敬虔な信徒だから？　気を遣ってる？　それなら……そんなに自分を犠牲にしないで欲しい……」

「違います！　巫覡輝矢さん個人と言ったではないですか……！」

「……そうだけど」

此処で素直に月燈の言葉に微笑むことが出来ないのは自信がないからだ。輝矢は自分が人として愛される才能がないと決めつけている。

「わたしは勝手に怒ってるだけです……とても私的な怒りなので、優しい、とはちょっと違うような……。でも、おかしくはないですよ。輝矢様だってわたしのことで怒ってくださるじゃないですか……それは、わたし達が前よりももっと親しくなれたからですよね……？」

だから、こんなにも慕ってくれる人が現れると、どうしていいかわからない。

下手なことをして彼女に嫌われたら？

でも、心はいますぐにでも愛を乞いたいとも言っているし、何か取り返しのつかない悲しみが生まれる前に彼女から逃げたいとも言っている。

月燈は、輝矢の人生に突如現れた光だった。

最初からそう感じていたわけではないが、今ではもう確信している。彼女に会う為に此処まで生きてきた。だが、相手は人で自分は神だ。こちら側に引きずり込んではいけない。

——馬鹿なこと考えるな。深入りしないほうがいい。

「す……好きだから、味方してもいい……そういう風に、思うのは……変ですか……？」

愛なんて乞うな。きっと裏切られる。

「荒神月燈は、巫覡輝矢さんの……ちょっと意地悪だけど結局は優しくしてくれるところとか、みんなにご飯を作るのが好きなところとか……誰からの労いがなくても一生懸命夜を齎してくれていた強さとか……そういう……そういうところが全部好きで尊敬してます」

愛なんて乞うな。迷惑がられるに決まっている。

「私と身分が違うのに、ふざけて話してくれるところとか、背が高い私のこと、一度もからかったりしないところとか、女の子扱いしてくれるところとか……そういうこと、ぜんぶ……」

愛なんて乞うな。お前が愛されるわけがない。

「ぜんぶ、好きですよ」

愛なんて、乞うな。

――無理だろ、こんなの。

輝矢はもうどうしたら良いかわからなくなった。

彼は月燈が大切だからこそ、彼女からの矢印を見ないようにしていた。この人の気持ちは信仰心だからと、遠ざける理由を作った。

だが、月燈がこう出たら、躊躇うことが出来ない。此処で黙っていたくない。

ようやく訪れた愛してくれる人を、見過ごしたくなかった。

だから彼女に手を伸ばした。

「……っ」

今度は、触れることを怖がらなかった。

月燈は急に手を掴まれて息が止まった。

抱擁にしなかったのは輝矢の理性がなんとか働いた証拠だ。

彼は突然妻に出ていかれた身の上だが、だからといって不義が許されるわけではない。

精一杯の気持ちの表現だった。神様ではなく、巫覡輝矢という個人の人間として。

「……ありがとう、俺も好き」

少し切ないのは、手を掴んだと言っても彼女の指の端をただ握ったような、そんな頼りない触れ方だったことだろう。明らかに、人に触れ慣れていない。

「か、ぐやさま……」

輝矢は月燈に何か言わせる余裕を与えず再度言った。

「俺も好き」

月燈の顔を見てちゃんと言う。彼女が、自分の言葉を拒絶していないのは表情でわかった。

だからこそ、愛おしさと切なさがより湧いてくる。

「あと……俺のこと、ちゃんと人として見てくれてありがとう……」

そう言うと、輝矢はすぐ手を離した。

彼女に出逢ってから初めて知った感情。けして知られてはいけないのに、言ってしまった。

「……ありがとう」

伝えてはいけなかったのに。

「好きだよ、月燈さん」

言えば、欲しくなってしまう。

「好き」

君が欲しいと言っているようなものだった。

「輝矢様……」

顔を真っ赤にした月燈に、輝矢は少し潤んだ瞳で言った。

「何か望んでるわけじゃないから。今くれた言葉で、独りでも、一生……矢を射るの頑張れそうな気がする」

伝えるだけ伝えてから、輝矢はちゃんと月燈に逃げ道をあげた。

「本当に、ありがとう……。俺、今日頑張る。俺も……荒神月燈さんを守りたい。君への理不尽な扱いを他のやつらから止めさせたい。今日、頑張るね……」

「……輝矢様、わたし」

月燈が何か言いかけたところで、ちょうど携帯端末が鳴った。

二人共、黙って見つめ合う。やがて、輝矢はくるりと月燈に背を向けた。

「一旦君の電話預かるから、出発の準備、確認してもらっていい？　早めに山に入ろう」

輝矢は応答の操作をしながら『行って』と短く言う。

「……はい」

二人の間には互いの恋心をどうするかという問題が取り残されたが、それはいま取り組む時ではない。今日は決戦だ。月燈は廊下を小走りで駆ける。自然と胸を手で押さえてしまった。

「……っ」

みんなが居るリビングの扉のドアノブに手をかけて、一旦止める。

火照っている頬を冷ましたいが、夏真っ盛りのいまは冷房が届かない場所は暑い。

せめて、動悸を抑える為に深呼吸が必要だった。

すう、はあ、と息を吸い、吐く。

「……」

遠くで輝矢の声が聞こえる。月燈は目を閉じる。

ぼそぼそとした、けだるげな喋り方だ。背を丸くした彼が携帯端末で話す姿が目に浮かぶ。

真夏の廊下。輝矢の声。まるで特別な人のように捧げられた言葉。

全部が全部、月燈の胸を締め付けた。恋をする為に此処に来たわけではない。

でも、恋は随分前から始まってしまっている。

「………」

もう一度だけ、すう、はあ、と深呼吸する。

そして小さな声で、自分に言い聞かせるようにつぶやいた。

「わたしも頑張る……」

月燈は勢いよくリビングのドアを開けた。

「みなさん、山狩りの準備はいかがですか？」

戦いはもう目前に迫っていた。

一方、射手陣営の宣戦布告は様々な陣営に衝撃を与えていた。

夏の代行者と黄昏の射手が暗狼事件解決の為に結託。

これに妨害が入れば夜を齎す儀式を行わないと射手による脅迫とも言える宣言がなされた。

これらが国家治安機構、四季庁、四季の里、巫覡の一族に速やかに伝達され、また、暗狼の正体が何であるかは国家治安機構特殊部隊【豪猪】の協力を仰ぐ為に荒神月燈によって限られたごく一部の者にだけ共有された。

この宣戦布告で一気に追い詰められていたのは夏の里長、松風青藍だ。

「何てことを……！」

青藍は怒りに震えた。

これでは昨日まで越権行為だと思っていた状態すら可愛く思える。

葉桜姉妹は無謀にも暗狼事件を解決しようとしただけでなく、射手と合流し味方につけた。

これが昨日の状況だ。加えて、今日は別の領域の神に四季界隈を批判させた。

この国の『夜』が『季節』の扱いに憤っていると。

黄昏の射手について青藍はほとんど知らないが、こんな宣戦布告を堂々とするぐらいなのだから一筋縄ではいかない相手だろうと推測出来た。

士気が高かった【老獪亀】の者達も、射手の宣言で尻込みする者が現れ始め、せっかく集めた武装部隊は半数ほど引き上げてしまった。残りは約四十名になる。兵隊は数が集まれば大きな力になる。少しでも失うことは、いまの青藍にとって大きな損失だった。

『本当に何てことをだ。いま何処にいる？』

青藍は怒りながらもまた【伏竜童子】と連絡を取っていた。

かつて双子を呼び出して、屈辱と辛酸を味わわせた部屋で苦痛に耐えている。

「……夏の里本殿、政務室だ。朝からあの黄昏の射手の宣言で叩き起こされた」

『人に聞かれる場所にはいないな？』

「問題ない。業務を行いながら、隙を見て連絡している」

『人前では平常心を保っていてくれているようで何よりだ』

「……表向き、夏の代行者の保護の指令を出してはいる。夏枢府はいま大混乱だ。早くも凶兆扱いをしたことが槍玉に挙がっている。私の目の前で双子は大罪を犯したとのたまわっていた者達すらな……」

『そうか。それが貴方の権威が失墜した時の周囲の反応だと思ったほうがいい』

「……」

思わず電話口に噛み付くほど暴言を吐きたくなったが、青藍はぐっと堪えた。

現在進行形でこうした手のひら返しが起きているのだ。

この貴重な戦略指南役兼情報屋まで味方陣営から失いたくない。

『ここで退くか、それとも攻めるか。運命の分かれ道だがどうする？』

それをしてはもう終わりだということくらい、青藍もわかっていた。

「無論、攻める。ここで私が折れれば、他の【老獪亀】達も衰退の一途を辿る。兵を引き上げた者達はそこがわかっていない。いまは分岐点だ。このまま射手の発言に尻込みし、管理すべき家畜共……代行者達の言うことを聞けば里の勢力図は一気に変わる。武力を引っ込めたからといって糾弾から逃れられるわけではない。【老獪亀】で一致団結し、暗狼の出現から代行者叩きの風潮へ転じさせたから我々はまだ権威を保てているんだ」

『……これは、単なる質問なのだが……危ない橋を渡ってまでその座にしがみつき続ける理由は何だ？』

「お前、私を馬鹿にしているのか……？　哀れな男だと？」

『いや、そうではない。ただ疑問なんだ。私は自分が可愛い人間だ。だから、貴方と同じ状況に追い込まれたら早々に逃げるか、一旦は現人神達を受け入れて、後から転覆させる機会を狙うだろう。貴方をここまでさせる理由が何なのか知りたいと思った』

声の口調に侮りは感じないが、青藍は自分の内側をさらけ出すようなことはしたくなかった。

黙っていると、【伏竜童子】が続けて言った。

『身近に同じように権力の座にこだわる者が居た。私にはその人の思考がどうしてもわからなかった』

「そいつはどうなった」

『悪にもなりきれず、善にもなれず……色んなことを同時に追いすぎて身を滅ぼした』

「……私はお前の身近な愚か者に似ているということか……はっ！」

青藍（せいらん）は怒りで頭痛がしていたが、この情報屋の質問に答えてやる気が出た。一つわかっていることがある。この情報屋は恐らく若者で、自分よりは自由な身の上なのだと。

「【伏竜童子（ふくりょうどうじ）】よ。お前、家族を持っていないだろう」

『……』

「正体不明の情報屋。だがしかしお前の言葉は時に幼い。お前は家族を持っていない。家を支えるということを知らない。独りは都合が良いだろう。しがらみがない。お前は何処（どこ）にでも行けるし何でも出来る。誰も見たことがない景色が見られる。だからわからんのだ」

『……』

「子どもは居るか、妻は居るか？」

『……』

「どうせ親ともろくな絆（きずな）がないのだろう。四季界隈（かいわい）にて家を重要視した生き方をしていない者はみなそうだ。背負うべき人の重さも願いもない」

『……愛情深い父親の言葉に聞こえるが、貴方（あなた）は実際そうなのか？』

「そういうことが言える時点で若いと言ってるんだ。いいか、家族なんてものは結局自分以外の他者で構成された集団だ。それらをただ家族というだけで愛情深く包めるものか。必ず憎しみも生まれる。だが、それでも……」

青藍は自分のせいで壊れてしまった息子の人生を思った。

「それでも最後まで気にかけてしまう。そういう呪いとも言える執着が『家族』だ」

今も青藍の息子は国家治安機構に捕らえられたままだ。

「我が息子は独房に入った。妻は息子のしでかしたことに神経が参って病院通いだ。他の子らは私を責める者もいれば、私に息子を守ってくれと願う者も居る。私には松風本家当主としての責任がある。たとえ自分がどうなろうとも、この家の権威を続けさせる義務がある。家を背負うというのは綺麗事だけで出来ない。高みで見物しているお前にはわからないだろうが、私はいま逃げることは絶対に出来ん。そうなれば、家族は辱められ、行き場を失うだろう」

『……自分達の安全が確保出来れば、他の家族のことはどうでも良いと？』

「くどい。聞いていなかったか、綺麗事だけでは生きられないと。そんなことが言える立場ではないだろう、お前も……。今までどれだけその仕事で他者に不幸を振りまいてきた？　まさか正義の側に居るつもりか。笑わせるなっ！」

『……これは耳に痛い』

「他の家族などどうでもいい。私は幼い頃から自分の家族の願いを果たす為に生きてきた。他はどうでもいい、他は……どうでもいいんだっ！」

『……成程な。ふむ、実際やったことはなんであれ、私が知る人物よりは貴方のほうが「志」が立派だと思えたよ』

【伏竜童子】は本当に満足そうな様子だった。

彼にも屈折した感情を向ける相手が居るのだろうか。青藍はこの情報屋の人物像が少しだけ見えた気がしたが、今は考えている余裕がなかった。

「仕事の話をしてくれ」

脅すにしても、味方につけるにしても、行動を起こすのはもっと先ではないと無理だ。

今、青藍がすべきことはただ一つ。

葉桜姉妹を殺す。そうすることで、青藍の家族も、青藍の人生も守ることが出来る。

『……ああ、そうしよう。さて、夏の代行者を殺しさえすれば、死の原因は暗狼事件解決の為に彼女達を連れ回した射手のせいだという論調を展開することも出来る。射手については、彼が矢を射たないというのはあくまで脅しに過ぎないと私は予測している。夏の代行者もそれは望まない』

「何故、そう言える」

『貴方が誰かの願いや希望で動くように、代行者も人に望まれて奇跡を起こす人だからだ』

その言葉に、青藍は一瞬息が止まった。

『選ばれる者の選定基準を貴方は考えたことがあるか？　私はある。現人神達は、他の為に自己を犠牲にすることを、そしてその果てに見ることが出来る平和や穏やかな暮らしを願う者。それが出来る者が神の手に絡め取られると思っている。伝承にもあるだろう。我々の祖先はこう言ったんだ。自分達が四季の代行者となりましょう。その代わり、どうか豊穣と安寧を大地に齎して下さい、と』

「……それは」

『生来、善なる者。それが彼らだ。もちろん、成長過程で悪と変わる者も居るだろうが、基本的には自己犠牲が出来る者が神となっている。古今東西、民草から聖人と謳われる者達は大抵大義の為に、弱者の為に身を擲って偉業を為す。そんな性質の彼らが……おまけに四季と違って三百六十五日、神事を行う射手が、お役目をそう簡単に降りるものか』

「……ふ、ではそれで言うと顕現を拒んだ春の代行者は最も悪に近いとも言えるな」

『……』

【伏竜童子】は何故かそこだけ低い声で返した。

『馬鹿を言え。春の代行者は特別だ。常人なら里から受けた仕打ちでとうに自死している』

まるで庇ったような言い方が気になった。青藍は口を挟みたくなったが、それより早く【伏竜童子】が言葉を続けた。

『射手は仕事を放棄しない。あれは脅しだ。すまないが私も朝から電話がひっきりなしに鳴っている。一度これで通話は切らせてもらう』

「わかった……」

『幸いなことに熱心な挿げ替え推進派は宣戦布告でむしろ気合が入った様子だ。彼らから派兵される武人も報酬が上乗せされた。頑張ってくれることだろう。これで貴方以外も、後には引けなくなった。戦況は悪くない。健闘を祈る』

「……ああ」

通信がぷつりと途切れる。青藍の目は据わっていた。

「……」

黙ってそのまま次の連絡先に電話をかけた。相手は竜宮岳に居る青藍直属の私兵だ。

「卯浪か……私だ。現地の同士達と合流したか？」

しばし間があってから、卯浪と呼ばれた相手から応答があった。男の声だ。

『現在、竜宮岳にて合流し、潜伏中です。入り口付近に居た国家治安機構の警備員は殺さず山小屋に縛り上げて入れています。夏の代行者を憎む根絶派の賊だと思わせる工作をしました。つつがなくすべてが終われば、我々が罪を問われることはありません』

青藍は端末を握りながら頷く。

「ああ、それでいい。いずれ射手が凶兆の双子を連れてやってくる。煙幕を利用して近接保護官達と分断、もしくは目眩ましに乗じて双子を殺せ」

『どちらでも構わないということで、間違いないですか？』

「どちらでもいい。仕留めることが出来ればそれなりの報酬を与える。金でなくとも良い。欲しい物をくれてやる。その代わり、確実に殺せ」

『了解しました』

冷たい言葉のやり取りはすぐに終わった。

青藍はおもむろに政務室の机の上にある写真を見た。

良く出来た人間像を演出する為に置いていた家族の写真が、今はとても大事な物に思えた。

青藍はもう疲労困憊だったが、それでも携帯端末をまた操作する。

かけた相手は妻だった。

「……私だ。病院はどうだった？　いいから家で寝ていなさい……。大丈夫だ、仕事のことは気にするな」

少しだけ嬉しそうな妻の声を聞いて、青藍のささくれ立った心が落ち着いていく。

「今日はきっと帰るのが遅くなるから、先に寝ていてくれ。あの子のことは私が何とかするから……君はとにかく、自分の身体を大事に。いいね」

誰かにとって正義の人は、誰かにとっての悪人になり得る。

「すべてきっとうまくいく」

青藍(せいらん)は祈った。どちらでも良い。罪もない少女が死にますようにと。

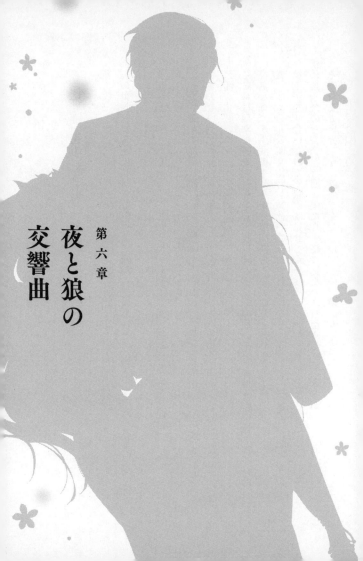

第六章　夜と狼の交響曲

黎明二十年、七月二十四日。午後。

春、秋、冬陣営。夏、黄昏陣営。葉桜姉妹の婚約者である連理と雷鳥。

夏の里長松風青藍の私兵と【老獪亀】達から支援された挿げ替え推進派の各里の荒くれ者。

全ての駒が盤上に揃おうとしている頃、暗狼こと巫覡慧剣は竜宮岳に隠れていた。

あと数時間もすれば黄昏の射手巫覡輝矢が竜宮岳に登ってくる。そして今日も夜が来るのだ。

自身のせいで閉ざされてしまっている竜宮神社に入り込み、十年に一度しか公開されない非公開文化財の屏風の前で慧剣は途方に暮れていた。

そこには四季の神々、黄昏の神、暁の神、またその他の千万神が緻密に描かれていた。

高名な画家が生涯の半分をかけて完成させたものだと言われている。

慧剣はこの非公開文化財が神社内に保管されているということを彼の主から聞いていた。

神主が知り合いなので、頼めば見せてくれる。見たいか、とかつて問われた時、慧剣は首を横に振ったのだ。公開時期が来たら一緒に見たいとねだった。

その時まで自分を傍に置いてください、という願いも込めて。

──輝矢様、あの時なんて言ったっけ。

確か随分先だと笑っていた気がする。無下にされなくて安堵したことだけはよく覚えていた。

──輝矢様。

神様という存在は慧剣にとって身近な存在だが、絵の中の神々は遠く感じた。

──輝矢様のもとに帰りたい。

慧剣は漠然とそう思った。

──帰りたい。

だが帰る場所がない。十六歳の少年が、大人達から逃げている。

今すぐにでも保護を求めるべきだがそう出来ない。

慧剣が唯一、そうしたい相手に牙を剝いてしまったせいだ。

──輝矢様。

最初は嫉妬だった。自分はこんなにも貴方の為に重荷を背負ったのに、貴方は簡単に自分を忘れたのかと怒り震えた。

次に恐怖だった。

もう自分の居場所は無くなったのでは、では何処に帰ればいいのかと心が悲鳴を上げた。

──帰りたい。

だから攻撃した。存在を思い出して欲しかった。

獣の幻術を出してしまったのはどうしてかわからない。随分前から慧剣は取り返しがつかなくなっていて、もう前の自分に戻れないのだ。

――帰りたい、ごめんなさい、許して。

最初はただ彼からの視線と関心が欲しいだけだったのに。

慧剣は目を閉じる。閉じると自然と涙が溢れてきた。

――帰りたいよ。

少年は実のところ狼でもなんでもなく、まだ頼る者が必要なただの子どもだった。

「慧剣くんはもう要らない子だから家に帰れないよ」

その時、声がした。

誰も居ないはずの屏風の間に、人が立っている。慧剣は特に驚くことなくその人を見つめた。

二十代半ばか後半。それくらいの年齢の女性が慧剣に微笑みかけている。

風が吹けば攫われてしまいそうなほど身体が細く、顔立ちはどこか薄幸そうだ。

心寂しい雰囲気を纏う彼女は、しかし声音はしっかりとしていた。

「輝矢様も、こんな馬鹿な守り人はもう要らない……そう思っているよ」

幽鬼じみているのに、ちゃんとそこに居る。

「可哀想だね、捨てられちゃったね……」

そこに居るのに、だが現実味がない。

胸を刺すような言葉を与えられ続けて、慧剣は大粒の涙を流す。

「逃げちゃいなよ……四季の代行者様まで出てきちゃったんだよ。捕まるのは目に見えてる」

気がつけばその人は慧剣の目の前まで来ていた。

「……どこに。おれ、逃げる場所なんてないよ」

彼女は諭すように言う。

「ここだって逃げる場所じゃなかったでしょ。偉い人達は君を輝矢様の元に戻す気なんて最初からなかったんだよ。君が問題を報告した時点で、これはもう使えないと判断したの。君は自分が思っているより重症なんだよ」

「おれはまだまだ働ける！」

「そうかなぁ？　私が見たところ、慧剣くんはかなり駄目になってしまってると思うけど」

「……おれは駄目じゃないっ！」

「そうかなぁ？　本当にそうかなぁ？」

「透織子さん、やめて、おれに怖いことを言わないで……」

慧剣が泣きながら頼むと、透織子と呼ばれた女性は慧剣の頭に手を伸ばして撫でた。

「やめて、おれに触れないで」

「君が頼れるのはもう私だけなのに、つれないね」

「全部、全部、透織子さんのせいだ」

「そうだね……」

「透織子さんが、あんなことしたから……おれまで巻き込まれて……」

「でもその前から破綻はあったよ。あの家はおかしかったもの」

慧剣は首を振る。そうすると、自然と透織子の手は離れた。

「そんなことない。全部がうまく出来てなくても、ちゃんとおれ達は家族をやってた」

名残惜しそうに透織子は自分の手を握る。

「偽物のね」

その言葉は残酷な響きをしている。なんと返したら良いかわからず、慧剣は一歩後ろに下がり、透織子と少し距離を取ってから尋ねた。

「……透織子さん、どうしてあんなことしたの」

「慧剣くんはもうそれがわかってるんじゃないの？　君が一番理解してくれると思ってた」

慧剣は責めるように、しかし悲しみが込もった声音で怒鳴った。

「わからないよ！　おれには大丈夫って言ったじゃない……！」

彼の怒りに透織子はすぐに反応しない。

「大丈夫、だなんて他人の為につく嘘だよ」

少年が目で返事を催促して、やっと笑いながらそう言う。

「じゃあおれに、輝矢様に言ってよ！　つらくてどうしようもないって！」

「言ってたじゃない……」

「でも透織子さんはこうしたらいいんじゃないか、ああしたらいいんじゃないかって言葉に一度も頷いてくれたことがなかったじゃないか！　おれ達が的はずれなことを言っていたなら自分からちゃんと願いを言ってくれたら良かったんだ！　おれはどうすればよかったんだよ！　輝矢様ならきっと何とかしてくれたのに……」

透織子は慧剣が泣きながら憤っているというのにケラケラと笑った。

「慧剣くんは子どもだね……。私は売られるように嫁いだけどあの人の妻だった。神妻としての誇りもあった。私はあそこから逃げたかったけど、逃げられなかった。意地もあった。限界まで頑張ってああなったの」

「そんな意地捨てれば良かったんだ！」

「……捨てようとしたよ……慧剣くんが一番わかってるじゃない」

慧剣は鋭い視線で刺されて、また一歩後ろに下がる。透織子の視線は依然として冷たい。

「実際問題、あの人は私が何か願い出ればきっと叶えてくれた。そういう神様だもの。情が深い人でもある。でも、私はもう輝矢様に迷惑をかけたくなかった。私のせいで迷惑をかけるくらいなら消え去りたかったの」

「……それは」

「ちょっと笑ってしまったのは……自分が居なくなったら大変なことになるんじゃないか……なんて……長年思ってたこと……。恥ずかしいよね。いま過去に戻れるなら過去の自分に言ってあげたい……。さっさと逃げなって……。そうしたら輝矢様は本当に好きな人を探せたかもしれない。私は自分の人生を始められたかもしれない。追い詰められて、馬鹿みたいなことすることなかった。慧剣くん、君もね」

「……おれは、どうしたら良かったの？」

「慧剣くんは何もしなくてよかったんだよ」

「……っ」

「でも出来なかったんだよね。君も私と一緒。だから、慧剣くんは私を責められないよ。人間は馬鹿なことをする時があるの。実際同じ立場になった時、正しい行動が取れる人は何人居るのかな？」

「……透織子さん……」

「本心ではこうしたら良いってわかってるけど、でも出来ないことってあるでしょ？　意地とか、恐れとか、これ以上悲しみたくないとか、そういう色んな防御反応で人はどんどん選択肢を自分で狭めて、そして簡単に参ってしまうんだよ。今の君みたいにね。私もあの頃は重症だったの。だからどうしてって聞かないで」

透織子は笑った。

「誰が悪いとか、そういうことじゃないの。どうしようもないことだった。世の中にはそういうことがあるんだよ」

それは優しい言い方だったが、同時にひどく突き放した台詞でもあった。

「……おれはどうにかしたかったよ……」

「それは、ごめんね……ありがとう。君の優しさを責めたわけじゃないよ」

「きっと輝矢様もどうにかしたいと思ってたのに……」

「……ごめんね」

「謝るくらいなら……やらないでよ……」

慧剣はその場に膝をつき、ただおいおいと泣いた。透織子は薄暗い部屋の中で黙って慧剣が嗚咽を漏らす姿を見ている。少年の罪と女の罪、どちらも咎める者は居なかったので、屏風の中の神様だけが哀れな逃亡者達を見守っていた。

――輝矢様、たすけて。

慧剣はひたすら彼の人の名前を心の中で呼ぶ。

彼を助けてもくれない神様なのに、慧剣が悲鳴を上げるような時にすがる神は輝矢しかいないのだ。逃げる場所がこの山しかない時点で、彼がどれだけ孤独かはもう証明されている。

巫覡慧剣は孤独だった。孤独だから、溺れるように輝矢を慕った。

「慧剣くんは、輝矢様と会わないほうが幸せだったのかもね」

透織子が憐れむようにそう言ったが、慧剣は心の中で否定した。

――そんなことない、おれは輝矢様に会えて幸せだった。

泣きながら、慧剣は彼にとっては最良の日々だった過去を思い出す。

かつてはこの竜宮岳の急勾配の坂を物ともせず走ったものだ。

輝矢に元気な姿を見て欲しくて。自分がそう簡単にはへこたれない男だとわかって欲しくて。

視線を欲した相手はいつも呆れていた。


『危ないよお前、走るんじゃないよ』


二人の関係は、神と従者と言うよりは、父と息子だった。慧剣は自分にとって大きな存在である輝矢から言葉や表情が返ってくるのが嬉しくて、彼の前では子どもらしくはしゃいだ。

『輝矢様、すごい大きな木の棒があります！　輝矢様の為に取ってきます！』

『輝矢様、猪ですよあれ！　うわー！　おれ、初めて見た！』

『ここ昨日の雨で緩んでます。気をつけ……あー、あー、輝矢様が買ってくれた靴……汚くなっちゃった……』

慧剣にとって、輝矢は生活のすべてだった。

『……毎日登ってたら見飽きるんですか？　おれもそうなるのかな？　でも、きっと見飽きたっておれはこの景色が好きだと思いますよ』

似ているところを探さなくても、慧剣は輝矢のことが好きだった。

『誰でも聖域に来られるわけじゃない。おれが守り人だから、見られるんだもん』

恩を感じていた。尊敬していた。誇りに思っていた。

『輝矢様、おれがもっともっと大人になっても、おれを辞めさせないでくださいね。おれが二十歳になっても、三十歳になっても、おれを使ってくださいね。約束ですよ。破ったらだめですからね。絶対、絶対、やくそくっ！』

彼は、そうしないと生きていけない子だったとも言える。

巫覡慧剣がその神様に仕えることになったのは彼が十四歳の時だった。

とある一家の子として生まれた慧剣は普通の少年で、特筆すべきところがあるとすれば、同世代の子どもより背が高いことと、彼の家はそれほど裕福ではないということだった。

慧剣の上には兄が四人と姉が一人居て、母親のお腹にはもう一人宿っていた。

血族を増やすことは奨励されていたので、巫覡の一族からある程度の補助金は出る。それでも家計は火の車だったのだから、やりくりが下手な両親だったのだろう。子どもはある程度大きくなると早々に巫覡の一族の機関に奉公に出されていた。

ちょうど両親が家族の食い扶持を一人減らしたいと思っていた時にその報が届いたのだ。

今代の黄昏の射手である巫覡輝矢の守り人が引退を考えていると。

守り人の選定はその代、その代によって違う。

射手自身が懇意にしている者に頼む場合もあれば、このように巫覡の一族がお触れを出して募集する場合もある。名誉な職だが守り人になれば一つの土地に縛り付けられ、毎日射手と山を登り、矢を射る姿を見守らねばならない。体力勝負、酷な仕事だ。慧剣も最初は守り人になりたいわけではなかった。ただ親が困っていたから自分から行くと言ったのだ。

元々、身体だけは丈夫だったこともあり、気がついたらトントン拍子にお偉方から出された運動技能の試験や座学の試験を合格し、あれよあれよと言う間に最終面接地である竜宮に行くことになった。そこは慧剣が住んでいた場所とはかけ離れた南国の地。見るものすべてが物珍しかった。

『……慧剣、慧剣ね……』

初対面の挨拶を交わした神様は、少しくたびれた顔をしていた。

雰囲気のある男だ。手入れが行き届いた綺麗な庭で、互いにガーデンチェアに座って会話を始めた。冬が過ぎ、春は無く、ようやく始まった初夏の美しい午後だった。

『あのね、候補の人達のことはこちらも調べるんだ』

輝矢は最初とても怒っていた。

とは言っても、それは慧剣にではなく、慧剣を寄越した者達への怒りだった。

『……才能はあるけど、俺はお前を守り人にする気はないよ』

そして最終面接が始まって早々に慧剣は守り人失格を言い渡された。

『えっ……』

『だから安心してほしい、いいね。お前は守り人になんてならなくていい』

ここで安堵するのではなく、落胆してしまったところが彼の哀れなところだ。

——親ががっかりする。

慧剣はすぐそう思った。両親が悲しむ姿を想像して胸を痛めた。

だが、輝矢は慧剣の悲しみを横殴りして吹っ飛ばすようなことをすぐ言った。

『……お前、その顔……自分が売られたってわかってないだろ？』

『え……』

『十八歳からって募集してるんだよ、こっちは。なのに十四歳の子どもが来た、書類は親が用意してくれたんだろ？　お前、年齢詐称するように言いつけられて来てるな？』

『……』

それは本当のことだった。慧剣が行くと望んだが、募集要項を読むと応募資格が無いことに気づいた。それで両親はにっこり笑いながら言ったのだ。

お前は身体が大きいから大丈夫だと。

『あのな、守り人は名誉職だなんて言われてるが……俺と同じ……世界構造への供物だよ。四季の代行者様の護衛官ならまた違うだろうが、一生のほとんどを山登りで終える。最近の若者は成りたがらない。おかしいと思ったんだ……』

『お、おれが成りたいって言ったんです！』

慧剣は慌てて言った。両親を悪者にされたくなかった。

『お前が？』

『はい……親は、応援……してくれただけで……』

輝矢は嘆息した。

『違う。お前は家の為に行かなきゃいけないと思って来たんだろ？　家が金に困ってなかったら行こうと思わなかったんじゃないか？』

『……』

慧剣は図星を指されて言葉に窮した。

──言わないで。

『射手の身の回りに配属される人間は、お前のように親や親族から金目当てに差し出される人が居るんだ……うちのお嫁さんもそうなんだけどね』

──そんなこと言わないで。

『おれは差し出されてなんか……』

慧剣は自分が親に愛されていないとは思っていなかった。

ただ、ちょっとばかり親と自分の間に愛情の格差がありすぎることには気づいてはいた。

『あのな、十四歳なんてまだまだ可愛い年齢だよ。そんな子どもを手放して、年齢を詐称させてまで守り人にさせようとしてるのは、差し出してると言うんだ』

──言わないで、言わないで。

『子どものお前は、親に好かれたくて言いなりになる。お前の親はそこを利用してるんだよ』

輝矢の言うことは慧剣の胸を鋭く貫いた。輝矢があまりにも哀れな視線で、慧剣を心配に思っているのがわかる様子で言うものだから慧剣もわかってしまった。

慧剣は体の良い厄介払いをされたのだと。

『……おれ、要らない子だったってことですか……』

慧剣の質問に輝矢は言葉に窮した。彼の優しさか、慧剣に関しては言及せず答える。

『……家計が厳しかったのは確かだろうな……』

悪いのは貧困で、誰かではない。そう片付けてしまえば少しは慰められるが、それで解決にはならない。

『……』

慧剣はこれからどうしようかということだけが強迫観念のように頭に張り付いた。

家に帰って両親の落胆した顔を見て、それから？

目の前に居る、冷静な外部の存在に自分の状況を淡々と言われてようやく理解し始めた。

自分の人生は何だかとんでもなく悪い方向に行っているのだと。

『守り人は代替わりするまで続く仕事だ。親がなるって言うならまだしも……お前がなるって言うのは人生ドブに捨てるのと同じだよ。だからならなくていい。まずそこに安心しような？』

輝矢の言葉は何一つ耳に入ってこなかった。焦燥感が身を焼く。

『俺も、子どもの頃は周りの言いなりだった。大人になって、ようやくそれがおかしいって思い始めたよ』

――今度は何処に行かされるのだろう。そこでも雇ってもらえなかったらどうしよう。

『……今更だけどこうしたことには抗議していこうと決めたんだ。やはり……本人の意志も聞かずに、人を供物にしてはいけないよ』

――両親は自分が食べていけるようになるまで家には置いてくれるだろうか。

『だから、慧剣、お前はな……』

――嗚呼、それよりも、真実を知ったいま、前のように盲目的に親を愛せるだろうか。

頭の中で一気に色んな気持ちが、考えが駆け巡る。

まずわかっていることとして、守り人になれなくとも慧剣が働かなくてはいけないという事実は何も変わっていない。家にお金を納めろと言われるだろうし、それを賄えるほどの仕事をちゃんと考えなくてはならない。そういう不安が急にのしかかってきた。

『おい、聞いてるか？　大丈夫か、慧剣』

『あ、は、はい……』

あまりにも青ざめていたせいか、輝矢はまた『大丈夫か？』と尋ねた。

慧剣も自分に問いかけた。おれは大丈夫だろうかと。

――大丈夫ではない。

何となく、自分は人間ではなくて、誰かに消費される為に誕生した道具のような気がしてならなかったのだが、そうではないと言い聞かせていた。

——でも、そうだった。

胸に痛みがじわじわと広がったが、慧剣は泣かないように努めた。

『……慧剣、聞いてるか？　大丈夫か？』

『……わかり、ません』

絞り出すような声音でそう言うと、輝矢は一度躊躇った様子を見せてから、慧剣の頭を大きな手で撫でた。

『大丈夫だよ、俺が大丈夫にするから』

輝矢は慧剣にとってはわけのわからないことを言ってから、本題があると、また話し始めた。

『……とりあえずお前は此処に留まりなさい』

『え……』

急な言いつけに慧剣は困惑した。

『そんな、父さんも母さんも困ります』

『……お前が父さんと母さんのしたことで困ってるんだぞ……。あのな、お前の親がしたことは神聖な職務への冷やかし行為とも取れるものなんだ。子どもの年齢を詐称しました、すみませんで終わる問題じゃないんだよ……』

言われて慧剣はようやく罪を自覚した。目の前の人はこの国の夜を司る人。現人神。

多忙な天上人に対して、詐欺は許されない。

『き、きっとそんな風に考えていません！ うちの親は、おれが言うのもなんですがあんまり物を深く考えるほうじゃなくて……！』

『そうなんだろうな。だから子どもをぽんと放り出せるんだと思うよ』

輝矢は相当怒っているのか、慧剣の親には容赦なかった。

『お咎めなしとはいかない。自分達がしたことをわかるべきだし……その上でお前のように他者からの介入が必要な状態なら、出来る限り何とかしてやりたい気持ちもある……。でも、一番大事なのはお前だ』

『おれ……？ どうしてですか』

『……当たり前だろう、お前は保護対象なの！ だから俺がこうして話して状況を説明してるんだよ……。とにかくゴタゴタが収まるまでは親元からは離す。両親が冷静とは思えない。お前を傷つけないとわかるまで、帰すのは無理だ』

輝矢の言っている可能性は無いと思いたいが、慧剣も帰るのが急に怖くなってきた。

『理解したか？ お前の親はまずいことをした。でもお前は悪くない。だからうちで保護する。しばらく竜宮で暮らすんだ。面接で落とすのにわざわざ呼んだのもその為だよ』

慧剣はますますどうしていいかわからなくなった。

『輝矢様、でも、おれ……なんも持ってません……』

とりあえずそう言ってみたが、輝矢は違う受け取り方をした。

『そうか、じゃあ生活に必要なもの……あと服とか、色々揃えないとな』

『違います。そうじゃなくて……』

『実家になんか大事なもの置いてきてるなら手配を……』

『いえ、そうじゃなくて……おれ、そんなことしてもらっても輝矢様に差し出せる物ありません。うちもそうですが、おれもお金ないんです。そんなの、困ります』

輝矢は呆れた。その表情のままに言う。

『……俺がお前から金をとるわけないだろう……』

『お金もとらないなら、輝矢様にとって厄介になるだけです……』

輝矢の気持ちを受け取ることは出来ず、慧剣はうなだれる。

彼はとにかく、どうしていいかわからなかった。

いま、輝矢に手を差し伸べられているが、その手を摑んで良いのかどうかもわからない。

『…………他人の輝矢様のご厄介になれません……』

完全に途方に暮れてしまった。

急に子ども時代が終わってしまった気がする。

『おれ、親にも要らないって言われたやつなのに……』

まだ守られていたかったのに。まだ、愛されていると錯覚していたかったのに。

慧剣が顔を上げられないままでいると、輝矢は先程よりぐっと優しい声音で語りかけた。

『……じゃあこう考えてくれ。俺が安心したいからお前を傍に置くんだ』

『どうして……』

『お前は俺が守るべき大和の民だから。でも、俺が守ることを、損得勘定で考えないで欲しい。何でもかんでも損かどうかで考えて生きるなら、俺は民に夜をあげないよ。だって、俺だって自分の人生を生きていたいから……』

それは輝矢の本音の言葉だった。

今しがた出来たばかりの慧剣の心の傷には痛く染みたが、頑なだった彼の態度を軟化させる効果はあった。この夜の王には、人を包む懐の広さがある。

皮肉なことに慧剣の人生が好転したのは、困難の末に生じた縁のおかげだった。

『……本当に、いいんですか……』

慧剣にとって、輝矢は。

『おれ、あげられるものなくてもいいんですか』

黄昏の射手である前に、窮地に現れてくれた救い主だった。

『……お前、ちっとも泣かないと思ったけど……泣くの我慢してたんだなぁ』

だから慧剣は、もう、その時点で彼を大層好いてしまった。

輝矢にとって慧剣が運命でなくとも、慧剣にとって輝矢は運命だった。

それからというもの、慧剣はまだ引退していなかった当時の守り人と、輝矢の妻であり自分と同じく供物扱いで竜宮に来たという透織子と一緒に屋敷で過ごすことになった。

慧剣と輝矢の相性の良さを最初に気づいたのは恐らく先代の守り人だった。

もう老年と言っていい年になっていた当時の守り人は、せっかく来たのだからと、輝矢も説き伏せて射手の仕事を見学させた。慧剣は大人達に交じって一緒に登山し、聖域に足を踏み入れ、現人神がこの世ならざる力を使い、夜を齎す姿を見た。

その姿に素直に感動出来る時点で、慧剣は黄昏の射手に仕える素質を持っていた。

世界中に居る射手達はこうして空の天蓋を切り裂くことで世に朝と夜を齎しているという事実に大きな浪漫を感じることが出来た。輝矢が大和の為に矢を射る姿は美しく、魔法のような光景にわくわくした。自分もこの大いなる素晴らしい偉業の一つになれたらいいのに、と密かに夢見た。慧剣があまりにも手放しに尊敬の言葉と称賛のまなざしを向けるものだから、輝矢も悪い気はしない。二人が新しい関係を始めるのは必然だったのかもしれない。

最終的に、慧剣が輝矢に直談判して自分がその役目を担いたいと願い出たのは、紛うことなき彼の意志だった。

『輝矢様、おれを一生お傍に置いてください。おれ、守り人になりたいんです』


人を陰ながら支えることが苦になる少年ではなかった。

輝矢の人柄にも惚れ込んでいた。何より若い。これから老いる輝矢にとって必要な人材だ。

あまりにも好条件な候補者だが輝矢は拒否した。


『駄目だ。お前の将来が閉ざされる。巫覡の一族のどこかの機関で下働きさせてもらえるよう取り計らってる最中だから……働きたいならそれを待ちなさい』

『じゃあ、輝矢様のお傍にしてください！　それだって機関の一部ですよね？』

『お前、本当にわかってないな……。守り人になったら、滅多に竜宮から出れなくなるの！　巫覡の一族でも観測所で働いているやつらは旅行にも行くし、結婚だって自由だよ。おれの傍に居るとそういう選択肢がめちゃくちゃ狭まるんだよ！』

『おれ、旅行出来なくてもいいです。好きな子は竜宮で探します』

『お前わかってない！』


しかし慧剣もへこたれない。

何度も何度も慧剣が願い出てくるので最後は輝矢も根負けした。

慧剣の預かり先がいつまで経っても見つからないことも起因していた。

どうせこの少年を育ててやらねばならないのだから、いつか巣立つ時まで暫定的な守り人として起用してもいいだろうと。結局のところ情に流された。

人生を棒に振ってると輝矢は嘆いたが、この点に関しては意見の相違と表現するしかない。

輝矢は何処にも行けないが役目と家がある。

慧剣は何処でも行けるが待っていてくれる人と居場所はない。

少年は自分を必要としてくれる何かを探していたのだ。

『おれは輝矢様と一緒に居て、お役に立ちたいんです』

少しひねくれ者の輝矢と、純粋に貴方が好きという理由で傍に居ることを選んだ慧剣。

『……お前、後悔しても簡単に辞められないんだからな……』

良い主従だった。苦言を呈しつつも輝矢は慧剣を守り人とする儀式を行った。

晴れて老年の守り人は引退。慧剣が輝矢の従者となる。

慧剣は自身の両親とその後に会う機会があったが、年齢詐称を親の指示だと正直に言ったことで本人達になじられたこともあり、自然と疎遠になった。

——もういいや。

どうせもうあまり会わない。自分は神様とこの島でずっと暮らすのだから。

一人だったら悲しさに耐えられなかったが、輝矢が自分を必要としてくれていることが大きな支えとなった。毎日、夜を齎す現人神の安全を任されていることが誇らしくてたまらない。

——おれは頑張ってる。いいところに拾ってもらえた。だから大丈夫。

実際に報告出来る人が居なくても寂しくはなかった。

寂しくならないよう、主が気遣ってくれているのがわかっていたから。

慧剣にとって一番不安だったのは何もわからないまま何処かに放り出されることだった。

だが輝矢は絶対にそんなことはしない大人だと信じられた。

きっとこのまま、輝矢と一緒に年をとって、射手と守り人として大和に貢献していける。

買い物や散歩をする内に、少しずつだけど地元の人とも仲良くなってきた。

狭い世界だと輝矢は言ったが、輝矢の正体を知る関係者の繋がりで知り合いは増えてる。

派手な暮らしではないが、慎ましく、人の役に立つ人生。

彼なりに毎日楽しくやれていた。本当に、多くは望んでいなかったのだ。

小さな幸せを噛みしめて生きていた。

だが、月に叢雲花に風。

良いことはそう長く続かず、必ず障害が現れる。

慧剣が守り人として働くようになって二年が経った頃、それは訪れた。

『それ本当なの……？　守り人ってそんなことが出来るの？』

朝食の会話でのことだった。

輝矢の妻の透織子が朝食の席で驚いた声を出した。

竜宮岳の山中で、起きた話を聞かされたせいだ。

守り人になった慧剣が初めて自身に備わった『神聖秘匿』の権能を使用したと興奮した面持ちで話したのだ。射手の聖域へと続く山道に偶々迷い込んでしまった一般人の老婆に、まぼろしを見せてそれとなく正規の登山道に誘導し事なきを得た。

それだけと言えばそれだけの話だが。慧剣は先代の守り人に数ヶ月残留してもらい、この権能の修行をしていたので、正しく使う場面が訪れて嬉しかったのだろう。本当は使わないほうが良いのだが、そこではしゃいでしまうのは幼さ故だ。

しかし、透織子はもう十年輝矢と連れ添っているが守り人の権能を知らなかった。

輝矢は少し困った顔をしたが、話を振ってきた慧剣のことは怒らず、内緒にねと妻に言った。

『一応、これ機密情報だからね。身内の会話として胸に収めて』

透織子は疎外感を受けたようだった。

『輝矢様、でも今まで私知りませんでした。先代の守り人さんの時だってそんなこと……』

『あまり言ってはいけないことだからね。家族だから……まあ良いけど』

『家族ならもっと前に言ってくれたら良かったのに……驚いた』

『透織子さんは知らないほうが良いと思ったんだ。悪い意味じゃなくて、守る為にそうしてただけなんだよ』

輝矢と透織子は、どうにもすれ違っている夫婦だった。互いに互いを尊重しているし、けして仲が悪いわけではないのだが、決定的に親密になることを避けるような雰囲気が存在した。

『のけ者にしなくても、秘密くらい守れるのに……』

慧剣と同じように、親族に金目当てで嫁がされた透織子。

何も知らなかったとはいえ、巫覡の一族のすることを深く疑わず結婚してしまった輝矢。

輝矢はどこか自分を加害者、透織子を被害者として見ていた。

『違うっ。のけ者にしてないよ……。神聖秘匿は射手を守る為にしか使ってはいけないんだ。だからその、手品みたいに見せられるものではないし、知らないほうが良いんだよ……』

この婚姻が人身御供だったと知らされた輝矢は結婚を白紙に戻そうとした過去がある。

その人が自分と添い遂げる覚悟をして来てくれたならいざ知らず、これでは人身売買をしたようなものじゃないかとお偉方に憤ったが、既に娶ってしまった後だった。

別離を選んだ場合、様々な問題が懸念された。

透織子に押されるのはお役目から逃げた女という烙印だ。

神妻の役目から逃げた娘が再婚するのも、巫覡の一族の何処かの機関で職を得るのもこの狭い世界では難しくなる。輝矢が許しても、一族は許さない。

『……私も守り人になればその力を持てるんですか？』

『俺の守り人は慧剣だけだからそれは無理だ』

おまけに透織子は病を患う兄を家族に持ち、諸々の医療費は彼女の奉公で賄うよう取り計らわれていた。せめてこの援助は兄が天に召されるまでは続いて欲しい状況だと透織子に言われれば、輝矢も慧剣にそうしたように、彼女を守る為に傍に置くことを選ぶ。

輝矢と透織子、どちらも悪くない。だが互いに罪悪感はあった。

輝矢は自分が深く考えず結婚したことで一人の女性の人生が消費されたことに罪を覚えた。

透織子は輝矢の良心につけ込んで、いつまでも守られて保護されていることに罪を覚える。

『どうやって力を授かるの？　慧剣くんは元々、普通の人でしょう？』

共に生活する家族だが、延々と詰められない距離が存在していた。

『射手が大地に根付いた花樹から枝を一つ折って、その人を臣下にすると決めて渡せば自然と力が与えられる。古よりそういう方法だよ。射手の力を分け与えているとも言われているけど、俺もよくわかってない……。慧剣にはその時咲いていた百日紅の枝をあげた』

透織子は輝矢の言葉に衝撃を受けていた。

『庭の？』

『そうだよ、庭の百日紅』

『……』

『透織子さん？』

『…………』

黙ってしまう透織子を見て、輝矢はようやく自分の過失に気づいた。

『ごめん……そうだ……君が手入れしてくれてる花樹だった……』

重い沈黙が流れる。何処にも行けない透織子にとって、庭は唯一好きに出来る城だった。大事に育てた花樹を傷つけられればそれは悲しいだろう。

『いえ、お庭は輝矢様の財産ですから……！』

『そんなこと言わないで。お庭は透織子さんのものだよ。ごめん、ごめんね……お詫びに何か新しく欲しい物があったら取り寄せるよ。何が良い？　何でも用意するから言って？』

『……何も……十分してもらってます』

『……透織子さん、そんなこと言わないで。俺、何にもしてあげられてないよ。ごめんね……』

ボタンを掛け違えているような夫婦だった。

他人に決められた結婚、というのも思う所があるのだろう。

輝矢がお偉方の言う通りに結婚したらどんな悲劇が生まれるか想像出来る力があったなら。

透織子が定められた結婚に反発し、輝矢に断って欲しいと申し出る勇気があったなら。

それを話し合った上で、それでも二人で生きていこうと決めていけたなら。

そうだったらということはいくらでも言えた。でもそうではなく、家は綻びに満ちていた。

綻びが取り返しがつかない状態にまでなり、少しの狂気を孕んでしまったことは、少しずつ、

少しずつみんなが間違っていった結果だった。

『慧剣くん、その力ってどんなまぼろしも作れるの？』

慧剣が十六歳になった夏。

透織子からその質問を問われた時、慧剣は何となく嫌な予感がした。

『ねぇ、出来る？』

彼女はまだこの前話した慧剣の権能についてこだわっていた。

『……透織子さん。輝矢様も言ってたけど、手品のような見せ方は出来ないよ』

『出来るか出来ないか聞いただけ……』

『……出来るけど……』

『……あのね、一回だけでいいから……お願いしたくて……』

発端は、少しの思いやりだった。

透織子(とおこ)が自分の荷物からアルバムを持ってきて、写真の中の人の幻を出して欲しいと頼んできたのだ。郷里に帰れない寂しさ。情を残した家族に会えない悲しみ。

そうしたものを堪える為の慰めとして慧剣(えけん)の権能の使用をねだられた。

——悪いことに使うわけじゃない。

慧剣(えけん)も子どもだった。

——透織子(とおこ)さんの気が塞ぎ込むと、輝矢(かぐや)様も悲しむ。

そして忠臣だった。

——射手の心身を気遣うのはおれの役目だ。

透織子(とおこ)の為というより、主の複雑な結婚生活を良好に保つ為に願いを叶(かな)えることにした。

透織子(とおこ)の郷里の友人。たった一人の兄。会えない人々の姿。透織子(とおこ)は幻とわかっても涙を流して喜んだ。それは最初の内、とても良い作用を齎(もたら)した。

『こんな、偽物(にせもの)を見て満足するんじゃなくて……通信で会話したらいいのに』

『そう簡単に会いにいけない。病院に居るんだもの……』

『透織子さん……お兄さんの為に嫁入りしたのに、お兄さんは連絡くれないの？』

『お兄ちゃんは最後まで反対してたから……。ああ、すごいわね……本当に会ってるみたい』

次に思い出の場所をなるべく再現して見せた。

まるでその場に居るかのような幻術に、透織子はすっかり魅せられた。

もうこれでおしまい、という約束は破られて、何度も何度も透織子は慧剣に幻術をねだった。

『慧剣くん、すごい』

『ありがとう、これでまた頑張れる』

『素晴らしい力ね』

透織子の機嫌が良いと、輝矢も喜ぶ。慧剣はこれを良いことだと感じた。

三人だけの狭い世界。その中で、三人が幸せになるなら良いじゃないか、と。

誰かの為に役に立ちたいという慧剣の生来の性質。

それが悪い方に働くとは、誰も思っていなかった。

『……実家に帰るんですか？』

ある日、慧剣が透織子と朝餉の調理を台所でしていると、故郷に帰省する予定を告げられた。

思えばこの頃、輝矢からしてみれば二人は急激に親密になったように見えたことだろう。

『うん……お兄ちゃんにも数年会えてないし、顔を見がてら両親と、この結婚をまとめた偉い人に輝矢様の元を離れたいって伝えようと思う』

『……透織子さん……輝矢様のこと嫌いになったんですかっ』

『慧剣くん、声大きい！』

慧剣と透織子は二人で居間のほうを見る。輝矢は寝起きでぼんやりしながら長椅子に腰掛けていた。話が耳に入った様子はない。

『静かな声で話そう』

『はい。それでどうしてそんなことに……？』

『……さっきの話だけど、輝矢様は私の恩人だよ。十八歳で嫁いで、大人の言いなりになって何もかもわからなくて怖くて泣いてた私を守ろうとしてくれた。嫌うはずがないよ……』

『じゃあ何で……』

『……私が輝矢様の人生を搾取してるから』

その表現は少々冷たく、厳しいが、的確だった。

『私は、輝矢様から搾取してるの。輝矢様は私と結婚しなかったら、離婚できたら、心置きなく好きになれる人と結ばれてたかもしれない。結婚した当時は兄もあと数年の命って言われてたから、数年だけ居させてくださいって頼んで、輝矢様も数年ならって……そうなるはずだったんだけど、でも巫覡の一族からの支援のおかげで兄も長生きしてくれて……。それでずるずる……。良くないよね。慧剣くんも気づいてると思うけど、私達……夫婦って感じじゃない』

『……』

恐らく二人の間に子どもが居ないことも含めて言っているのだろう。

時代遅れだとしても、彼らが住む世界はそういう世界なのだ。

『……輝矢様は……私が兄の為に売られてきたってわかっちゃった時点で、私を見る目がお嫁さんから守るべき【民】に変わっちゃったんだよね……。多分一生そうなんだと思う。私が、自分から望んで此処に来たなら、違ったのかもしれないんだけど……』

何となくだが慧剣は透織子の言うことが理解出来た。

輝矢は他の現人神と比べても自分が神であり、他の人間は守護すべき人民だという意識が強い現人神だ。だから制度を利用して透織子を傍に置き、彼女の家族を守ることを選んだのだろう。二人の間に終ぞ恋は生まれなかったが、支え合って暮らして、気がついたら十年経った。

輝矢と透織子はそういう関係なのだ。一つの家族の形ではある。

『輝矢様は私を家族にしてくれた。お嫁さんにしてくれた。でも……私の人生奪ったって思ってる……。違うよね。私が輝矢様を搾取してるんだよ。輝矢様は小さい頃から神様で、人間に良いように扱われる人生だったから、自分が虐げられてることには鈍感なの』

『そんなこと言ったら、おれも……』

『慧剣くんはちゃんとお役目を果たしてるし、私と似ているようでまったく違うよ。竜宮の暮らしも馴染んでるじゃない。私は……何年経ってもここの暮らしが慣れない。……慧剣くんの力で故郷の景色を見せてもらって、色々考えた。私の過去のこととか、未来のこととか。もちろん輝矢様のことも。私、してもらってばかりだから……もう、十年も守ってもらったから、輝矢様から離れなきゃ。それが唯一私が輝矢様にしてあげられることだよ……』

『透織子さん……』

慧剣は此処に来たばかりの十八歳の透織子を想像した。見知らぬ土地に居る神に嫁げ、そんな命令を受けてやってきた一人の女性を。そして彼女に十四歳で竜宮に来た自分を重ねた。

――おれもわけもわからず此処に来て、怖くて、悲しくて、輝矢様にすがった。

輝矢は受け入れてくれた。そういう神様なのだ。

『もう輝矢様に寄生して生きるみたいなこと、したくない……。ちゃんと自立したい……』

慧剣はこれまで透織子に感じていた認識を改めた。慧剣は守り人故に輝矢の心を悩ませる者には良くない印象を持つ。透織子に若干の苦手意識があったのだが、それは間違った見方だったとわかった。

——おれも輝矢様に迷惑かけて生きてる。

透織子のことは他人事ではない。

何か出来ることはないかと考えて、慧剣は思いついたことを口にする。

『お、お金のことならおれも役に立てるよ。お給料貰ってるもん』

『ふふ……子どもからもらえないよ。輝矢様にはただ里帰りするからお休みをくださいって言っているの。慧剣くんに話したのは……君にも話したし、絶対にお偉方の人に届しないぞって……決意したいから……。その間、二人になるけど、慧剣くん輝矢様のことよろしくね』

慧剣は寂しそうに笑う透織子に何と言っていいかわからず、ただ頷いた。

それから透織子は宣言通り一時竜宮を離れた。いつも三人だった朝食は二人になり、何だか急に部屋が広く感じられたが、数日後に透織子は問題なく帰ってきた。輝矢はただの里帰りだと認識していたので、彼女を温かく迎え入れてくれた。

久しぶりに家族に会えてどうだった。故郷の友達と少しは遊べたか。帰ってくるのも大変だっただろう。今日はゆっくり休んだほうがいいよ。

そんな輝矢からの言葉に透織子は笑顔で答えていた。慧剣のほうは気もそぞろだ。お偉方とのお話はどうなったのだろう。自分と輝矢との生活から、この女性が居なくなってしまうのだろうか。今更ながらに寂しく感じていた慧剣だったが。

『駄目だった。一生、竜宮に居ろって。もう帰ってくるなって……務めを果たせって……』

透織子が帰ってきた日の夜、ようやく二人切りになると慧剣は結果を知らされた。

『……あとね、お兄ちゃん……もう一年前に死んでた』

輝矢の前ではけして泣かないように我慢していたのだろう。慧剣に話すと、透織子は耐えきれず泣き出した。

『わ、私に知らせないで、もうお葬式も終わってて、お兄ちゃんもうお墓の下だった』

透織子が話す内容を、慧剣も胸が締め付けられる思いで聞いた。

『輝矢様に申し訳ないよ、どう話せばいいんだろ……許してもらえないかも……』

慧剣は必死に言った。今から全部輝矢に話そうと。何とかしてくれる。

突然透織子を放り出すような真似をする人じゃない。きっと味方してくれるよ、と。

透織子は泣きじゃくるばかりで聞かない。輝矢は射手の務めを果たして疲れて就寝中だ。

それも鑑みて、明日の朝ちゃんと三人で話そうと慧剣は透織子を説き伏せた。

最後は半ば強制的に布団に入らせた。この時のことを慧剣は何度も何度も何度も後悔することになる。

何故、朝まで一緒に居てあげなかったのだろうと。

翌日、慧剣が早朝目覚めると、屋敷の階下で透織子が倒れていた。

「うそ」

——しん、で、る？

慧剣には死んでいるように見えた。頭を打っているのかわずかに血溜まりが出来ている。邸宅は開放的な作りりで、二階へと続く道は木製のオープン階段。上まで行けば階下を見渡せた。そう、わざと身を乗り出せば危険ではある。

——うそ。

慧剣もよく輝矢に言われていた。階段でふざけて走ったりするなよと。それなりに高さがあるから、着地が悪ければ酷いことになるかもしれない。手すりを持って、しっかり登り降りをするんだ。透織子が物を運ぼうとしていたら手伝ってあげて欲しい、とも頼まれていた。この屋敷に住む者なら注意すべき場所だった。

——うそだ、うそ、うそ、うそ。

事故か。

——どうして、何で。

自殺か。

——だって、そんな素振り、一度も。

打ちどころが悪く、動けなくて、深夜に人知れずこうなった？

——何で、何で、何で、何で、何で。

いや、よそ行きの服を着ている。一人で何処かに逃げようとしたのだろうか。

それとも、罪悪感と未来への絶望でこの階段から階下に身を投げだした？

——朝にちゃんと話すって。

慧剣は透織子の問題を投げ出す気はなかった。ただ、深夜だったから疲れている主を思いやって翌日に話し合いを回しただけだ。輝矢に透織子のことを守ってあげて欲しいと自ら頭を下げる気だってあった。慧剣に関係ない話ではない。家族なのだから。

——透織子さん、どうして待てなかったの。

昨日、心が崩壊しそうになっていた透織子から目を離したのは慧剣だ。

——どうしよう。

取り返しがつかない。いや、それよりも

——駄目だ、輝矢様が泣いてしまう。

それが慧剣にとって一番大事なことだった。

瞬間、大きな光が慧剣の身体からほとばしり、そして室内で爆ぜた。

『慧剣？』

急に呼ばれて、慧剣の心臓がゴトリと音を立てた。

輝矢が起床したのだ。

階段上からこちらに声をかけている。

『そんなところで何してるんだ』

この家の綻びは、その時確かに可視化されていた。

『寝ぼけてるのか……？　あのさ、俺、ご飯は後にして先に朝市行ってくる。お前はついてこなくていいよ。帰りに牛乳と卵も買ってくるわ。他に何か欲しいものある？』

取り返しがつかないほど、壊れていく様が展開されていた。

ちゃんと、みんな直視するべきだった。

『透織子さんも何か欲しいものある？』

だが、幻のヴェールをかける者が現れた。

『え……』

慧剣は輝矢の視線の方向を見た。

そこには人の姿があった。

『そっか、何も要らないなら良いんだ』

見慣れた女性の立ち姿だ。

──輝矢様。

『透織子さん帰ってきた次の日だし、ほら、前に美味しいって言ってたパンケーキをお昼に作ってあげたくて』

──違います、輝矢様。

『いちごとかは生クリームはあるんだよ。でも肝心の卵と牛乳を昨日使い切っちゃってさ』

──輝矢様、それ、違う。

『いや、気を遣ってなんて……俺だって自分の家族の為にそれくらいします……』

先程までそこには何もなかった。

だが、いまは輝矢が何も疑わず喋りかける幻影が存在していた。

『透織子さんにおかえりってしてあげたいでしょ……』

巫覡透織子の死体の横に、巫覡透織子の幻が立っている。

歪んだ空間だ。間違っている。正しくない。

『じゃあ俺行ってくるね。慧剣、透織子さん』

しかし、輝矢は何の疑いも持たずに屋敷を出ていった。

慧剣は自分のほうに首を動かし、にっこりと微笑む幻影を見てゾッとした。

自身が犯した罪がいまそこに在る。

守り人が授けられた権能、神聖秘匿は射手を守護する為に存在する。

慧剣は透織子の投げ捨てられた身体を見て、強く思ってしまった。

——輝矢様が悲しむ。

——我を忘れるほど悲しめば矢を射てなくなるかもしれない。

——そうしたら大和に夜が来なくなる。

そんなことは許されない。夜を待つ人々が今日も大勢居る。

——隠さなきゃ。

たった一瞬、間違った想いを抱いただけだが、慧剣は無意識に権能を使用していた。

守り人は神聖秘匿の術を使用する際に特別な動作は必要としない。傍目から見れば輝矢が矢を射つ時のように、夜を照らすような蛍火にも似た光が身体を纏い始め、爆ぜた後に自身の頭の中で構築された幻影が一定範囲内に展開される。

慧剣はちゃんと、自分で選択し、瞬時に隠蔽を行っていたのだ。

『……』

透織子を隠すように風景を変えた。そして偽物の透織子に輝矢の相手をさせた。

『透織子さん……ごめんなさい』

慧剣が倒れた透織子に触れようとすると、後ろから肩を叩かれた。

透織子の影法師が口を開く。

『警備門から警備を呼ぼう。この死体をまずどけなきゃ』

偽物の透織子は平然と酷いことを言った。

慧剣は頭がおかしくなりそうだった。

何故、自分は自分が作り出した幻と会話しているのだろう。

『それともまだ生きてるのかな？　何にせよ動かさなきゃいけない。慧剣くん、警備門から警備を呼ぶの。あとは上の人達が指示してくれる』

『お前、何だよ……』

『輝矢様にとって何が良いか君は瞬時に考えた。もう君は選択してしまった』

『お前、何なんだよ……お前、透織子さんじゃないくせに……！』

『透織子の為にも早く行動するんだよ！』

この考えは一体誰の考えなのか。慧剣の中の冷静な自分が彼女に代弁させて言っているのか。

それともこの時、この場で透織子ならこう言ってくれると慧剣が想像しているのか。

『……っ』

わからない、もう、わからない。ただ一つわかることは。

『慧剣くん、輝矢様が夜を招けなくなってもいいの⁉』

慧剣は守り人として行動せねばならないということだけだ。


そして全ては綺麗に狂っていった。


哀れな神様が家族の為に買い物に出かけている間にあらゆることが処理された。

巫覡透織子の身体は警備門の警備達によって輝矢邸から外へ。

事の顛末は速やかに巫覡の一族のお偉方に共有される。

慧剣は数日そのまま輝矢を騙すように言いつけられて残された。

そこからは世にも可笑しな悲しいお芝居の幕開けだ。

透織子はそこに居ない。居ないのに居る者として扱わなければならない。

慧剣にとって一番怖いことは透織子の幻術が自立して役割を演じていることだった。

皮肉なことに、慧剣は世界を夢想し、構築し、展開するこの秘術に適性があった。

本来なら多大な集中力を必要とし、数時間でも疲労困憊となるこの術を数日間やり続けたのは本人の主を想う心があってこそ。そこに一匙の狂気が入ったことも、この才能の開花の一因と言えるだろう。慧剣は輝矢の心をちゃんと守った。

彼が大切に庇護していた女性が居なくなってしまった。その真実に気づかせることなく、やり過ごすことが出来た。

後は輝矢の記憶の通りだ。

ある日突然書き置きを残して透織子と慧剣が消えた。

ただ実際のところは、もっと前に透織子は姿を消しており、三人暮らしだと思っていたものは二人と一人の幻影で、彼は自身の守り人に妻の生死を隠されていた。

慧剣があの家を離れたのはお偉方の指示だ。

その時の慧剣は自分でも極度の神経衰弱に陥っているとわかる状態だった。

不眠、不安、希死念慮。それらが慧剣を襲っていた。

最愛の主を裏切って、幻影と会話し続ければそうなる。

今の慧剣ではいずれボロが出る。それはお偉方に指摘されずとも明白だった。

主思いの少年にやがて限界が訪れる。慧剣はお偉方に真実を輝矢に話したいと申し出たが、難色を示された。もう無理です。取り繕えない。何度も嘆願してようやく慧剣の休養と引き換えになら構わないと条件を出される。休養を命じられることには正当性があった。

自身が作り上げた幻影が独り歩きをしている、などということは異常事態だったからだ。

その幻影が輝矢を攻撃したら？

幻影の透織子は本物より自由奔放で奇怪で不気味だ。輝矢の為にも精神の落ち着きを取り戻し、いまの暴走状態を治めて、元気になって帰ってきて欲しい。そう言われると慧剣も反論が出来なかった。ならば透織子の行方の説明の場に同席したいと願ったが、却下された。

無意識にまた幻影を展開させればそもそも説明が難しくなるし、理解出来ても慧剣が目の前に居れば輝矢は叱責したくなるだろう。

それをいまの慧剣が耐えられるとも思えないし、懸念していたような、誰かを傷つける幻影を心の防衛手段として作り上げる可能性は絶対にないとは言い切れない。

どうしてこんな事態に陥ったか、その説明は大人に任せてしばらく病院に入院して欲しい。君に必要なのは専門家からのカウンセリングだと言われれば、慧剣は頷くしかなかった。

まず提案されたのが輝矢には何も言わず屋敷から出ることだった。

輝矢は恐らく二人が家を出たと単純に思うだろう。そこに巫覡の一族が現れて説明をする。透織子の失踪に慧剣が無理やり付き合わされた。間もなく二人は捕まるだろう。透織子は保護して、遠方で生活させる。ここでの暮らしが嫌になったようだからそのようにしよう。慧剣は混乱しているので落ち着いたら竜宮に戻す。数ヶ月ほど休みをやって欲しいと。そういうお膳立てがあれば慧剣も戻ってきやすい。そうしようと促された。真実を知れば輝矢は嘆き悲しみ、荒れ狂う。それだけは避けたい。後は輝矢が待ってくれている間に静養をして、元気になって帰ってくればいい。

十六歳の少年は、つつけばボロが出るその甘言に頷いた。

もうあまり正常な判断力が残っていなかった。自分の精神のバランスが破綻していることだけはわかっていた。敬愛しているが故に輝矢の傍に居ると辛い。離れがたいが離れたかった。

実際は慧剣の失踪も透織子の失踪の説明もなされず、慧剣が竜宮を発ったその日に巫覡の一族は偽の書き置きを残す演出をした。壊れた妻と守り人は新しく替えたほうがいいと判断されたからだ。輝矢はその提案を拒否したのだが、慧剣が知る由もない。

巫覡の一族によって竜宮から遠く離れた帝州のとある病院に入れられた慧剣はただ眠っては起きる生活を続けた。守り人不在の中でも夜は来ていた。自分が居なくとも世の中は問題なく回っていくことを夜が来ることで確認する。一ヶ月、二ヶ月と日が過ぎていく。

おかしなことに誰も会いに来てくれない。慧剣は段々と不安になってきた。

『慧剣くん馬鹿だね。お偉方は君を戻す気なんてないよ』

幻影の透織子が病院で大人しくしている慧剣を嘲笑う。

『あんなの嘘に決まってるじゃない。今頃、新しい守り人も奥さんもいるでしょ』

――輝矢様はそんな人じゃない。

『むしろ、輝矢様は二人共厄介払い出来てせいせいしてるかも』

――輝矢様はそんな人じゃ、ない。

『じゃあ見に行く？　どのみちさ、いい加減ここを出たほうが良いよ。君って、もしかしてこのままこの病院で死ぬように仕向けられてないかな？』

慧剣は病院を脱走した。段々と思考力を取り戻した慧剣は、輝矢に嫌われたとしても許しを請いたいと思った。孤独な狼は走る、走る、走る。

そして見るのだ。自分達には存在しなかった正しい形を。

『月燈さん』

『輝矢様』

神経衰弱していた慧剣が更に壊れる決め手となったのは、逃げ回り辿り着いた竜宮岳で、輝矢と月燈が会話する様子を見てしまったからだった。

そこにはお互いを敬い合いながら慈しみ合っている愛の形があった。不完全なまま家族をしていた三人暮らしとは違い、警護部隊の面々と輝矢は和気あいあいとしている。そんな主を見るのは初めてで、慧剣は自分がどれだけ主に我慢をさせていたのか理解した。

輝矢が欲しい日常はこれだったのだとわかって胸を痛めた。

――輝矢様ごめんなさい。

と、同時に、激しい嫉妬が身体を焼いた。

――輝矢様どうして。

確かに自分は酷い裏切りをした。起きたことをなかったことにした。

でも、それはすべて貴方の為だったのに。

慧剣の心が真に獣に成り果ててしまったのはその時だった。

――輝矢様。

どうして、と尋ねたかった。

――輝矢様。

哀れみが欲しい。視線を向けて欲しい。

――輝矢様、おれのことはもうお忘れですか。

少年が心に狼を飼ったのはちゃんと理由があった。

「慧剣くん、誰か居る」

輝矢は残酷な言葉を吐く偽物の透織子の声で現実に引き戻される。

暗狼事件が起きてから、慧剣は人が消え去ったこの神社に住み着いていたが、時折神主が戻ってくることがあった。

「違う。外だよ、外」

慧剣は涙を服の袖で拭ってから外に出た。恐る恐る、辺りを見回すと、神社を囲う木々の隙間から人の姿が見えた。時刻はもう正午近い。ちょうど逆光になってよく見えなかったが、複数の人間がこちらの方角に向かってきていた。

「ほら見て、怪しい人達が居る……全部で五人かな。どうする？　やり過ごす？　何か良い物持ってるかも。神社の食べ物もなくなったし。襲っちゃおうか」

透織子の提案に慧剣は首を振った。

「いい、中に戻ろう」

そう言って慧剣は不審人物の確認だけして背を向けた。あちらはこちらに気づいていない。恐らく、閉山した山に面白半分で来た地元民か、未だに暗狼を探している猟友会の者達だ。やり過ごすのが吉だろう。

慧剣は静かに背を向けた。だが、その瞬間、こちらに人が走ってくる音がしてすぐ振り返る。

「慧剣くん！」

透織子の幻が叫ぶ。慧剣も叫びたくなった。数秒前は遠く離れた場所に居た人物が駿馬の如く走ってきて、もう間近に迫っていた。慧剣に気づいたのだろう。対応の早さに息を呑む。

――嘘だろ。

慧剣は咄嗟に暗狼の幻影を出そうと素早く頭の中で幻想世界を構築したが、それよりも相手が速かった。不審人物の手が急に伸びた、と思ったら慧剣の腿が何かで激しく打ち付けられた。ビリリ、と電撃が走る。その衝撃で膝は簡単に地面についた。人形遊びでもされているように手を捻り上げられ、背中を足で踏みつけられる。警棒に似た物が地面に転がったのを見て、手が伸びたのではなく、それで殴られたのだとわかった。電流が走る仕様の物、スタンガンだ。

やがて慧剣の視界に男物の靴がずらりと並んだ。

「さっき女の声がしなかったか？」

「見当たらない。周囲を探せ」

「若様、代わります」

みな口々に喋りだす。やがて慧剣の身体の拘束は他の者に委ねられた。恐る恐る見上げると、何とも威圧感のある男が慧剣に厳しい目線を向けていた。

「……君、怪しいね？　何してるんですか」

とても冷たい声だ。慧剣は小さな悲鳴を上げる。

「あんた達こそ何してるんですかっ！」

次に聞こえたのは、素っ頓狂な叫び声だった。どうやら良心的な者もいるようだ。慧剣への対応に非難の声を上げている。

「連理くん……何って不審者の逮捕。ほら、【老獪亀】が寄越した暗殺者かもしれませんから」

「いやいや、雷鳥さん、よく見て！　その子、どう見ても若いですよ！　ほら！」

慧剣を間に挟んで会話しているのは、夏の代行者の婚約者組。君影雷鳥と老鶯連理だった。

「各里のお偉方が持っている私兵には孤児も居るんです。里の中の慈院で育つような者達は幼くして引き取られ、兵士として育てられます。この子、そういう存在じゃないですか？　君、どこの里？　大人しく言えばそんなに痛いことはしません。そんなには」

「一般人かもしれないのに！」

「あのねぇ……閉山して、封鎖されてる神社の傍にこんな時間に居る一般人おかしいでしょう。君は一般人なの？　もしそうならお金あげるから殴ったことはなかったことにしてくれますか？　してくれないとどうなるかわかります？」

「雷鳥さんっ！」

「……お、おれ……」

「喋らないなぁ。じゃあやっぱ敵でしょ」

「言いかけてたでしょ！　雷鳥さんが怖いこと言うからっ‼」

慧剣は恐怖で震えることしか出来なかった。神聖秘匿の弱点だ。遠距離、もしくは相手との距離がある状態で不意をつく動作をされなければ平静を保ちながら術式を維持出来るが、一度でも精神状態が崩れると再構築するのが難しい。四季の代行者や巫の射手が心で神通力を操っているのと同じく、精神が乱れれば武器を持たぬ人に成り果てる。昨夜、夏の代行者の登場ですぐに暗狼を引っ込ませてしまったのもそのせいだ。透織子の幻影もいまこの時は消えていた。こと、輝矢が関わっていることなら並々ならぬ集中力を発揮する慧剣だったが、今はそうではない。

――輝矢様、助けて。

ただの怯える子どもに戻っていた。

おまけに相手が悪い。もっと手玉に取れそうな人物なら慧剣も深呼吸して幻影も展開出来るだろうが、慧剣を踏みつけている成人男性は護衛官を長く務めた葉桜あやめでさえ自分より強いと認める男だ。その身から溢れる威圧感からして常人とは違う。

「面倒だから口封じしようかな……」

触れ合った肌から、彼が発する言葉から、他者を蹂躙する強さと会話が成り立たない雰囲気が醸し出ていた。

「雷鳥さん、まずその子の話を聞かないと駄目っ！」

いま慧剣の運命は連理にかかっていると言っても過言ではない。慧剣は自然と救いを求めるように連理を見た。涙ぐんでいる慧剣の顔を見て、連理はますます憤る。

「雷鳥さん！　部下の人に拘束を解くよう言ってください！」

「連理くん、殺人鬼がみんな血まみれの服着てると思ってます？」

「思ってないけどこの子はどう見てもそこらへんの子ども！　里にいる子どもと変わらない！」

そこで慧剣は、一つ気になる単語を聞いた。

「……里……？」

震える唇で言葉を紡ぐ。

「もしかして、四季の……里の……関係者でしょうか……」

すると、黒の戦闘服の男達を含む大人達が顔を見合わせた。慧剣の問いかけに連理が答える。

「その口ぶりだと、君も関係者……？」

「はい、おれは……巫覡の一族です」

「巫覡の一族って巫の射手様の……？　俺と彼らは夏の里の者だ。訳あって山に潜伏してる」

「夏の……？　では夏の代行者様のご関係者様ですか……。あの……すみません……おれ、おれ……代行者様に何かする気はなくて……あの、すみません……違うんです……」

明らかに異常な怯えぶりを見せる慧剣に、連理は同情し、雷鳥は不信感を増した。

「雷鳥さん、やっぱりその子放してあげてください」

「……怪しいなぁ」

「雷鳥さん！　怒りますよ！」

連理に怒鳴られて、雷鳥は部下に命じて拘束を解きはしたものの警戒は解かなかった。下手なことをしたらわかっているだろうなと言わんばかりに睨む。

「もう怒ってるくせに……。君、言っておきますけど僕はまだ君を信じてません。連理くんがあんまりにもうるさいので一旦非暴力の方向で行きますが……。巫覡の一族の若者、ここで何をしているんですか？　黄昏の射手様の使用人か何かですか？　現在の状況知らないわけじゃないですよね？　黄昏の射手様がお触れを出されました。ここは今から最大の狩場に……」

黄昏の射手、という言葉が出てきた途端、慧剣は思わず涙が零れた。

「……輝矢様……」

我慢していたことすべて、もう何もかも耐えられなかった。

「……おれ、償います、お願いです……ごめんなさい……許してください……許して……」

怯えた声で泣きながら命乞いをする慧剣を見て、連理と雷鳥は顔を見合わせる。

「……泣かしたっ！　泣かした！　子どもを泣かした！」

「いや、違うでしょ？　雷鳥さんが泣かした！」

「いや、違うでしょ？　この子が勝手に……！」

その場は急に喧々囂々と対立の場になる。誰も、これが奇跡の出会いだとは思っていない。

連理と雷鳥は知らず知らずの内に、この騒動を解決する『鍵』を手に入れていた。

こうして、夏と夜の戦いにようやく狼（おおかみ）も参戦を果たしたのだった。

第七章
神様の子守唄

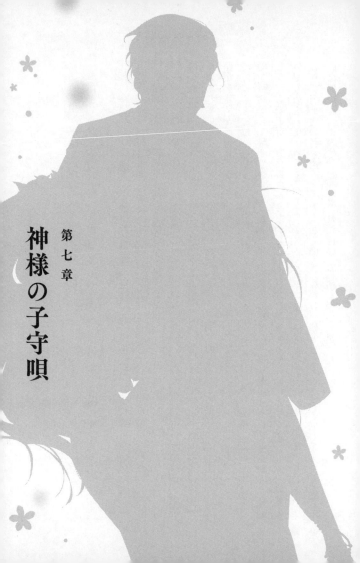

迷える狼が雷鳥と連理に出会うより数時間前。

宣戦布告を聞いた春、秋、冬陣営は即座に様子見の待機から対応を切り替えていた。

燕が確認していた国家治安機構特殊部隊【豪猪】の行く先が竜宮岳だとわかったこと。

黄昏の射手が暗狼事件の解決に挑むと言っていたことも鑑みて、やはり自分達も竜宮岳に行くのが一番彼らに近づける方法だろうと判断した。

会える、会えないにしろホテルでじっとしているより動いたほうが良いというのは他にも理由があった。竜宮は大和全体で見ると大きな島ではないが、それでも広々とした大地と山々に恵まれている土地だ。帝州や衣世、創紫、エニシと同じく土地の中に街がいくつもあり、道路がある。一直線にとことこ歩いていけばいいというわけではない。

さくらと凍蝶が話していた通り、春、秋、冬陣営が居る地点から竜宮岳までの距離は車で約二時間から二時間半かかる。おまけに大人数での移動だ。車が離れずついてきているか確認しながらの走行、既に昼近いことから途中で昼食を調達するか、パーキングで一時水分補給だけでも取らねば山登りでバテてしまう。その上、子どもが同乗している。撫子は旅に慣れており、同世代の者と比べても大人しく聞き分けが良い娘とはいえ、大人と同じ速度で行動するのは無理だ。よって、時間はどれだけ多く見積もっても足りない。

全員、大急ぎで出発の準備をすることになった。

だがそんな忙しない時に、彼らの動きを封じようとする者達がホテルに現れた。

「四季庁保全部警備課夏職員の者です。代行者様方にはぜひこのまま安全確保の為ホテルに滞在していただきたく……」

名乗りの通り、四季庁から派遣された者達だ。

いざホテルから出て駐車場に入ったところで代行者達は囲まれた。他の利用客も周囲には居たが、物々しい雰囲気にみな蜘蛛の子を散らすように居なくなってしまう。

車を手配して先に待機していた阿星燕はおろおろとした様子で代行者一行とこのスーツの集団の対決を見守っている。

「皆様が同胞であるお二人をご心配されるのはもっともです。しかし、我々は代行者様方をお守りする責務があります。既に国家治安機構の特殊部隊【豪猪】が動きました。夏の代行者様の保護は彼らに任せていただきたいのです。賊の襲撃の心配もあります。状況は逐一報告しますので……」

「では、まず国家治安機構から派遣されているシークレットサービスの方々と連絡を取らせていただけませんか？」

不穏な雰囲気の中、一歩前に踏み出して、代表と思われる男性の夏職員の会話を止めたのは阿左美竜胆だった。語気もどことなく強めだ。

「失礼、俺は秋の代行者護衛官です」

今日の竜胆はここ数日で一番感情的に見える。

彼に関してはこの場に居る誰よりも先に瑠璃とあやめと連絡がつかないことを心配している。悪い予想が思ってもいない方向に転がり、自分達も危険だと知り、幼子を守りながら移動をし続けそして今に至っていた。

「一刻を争う状況ですのでこちらも包み隠さず言いますが、代行者様達は現在の状況を大変不安に思われています。春の里で挿げ替えを企んだ者達が捕まったという話を小耳に挟みました。四季庁ではそのことを把握されていますか？」

このタイミングで来る四季庁職員に苛立ちが隠せないのだろう。『邪魔をするな』と。

「……我々は夏職員ですので……」

「把握してるかしてないか聞いたんです。保全部の管理職の方なら、他の里で起こった暴力事件は把握していると思うのですが」

「……把握しています」

竜胆の目はけして弧を描かず、唇だけ笑みを作った。怒っている。

「良かった。ではそのような事件に至ったのは愚にもつかない天罰説などという妄言が吹聴された結果だということ。愚か者達が代行者様方に敵意を向けて、また春のように自身の正義を振りかざし、職務を忘れた行動を取ったからだということもわかっていますよね？」

「一応、そのように聞いてはいますが……」

四季庁職員はちらりと雛菊とさくらを見る。

「我々は四季庁の夏の職員ですし……それは春の里のほうの問題ですので……」

竜胆はすぐにその視線を遮るように自分の立ち位置をずらした。

まるで春主従の素行が悪いからそうなるのだと言いたげなまなざしだったからだ。

後ろから一気に冷気も立ち上がってきた。真夏の竜宮だというのに空気が冷たい。狼星が無言で敵意を向けている。

竜胆は狼星が何か言う前に後ろを振り向いて目を合わせた。任せてくださいという意味の視線を理解し、狼星は渋々引き下がる。そして竜胆はまた夏職員に向き合った。

——この職員は死にたいのか？

冬の王がいますぐに何も言わないのは先に竜胆が前に立ったからだ。

みんなの代わりに交渉相手になった竜胆の行動を尊重し、対応を任せて見守ることにした。

あくまで竜胆の面子の為にやっているだけで、夏の四季庁職員達を尊重しているわけではない。竜胆は目の前の彼らが氷像になるのを見なくて済むように、どうにかして対話での解決をしたいと思ったが、相手のほうは竜胆の努力を慮る様子はなかった。

「火のない所に煙は立たぬと言います。実際、問題行動があるのでは。現時点で我々も皆様の行動に手を焼いています」

「不敬ですね。代行者様方の行動を咎める前に四季庁は我が身を振り返るべきだ。愚かしい論争を止めなかったからヘイトクライムにまで発展しているんです」

「……」

「行き過ぎた思想で暴走した者が出た。貴方達が見逃しているのは賊と同じような輩ですよ？　各里、四季庁、公式に天罰説の吹聴を戒める訓告も出していません。秘密裏に片付けたいのか、解決する気がないのか。そんな状態で、代行者様方に安心してくださいと言っても無理があるでしょう。行動が伴っていない。代行者様を守る責務があるですって……？　聞いて呆れる」

「それは、上の方の判断ですので……」

「では貴方よりもっと上の人を連れてきて今後の指針をご説明ください。話にならない。こちらは黄昏の射手様側に直通での電話会談を国家治安機構に申し込んでいますが返答もないんですよ。四季庁のほうから働きかけていただければ、此度の騒動が穏便に収まるよう我々も協力出来るというのに。貴方達は代行者様方に物を言うならまず誠意を見せるべきだ」

「いえ、我々の判断ではそれは……」

「なら足を止める理由はない」

竜胆が後ろを振り返って代行者一行に手配された車のほうへ行くよう身振り手振りをした。

車側に居た燕がパッと顔を上げる。しかし、四季庁職員が目の前に居る竜胆の腕を掴んだ。

「困ります、どうか考え直してください。武力行使はしたくありません」

代表で喋っていた職員以外も竜胆に向けて素早く銃を抜いて照準を合わせた。

代行者に銃口を向けるのではなく護衛官の彼を狙ったのは牽制だろう。戦力差では勝てるはずがない。となると竜胆を人質に取ったほうが良いと考えたのか。

「貴方達……」

竜胆は呆れた。この期に及んでこれかと。竜胆の呆れ顔を、戸惑いや怯えと受け取ったのか、四季庁職員は優位に立ったと言わんばかりに薄く笑う。

「動かないでください。他の方に銃弾が当たるかもしれない」

確かに、近距離とはいえ跳弾がどう飛ぶかは予測出来ないので下手に動かないほうがいい。

だが、そんな脅しは竜胆に通じなかった。

「俺は……秋の代行者護衛官ですよ……？」

「ええ、存じております。阿左美様から皆様を説得していただければ……」

「五人や六人の人数相手なら余裕で勝てますが？」

竜胆と四季庁職員が問答している間にも、冷気はどんどん強くなっている。

「警告します。今すぐやめたほうがいい」

小さな声で『りんどう』と呼ぶ声が聞こえた。

「今なら話し合いでどうにかなる」

もう一度、切なげな声で『りんどう』と声がする。

「銃を収めてください……」

自分の最愛の人の子を呼ぶ秋の神様の声だ。

「りんどうっ!!」

竜胆は撫子の悲鳴に呼応するように素早く自分の掴まれている手首を捻じった。反動で手は離れる。逆に相手の腕を掴んでそのまま足をかけ転ばすと、すぐに腰から銃を抜いた。

次の瞬間には頭に銃口を突きつけ、残りの四季庁職員達に睨みを利かせた。

「これ以上何かするなら……!」

そこまで言いかけたところで、急に目の前の四季庁職員含めて、他の職員達も目を回して膝から倒れてしまった。

「……えっ?」

突然のことに竜胆は言葉を失う。

どさり、どさり、と人が転がり地に伏せていく。彼らが握っていた銃もその場に転がった。

一人だけではなく全員糸が切れた人形のように昏倒していくのだから中々に衝撃的な絵面だ。

すぐに冬の四季庁職員達が『拘束します!』と言って動き出した。

竜胆は慌てて後ろを振り返る。

「撫子……？」

彼の姫君はさくらと雛菊に守られるようにして背中に隠されていた。顔を少しだけ覗かせてこちらを見ているが涙目で震えている。

周囲の者達は『あちゃあ』と言わんばかりな表情をした。

「……撫子、やりました？」

「……」

「吸っちゃいました？」

ここでいう『吸う』とは秋の代行者の権能、生命腐敗の力を使用したかという問いである。

撫子はポロポロと涙を零し始めた。

「だ、だって……りんどうが、りんどうが……」

秋の代行者は生命の在り方を扱う。

傷の治癒から、生命力の吸収まで、能力の使用は調整次第で大きく広がる。

竜胆の危機を感じ、撫子は意識してか、それとも無意識か、四季庁職員の生命力を吸ってしまったのだろう。竜胆は慌てて転がっている人間の脈を確認するが、生命が危ぶまれる状態ではなかった。容体としては三日三晩徹夜をして気力もなくなり倒れた。それくらい弱体化した身体にはなっているかもしれないが、命は奪われていない。

「撫子、駄目でしょう。無闇に権能を使っちゃ……俺だけで何とかなったのに……」

竜胆がそう言うと、撫子はさくらの後ろに益々隠れた。

「だって、だって……」

悲しげな声音で言い訳をする撫子の肩をさくらは優しく撫でた。そして竜胆に言う。

「阿左美様、撫子様をあまり責めないであげてください。貴方を守ろうとしたんです」

「姫鷹様……ですが……」

「阿左美殿、撫子がやらんでも俺がやってたぞ」

狼星が口を挟む。そして横に居た雛菊も小さく手を挙げた。

「……あの、ごめん、なさい……雛菊も……薔薇、出そうと、しました……」

いつの間にか、手に花の種子が入った巾着を持っている。

「あ、阿左美、さま、助けよう、と、思って……」

「花葉様まで……」

竜胆は困ってしまった。みんなが庇ってくれたのは嬉しいが、実際問題竜胆だけでもどうにか出来たのと、死屍累々と地面に転がる夏職員の姿を見ると過剰防衛が否めない。それを代行者にやらせてしまったのは護衛官として失態だ。悔やむ竜胆に凍蝶が声をかける。

「阿左美君、懸念していることは理解しているが、状況が状況だったと思おう」

「寒月様……」

「話し合いでも解決出来たのに銃を先に抜いたのはあちらだ。四季の代行者にも跳弾すると脅した。四季条例に則って自己防衛することは間違いではない。撫子様の行為には正当性がある。大した外傷もなく無力化されたのだから、あちらも撫子様の手加減に感謝すべきだろう。やろうと思えばもっと酷いことが出来た」

「……それはそうですが」

「とりあえず、注意を含めて君は撫子様の心のケアをしてあげたほうがいい」

これにはすぐ頷けた。竜胆はさくらに近づく。撫子はさくらの後ろに隠れて出てこない。首を振って嫌々と拒絶している。竜胆は撫子に手を伸ばし、無理やり抱き上げて顔を合わせた。

「撫子……」

しかし撫子はすぐ顔を逸らした。

「撫子、見て」

「……」

「撫子、俺を見て」

一向にこちらを見ない。

「……りんどうは、いまのでわたくしのことを嫌いになったのでしょう……?」

代わりに、怯えた声でそう言う。

——怒られて嫌われたと思ったのか。

竜胆は胸に甘い痛みが走った。

「まさか……大好きですよ」

「うそ……」

「いつまでもお傍に居たい。でも、俺の監督不行届の事柄が発生するとそれが難しくなります」

ぴくり、と撫子の身体が震えた。

「里の者に撫子をちゃんと導いていない……きちんと物事の善悪を教えていないと判断されたら、撫子から離されてしまうかもしれないんです」

撫子はそれを聞いてようやく竜胆と視線を合わせた。

目が合った途端、また大粒の涙を流す。

「や、いや……いやぁっ」

そしてあまりにも弱々しく泣き崩れた。自分がしたことが何故怒られているのか、やっと自覚する。竜胆は『二人』の為に怒っていたのだ。

「ごめんなさい、ごめんなさい」

竜胆は優しく撫子の背中をぽんぽんと叩く。

「わかってます。俺も嫌です。だから、俺を守ろうとしてくれたのは嬉しいのですが……無闇に権能を使わないで欲しかったんです。特に、秋の代行者の権能は気をつけなくてはいけない力なんです。俺は春の事件の後に注意をお伝えしましたよね。何だったか覚えてますか？」

「……いのちを、あつかうから……？」

「はい、そうです。俺は撫子がとても優しい女の子だと知っていますが、起きた事実だけ見たらそう思わない人もいます」

竜胆は倒れて引きずられている夏職員の様子に視線をやりつつ言う。

「撫子も、感情が揺れる度に力を使う癖がついてしまったら困るでしょう？」

「うん……」

撫子は何度も頷く。諭されてすぐ自省出来るのは素直な彼女の良い所だ。

「うん……うん……ごめんなさい……」

ちゃんと過ちを認めてくれて、竜胆は安堵した。叱るのはただ怒りたいからではない。

「いいえ、俺もすぐに感謝の気持ちを伝えてませんでした。ごめんなさい。撫子、助けてくれてありがとうございます」

竜胆がそう言うと、撫子はまたゆるゆると涙を流した。それから竜胆の首筋に顔をうずめて鼻をすする。使い方によっては凶器にも救済にもなる権能を持つ神の子は、まだまだ不安定で、年長者の言葉が必要だった。

「皆様、四季庁の者がとんだご無礼を……申し訳ありません」

冬の四季庁職員が何度も頭を下げる。

「夏の職員達はこちらで拘束します。同行する人数が減りますが……よろしいでしょうか？」

狼星が頷いてから尋ねた。

「構わん。お前達からしてもあいつらの行動は異常か？」

「護衛官殿に銃を抜き、あまつさえ人質にしようとするのは賊のやり方です。あれが普通だと思わないでください。恐らく……代行者様方を竜宮岳に近づけたくない者による圧力だったのでは……。行ってはまずいことが起こっているのかもしれません」

「……同感だ。となるとこちらは早いとこ竜宮岳に向かうべきだろう。気を引き締めていくぞ」

改めて一行は車のほうへ向かった。燕が駆け寄ってきて言う。

「嗚呼、驚いた。出発出来そうですね。すみません……ヘリが手配出来なくて」

一時、ヘリタクシーを利用する案も出ていたが、そもそも空港近くでヘリコプター遊覧飛行を売りにしている会社は保有台数が少なく、この大所帯を一気に運ぶことは無理だった。

「代わりにレンタルで速いスポーツカーを用意しました」

高級車が立ち並ぶ様子を見て、冬の護衛陣と四季庁職員は色めき立った。ドライバー役の者達は意気揚々と車に乗り込む。燕はみんながどの車に誰と乗るか組分けをしている中、にこにこ微笑みながら携帯端末を操作した。

『残雪様、足止め失敗です。予定より早く到着します』

この時点であらゆる立場の者達が頭の中で描いていた計略は、少しずつ変化していた。

春、秋、冬の一行が到着する頃には、山は男達の怒声と銃声が鳴り響いているのだが。

「それでは、出発しましょう、皆様。アテンドは引き続き阿星燕が務めます」

いまこの時点では誰も知る由もない。

第八章 夏の恋の狂詩曲

とある男は恋に落ちないことで有名だった。


恋の形は千差万別だ。

ある者にとっては誠実に思いを伝えることであり、ある者にとっては人生の刺激でしかない。

人によって軽さも重さも違う。


君影雷鳥にとって葉桜瑠璃に出会うまでの恋は風船のように軽い物だった。

軽いから躊躇いもなく出来た。

何の迷いもなく相手を捨てられた。

一人に固執もしなかった。

過去の恋人達との交際期間は短くて三時間、長くて三ヶ月。

いや、恋人と呼べるほどの相手だったかどうかもわからない。

雷鳥と蜜月を過ごした人は最終的に彼の頬を引っ叩いて消えてしまうので、相手から『あの男は恋人ではなかった』と人生の汚点の烙印を押されて記憶から抹消される可能性が高いからだ。彼に真剣な恋愛は向いていなかった。

行きずりの関係なら両手では足りないし評判が良い。

それが、君影雷鳥の恋愛だった。


恋愛、というよりは気の迷いに近いのかもしれない。

菓子を食べるような恋しかしたことがなかった。

食べてる時は楽しいが、やがて飽きる。

飽きたら必要ないと感じてしばらく食べないこともある。

無くても生きていける。

あれば嬉しいが、他にもっと楽しいものがある。

だから執着しない。

ある種、潔いとも言えるスタイルだ。しかし前述した通り恋とは人によって千差万別。

雷鳥にとっては軽いものでも、交際相手にとっては一生を懸けて挑んでいる場合もある。

この温度差が往々にして悲劇を生んだ。

雷鳥は見てくれだけなら悪くはないので、悲劇の被害者も多かった。

最初は彼の振る舞いを魅力的に感じる者も、最終的にはなんて我儘な男なのだろうという評価に至る。相手は合図を送る。もっとこちらの言うことを聞いて欲しいと。

残念なことに、雷鳥は人の言うことを聞くより聞いてもらうほうが好きな男だ。

おまけに自分の元から去る人間を追う感受性も持ち合わせていない。

じゃあ別れようと切り出すのが雷鳥だった。

『よく理解した。関わったのが間違いだったようだ』とトンズラを決めたら追いかけられて平手打ち。もしくは相手のほうから『よく理解した。あなたと過ごした時間は人生の汚点だ』と言われて平手打ち。それの繰り返しだった。

何度も続くと雷鳥も気づく。どうやらこれは自分が悪いと。

追いかける恋をしたことがない雷鳥にとって、追いかけてもらうことは手間が省けるというだけで熱情を伴わない。そういう自分の冷たさが、恋人と呼べる人を泣かせてしまう結果になるのだろう。そう思うくらいの頭はあった。

気づいてからは簡単に付き合うのをやめた。

貴方は魅力的だと口説いてくる人には注意をした。

絶対に本気にはならない。途中で別れる。それでも良いならどうぞと。

ルールを決めても、やはりうまくいかない。

雷鳥も『どうして気持ちがわからないの』となじられるのが辛くなる。

そのうち、雷鳥は誰かと付き合うことすら億劫になった。

悪く言えば自己本位、良く言えば一匹狼。

最初から他人と深い縁を結ぼうと思っていない男に恋愛は難しい。

——これ、やらないほうが人生楽しくないか？


そう思ったら、もう終わりだ。

雷鳥は次第に恋愛から遠ざかっていった。

生涯の伴侶も欲しくはない。仕事として、立場として得なければならないのであれば、退屈しない程度に面白い人か、観葉植物のように邪魔にならない人が良い。

周囲にもこの考えを漏らすようになった。

そして、彼を知る人は概ねこの意見に同意した。

雷鳥に恋愛結婚は無理だと。

むしろ、見合いのほうが人を大事にする気持ちが生まれるだろうと予想された。

彼は腕っぷしの強さを利用して様々な仕事を行っており、それには護衛職も入っていた。

仕事と割り切れば、人を大切に出来る。

定められた結婚だとすれば、その相手のことも義務として大事にするだろう。

何かしら枷や縛りがあるほうが良い男なのだ。放し飼いにしてはならない。

雷鳥も周囲の意見に同意した。だから、彼はある日親に持ちかけられた見合いを受けた。

『神様の夫にならないか』と、問われたのだ。

雷鳥（らいちょう）は幸運だ。今までしてきた全ての失敗が瑠璃（るり）への道に続いていたのだから。

それは秋晴れの美しい日だった。

彼が初めて間近で見た夏の少女神は、黙っていればうっとりと眺めたくなるほどの大和美人で、秋の紅葉に負けず劣らず絢爛豪華な着物を纏っていた。

普通の人間なら、現人神が纏う異様とも言える雰囲気に圧倒されるものだが、本日の見合い相手である彼はそんなこともなく、ただ『聞いていた年齢よりもっと若く見えるな』と思った。

——若い娘の相手は面倒そうだ。

少しうんざりもした。結婚相手に対して求める条件に美醜は入っておらず、扱いやすいかそうではないかが重要だった。彼女本人より彼女の護衛官という役職に惹かれていたのだ。自分を活かせる仕事が欲しいだけで結婚はそのおまけだった。

彼こと、君影雷鳥にとって葉桜瑠璃とは、取るに足らない存在だった。

本当に、最初はそうだったのだ。

『君影雷鳥です』

『……葉桜瑠璃です』

二人は里内の料亭で引き合わされ、自己紹介をし、互いの両親に商品を説明されるかのように性格や趣味を語られた。葉桜家は古くから存在する名家であり、土地持ちの富裕層。その上、今代の家長の子どもが夏の代行者として選ばれ家門は箔がついている。夏の代行者葉桜瑠璃の評判は脇に避けたとしても、代行者輩出の名誉は大きい。

一方、君影家も古くから存在はするが名を挙げてきたのは近年だ。優れた武術家を育て上げることに成功し続け、最近では里の警備を一任されている。保安システムから各種格闘技の道場経営まで、幅広く活躍し始めた家だ。此度の婚姻が成功すればどちらも得をする。

葉桜からすると優秀な護衛官兼夫を優遇してもらえる機会を得られ、君影からすると家格の高い家との繋がりを持ち、更に家門を飛躍させる好機だ。

家と家。親と親。それぞれの思惑が交差する中、子ども達はというとそれぞれ出された料理を平らげることだけに集中していた。そんな二人をどう扱っていいものかと困った両家の親は、とりあえず散歩でもしてこいと料亭の敷地内にある大和庭園の散策を勧めた。

雷鳥は女性との付き合いはそれなりにあったので、特に困ることなくそれじゃあ少し歩きましょうかと手を差し出したが、瑠璃はその手を掴まなかった。

むしろそこで初めて感情を露わにした。何かと言うと、『嫌悪』だ。

『いらないです。何で貴方と手を繋がないといけないの？』

親が居なくなった途端、流暢に喋り出す上に、かなり態度が悪いので雷鳥は面食らった。

『……着物が歩きにくいかと思って』

『馬鹿にしないで。これくらい普通に歩けるよ。変なことしようとしたら殺す』

大和撫子(やまとなでしこ)そのものの姿の彼女。だが、似つかわしくない喋(しゃべ)り方だ。

雷鳥(らいちょう)は怒りより驚きを覚えた。

――意外と喋(しゃべ)るな。

最初があまりにも人形然としていたせいかもしれない。自我があることに驚いた。

『言っておくけど、あたし誰とも結婚する気ないから。あたしの護衛官(ごえいかん)はお姉ちゃんのままだって決まってるの』

『……お姉さん、葉桜(はざくら)あやめさんですね』

『そう』

『お強い方だと聞いてます』

『そうだよ。めちゃ強いの。だから貴方(あなた)なんて……』

『でも僕のほうが強いですよ』

その瞬間、びりり、と空気がしびれた。

『は……？』

ようやく雷鳥(らいちょう)は神の威圧を感じられた。

臆しても良い場面だったが、嘘(うそ)を言ったわけではないのでそのまま会話を続ける。

『僕のほうが強い。だから選ばれたんです』

瑠璃と雷鳥の周囲の空気だけ、ザワザワと不穏な音がし始める。その時、雷鳥は気づいていなかったが鳥が急に空を旋回し始めていた。遠くから犬の遠吠えも聞こえる。

厳かで美しい大和庭園の中に野犬が駆けて入ってくるのにそう時間はかからなかった。

他の利用者から悲鳴が上がっている。しかし二人はそのまま口論を続けた。

『嘘、あやめのほうが強い！』

『いいえ、僕のほうが強いです』

『根拠は？』

『僕は里内の武術の大会で負けたことがありません。家族にも、先生達にも持て余されたくらいには強い。僕が道場に居ると、他の弱い子達の自尊心を折ってしまうし、怪我させないように稽古するのも向いてなかった……。武者修行ということで四季庁経由で国家治安機構の訓練プログラムに参加させてもらいましたが、やっぱり僕より強い人はいませんでしたね。その後……まあ、四季庁あたりで色々やって貴方の為に戻ってきたんですよ』

『あやめは毎年賊と戦ってる。お稽古ごとくらいなら、命のやり取りしてないじゃん』

『そんなことはありません。色々やってと言ったでしょう。具体的に何をしていたかは言えないんですが、四季庁の中には公表されていない部署があってそこで働いてました。命のやり取りもしていましたよ。聞かせたくはありませんが……』

『……』

『あとですね、女の子だから弱いとは言いたくありませんが、実際問題体格差はあります』

雷鳥が背の高さを比較するように片手を上げ下げすると、瑠璃の瞳に怒りが宿った。

『まあ、必要でしたら試合でもなんでもしますけど、お姉さんに恥かかせたくないなら僕のほうが弱いだなんて下手に口にしないほうがいいですね』

『……貴方は弱いよ』

瑠璃はぼそりとつぶやいた。それから、嫌悪を込めたまなざしを雷鳥にぶつける。

『あたしを目の前にしてるくせに、馬鹿みたいなこと言ってるんだもん』

威圧感が先程より増した。

『神様に殺されるとか、考えたことないわけ？』

雷鳥は目をぱちくりと瞬いて言葉を失う。

『ゆら、ゆら、花ゆらり、草光り、夏乱れ』

瑠璃は雷鳥の目の前で夏の四季歌を唱え始めた。

『こい、こい、こい、恋散りぬ、虎が雨、夏花火、蛍売』

『あの、夏の代行者様。あの……』

『さい、さい、さい、割いて尚、蜻蛉生る、秋を待つ』

『僕の話聞いてますか、それって神様の御力を示すやつなんじゃ……』

『座して待つ！　秋を待つ！』

するとまたたく間に動物達が集まった。その中の一匹、体格の良い鹿が突進してきて雷鳥をふっ飛ばさんばかりに体当たりしようとする。雷鳥は慌てて距離を取ったがぶつかって転んだ。

その間に動物達は瑠璃を囲い、彼女は着物をたくし上げて別の鹿に乗っていた。大和鹿の中でも珍しい、巨体の白鹿だ。

そんな白鹿にまたがる瑠璃の姿は神々しく、この時ばかりは雷鳥も息を呑んだ。

『驚いた？　ばーか！』

彼女はとても美しかった。そして気高く、強かった。

『ただの人間のくせに……あたしに生意気なこと言うな！』

雷鳥にとって、その日の見合いは長い人生のつまらない一頁にしか過ぎなかった。

『あやめのことを下げて言うやつなんて大嫌い！　二度と会わないからっ！』

だが、あっという間に瑠璃によって特別なものに変化させられた。

瑠璃は玉肌を晒していることなどお構いなしに鹿を乗りこなし、庭園の小道の土と落ち葉と草を、鹿の後ろ足で雷鳥にかけられるだけかけてから去った。

『……』

ひどい見合い相手である。

この頃の瑠璃は思春期で現在よりも二倍ほど尖った時期だった。

後に残されたのは土と落ち葉にまみれ、オーダーメイドのスーツを台無しにされた雷鳥の哀れな姿。遠くで二人を見守っていた瑠璃の両親と雷鳥の両親が悲鳴を上げた。

『…………』

当の本人は何かが琴線に触れて、心が震えていた。

『……人に土かけて、鹿に乗って逃げた』

ぽつりと、そうつぶやく。

これほど無礼な真似を女性からされたことがなかったからか。

常人ならざる神の御業をこの目で見て、あの少女神を守ることに興味が出たからか。

それとも、去り際の瑠璃が精一杯泣くのを我慢しているように見えて、存外可愛いと思ってしまったからか。いや、それともあの娘なら自分を殺せる実力があるのではと思えたからか。

何にせよ、頭の中は瑠璃のことでいっぱいになってしまった。

混乱に陥っていた庭に瑠璃とあやめの両親が走ってやってくる。

『君影のご子息！　大丈夫ですか！』

話しかけられているのに、雷鳥はぶつぶつと独り言をつぶやいている。

『市街戦なら僕に軍配が……いや、ペットショップがあったらやばい。そもそも市街にだって鳥はいる。山中は問題外だ。やはり本体を叩くしかないが、それまでの妨害が色々思いつく。動物の行動は人間と違って読みにくい。訓練したって……そうだ、虫も使役出来るはず……』

今まで、殴られたことも、銃で射たれたことも、真剣で斬られたこともあったが、神様の眷属、それも鹿に攻撃されたのは初めてだった。それがあまりにも衝撃的だった。

『あの……うちの娘が……すみません』

『…………』

『あの……』

瑠璃の両親はちっとも話を聞かず独り言を口走る花婿候補の反応に首をひねる。

雷鳥は瑠璃が去った方向から目が離せない。

『あの、このお見合いはやはりなかったことに……』

『いえ、大丈夫ですよ、お義父さん、お義母さん』

いま思い返せば、もうこの時から雷鳥と瑠璃の追いかけっこは始まっていたのだろう。

追いかけてみたいと思わせてくれる相手が人生でようやく現れたと雷鳥は感じていた。

初手で嫌われてしまったようだが、それはこれから挽回するしかない。

『僕は彼女のこと、すごく気に入りました。ぜひこのまま縁談を進めてください』

雷鳥はこの日を境にして、初めて自我同一性を獲得した。

自分が何者で、何の為に生きているのか、天啓を受けたのである。

世の中に才能豊かな人間というのは居るものだが、雷鳥の場合はそれに当てはまる。

馬鹿ではない頭と武器を使用した攻撃及び体術のセンス、それに常人離れした体力、皮肉屋な性格と型破りな思考を混ぜ合わせたら雷鳥が出来上がると言えばいいだろうか。

強ければ強いほど良いとされる家門に生まれたこともあり、戦士として育てられる環境に関しては他の人間より大層恵まれていた。しかし、人間とは出来すぎても、出来なさすぎても集団の中で浮いてしまうものだ。天才も秀才も大体二分化する。

自身の才能を認めて、羨望や嫉妬を向けてくる他者と距離を測りながら社会性を保つ者。

自身の才能を認めて、他者を見下し、距離を取りながら孤独に生きる者。

そのどちらかだ。雷鳥は強いて言うなら後者だった。

社会性がまったくないわけではないが、自分が認めた相手以外には気遣いや真心というものを向けない。君影一門の家族や親戚でも気に入らない相手とは会話を極力拒む。

気難しい人物という印象を他者に与えがちだ。しかし、まったく意思疎通が出来ないわけではない。こと目標を設定すると他者と協力することも厭わない競争心を見せ、統率者の素質を見せた。誰とも真に親しくはならないが、何をやらせてもうまく出来るので周囲は重宝し目をかける。少し扱いにくくて、遠巻きに見られる存在。それが雷鳥だった。

葉桜の家からの打診が、挿げ替えを防止出来るほど強い戦士を、というオーダーだったこともあり雷鳥が選ばれたのだが、難ありなのは彼の両親もわかっていた。

君影家は正直にそのことを葉桜の家にも伝えてみたが、あちらも『うちの娘も姉以外に興味がなく難あり』という返しだったので、とりあえず会わせてみよう、駄目なら他の候補者でという前提で顔見せをしたというのが今回の見合いの真相だ。

両家、互いの家の「問題はあるが特別な人間」をぶつけたというわけである。


『そんなカードバトルある？』


見合いから数日後、雷鳥は葉桜家の門の前に居た。

両親が入れようとしても瑠璃が威嚇するので仕方なく互いにアイアンの門に阻まれながら会話している。二度と会わないと宣言したにも拘わらずもう再会してしまった。

雷鳥は自分がどういう人間か、また何故瑠璃の見合いの相手として選ばれたか説明し、改めて交際の申し込みをしていた。

『やばい人材をぶつけ合って、うまくいけばいいなってバトルしてるじゃん、親が』

『瑠璃、すごい面白いですねそれ。その発想好きだなぁ。つまり僕らはレアカード同士だと』

『ちょっと、名前で呼ばないで』

『葉桜さん？　夏の代行者様？　でも僕は瑠璃が良いな。君の名前の響き好きだし』

雷鳥は初対面の時とは別人のように好意的に振る舞ってくる。反対に瑠璃は好感度が下がったままだ。瑠璃は思った。「どうしよう、この人まったく話を聞いてない」と。

『あたし、貴方のこと大っ嫌い。帰って』

『邪険にしても意味ないですよ。僕、気が強い子好きですから』

『……あたしは押しが強い人嫌い』

――助けてあやめ。

瑠璃は後ろを振り返り屋敷を見たが、露骨にあやめの部屋のカーテンがぴしゃりと閉められた。カーテンの隙間から見ているあやめはけして助けに来てはくれない。

反発しても無駄なら、やり方を変えるしかない。瑠璃は平静な態度で諭すように語りかける。

『……ねぇ、えっと……雷鳥さん？　親に言われて来てるならさ、お互い協力して破談にしよ？　貴方も昨日、あたしにあんなことされて腹が立ったでしょ？　あたし達、相性最悪だと思うし……』

『そんなことはないですよ。僕は相性良いと思う。対等な仲になれますよ』

曇りなき眼で雷鳥は言う。

『嘘でしょ。どこでそう思ったの？』

『鹿事件ですね』

『鹿事件……？』

『君が僕のこと怒って鹿で蹴り飛ばしたじゃないですか。僕はあれで思い知らされました。自分は最強だと思っていたけど、それはあくまで対人だけであって、動物相手だと違うことに』

『……』

先日の騒動のことだ。瑠璃は閉口する。この人はやはり変人だと。

『君の言う通りです。トラップを仕掛ける時間とか、多人数で制圧とか、そういう好条件があるなら別ですが、単純に能力値としては生命使役の権能を持つ神様に軍配が上がる。だって君、何でも使役出来るんでしょう？　一対一で、さあやり合いましょうってなったら、その時僕は武器を持ってる。となると君にも武器を与えないといけないと不利になるから君も動物を使役してる。初手は防がれるでしょうね。僕、犬とか好きだから撃ちたくないんですが、まあ防がれたとして、銃を連発していても多分鳥とかで防がれる。となると隙をつくしかないんですが、その時にはもうこちらが多勢に無勢になっているのが予想出来て……嗚呼、海上が戦場だったら僕もう完全に殺されますね。鮫とかも使役出来ますよね？』

『やめやめやめーい！』

瑠璃は二人の間を挟んでいるアイアンの鉄格子を握って揺らした。雷鳥はハッとする。

『すみません。架空の戦闘を考えるのが好きで』

『ねぇ、よく変な子って言われない？』

『言われます。とにかく、僕は生まれて初めて自分が勝てるかどうかわからない女の子に出逢ってしびれたんです』

そこまで聞いて、瑠璃はもっと怖くなった。

『しびれ？　手足とか？』

『全身ですね』

『それあれじゃない？　脳震盪とかそういうのじゃない？』

『え、そうかな？　恋だと思うんですが』

『絶対違うって！』

『でも、僕はいま瑠璃の声も髪も瞳も全部可愛く見えるんですけど……』

『ないないない！　あたしそんな人に好かれる女じゃないもん！　絶対脳がおかしくなってる！　どうしよう……ごめんね、あたしもカッとなってかなりきついことしちゃったから……。ね、里の病院に行かない？　ちゃんと確認しよ……？　神通力が変に作用してたらやばいよ』

──面白いな、この娘。

雷鳥は本気で心配する瑠璃が益々好きになった。鉄格子越しに会話するのも飽きてきた頃なので雷鳥は提案に応じる。

──今の時間の医局で検査するなら最低でも五、六時間はかかる。

つまりその間は一緒に居てくれるというわけである。

『瑠璃もついてきてくれます？』

雷鳥は欲しいものを手に入れる為なら何でも出来る男だった。頭がおかしくなっていると言われて病院に連れて行かれようと構わない。むしろ口説き始めた初日で彼女と二人切りで外に出かけられるなら素晴らしい成果だと思えた。

『瑠璃もついてきてくれるなら、僕も病院行きます』

『ついてく、ついてくから。マジで心配になってきた。診療代もあたしがもつね』

『じゃあご両親にお出かけの許可もらってきてくれませんか。一応、ただ二人で出かけるって言ったほうがいいですよ。僕のこと病人にしたかもしれないから医局に連れていくって言ったら、大事になるんで』

『わかった……そうだね。ありがとう！　待っててね、雷鳥さん！』

それから数時間後、健康に太鼓判を押されて病院を出た瑠璃と雷鳥が居た。

『瑠璃との病院デート、楽しかったな』

『……』

『僕の恋が医学によって証明されてしまいましたね』

『あやめ、助けて……』

瑠璃は絶望、雷鳥は幸福そうな顔つきだ。

『次は別のところでデートしましょうね』

『しない……何か、あたし……貴方の口車に乗せられた気がするし……』

『ひどいなぁ。でも、この時間有意義だった気がしません？　互いにほら、色々喋れたし。喋ってみたら意外と悪くないと思いませんでした？』

『雷鳥さんの身体が心配で大して会話に身が入らなかったよ……』

『瑠璃……君は面白い上にすごく優しいんですね……』

『やめてー！』

『次はちゃんと話しましょう。僕の車でどこでもご案内します。婚約者と一緒なら、ご両親も里の外に出してくれますよ』

『お外には出たいけど……や、やだ……』

『僕のこと頭がおかしいと決めつけて病院に連れてったのにここで捨てるんですか……？』

『……何かそう言われると、あたしめちゃくちゃ悪いやつじゃん』

『医局の人、苦笑いしてたなぁ。看護師さんの中に僕の家の近所の人居たなぁ。どうしたんだろうって思われた。瑠璃は僕のことを辱めるだけ辱めて捨てるんですね。このまま僕のことお婿さんにもらってくれる人が居なくなったらどうしよう』

瑠璃はすっかり断罪される罪人の顔つきになった。

『……』

『デートしましょう、瑠璃』

『…………一回だけなら』

『ご両親には出かけるとだけ言ったんですよね。このこと黙ってあげますよ』

『……三回だけなら』

『十回』

『八回』

『五回』

『五回で手を打ちましょう。まあいずれ僕のことを好きになって回数も増えますけど』

瑠璃は深いため息をついた。

『雷鳥さん……』

それから雷鳥に真剣なまなざしをぶつけて言う。

『あのね、貴方はいまあたしのことが物珍しいだけだよ』

その時、ようやく瑠璃は雷鳥と初めて本当に向き合った。

『いつかきっと気づくよ。あたしと結婚なんて無理だなぁって。あたし、レアカードじゃない。ぜんぜん、弱っちいカードなの。でも頑張ってレアカードしてるの。貴方が期待しているような、夢のように特別な女の子じゃないんだよ』

雷鳥はその言葉を聞いて目を瞬いた。

目の前の女性は、いま素をさらけ出してくれていると本能で感じる。

『僕の婚約者は、本当はあまり自信がない人なんですね』

瑠璃はその言葉を叱責のように感じたのか、うなだれた。

雷鳥は自分が新しい価値観を持ち始めていることに気づいた。

──以前の僕なら、自信がない人が嫌いだった。

そういう人間の発言や行動は、他者に対してとても無責任なように感じられた。

いじけた姿を見せられるのも、さめざめと泣かれるのも苛々してしまう。

──でも、今は違うな。何でだろ。

今の雷鳥は、神様であるのに自信がないこの娘が愛おしい。

やはり特別な人だと思った。

『まあ、僕が君を好きなことは変わらない。瑠璃、君もきっとその内わかります』

『何が……?』

『僕はやると言ったらやる男だし、その僕が惚れたと言ったら一生好きだってことなんですよ。気分屋に見られがちなんですが、そうじゃない。僕が本気になるものがこの世の中に少ないだけなんです……』

瑠璃はうなだれた顔を上げ、雷鳥を見つめる。

『今までの人生で本気になったこと、ちなみに何なの？』

『戦闘とスノードーム集めと瑠璃です』

簡潔な言葉に、瑠璃はきょとんとした後、初めて笑った。

『少ないじゃん』

雷鳥はその笑顔を見て、胸が高鳴った。彼も子どものように笑う。

『何でもかんでも好きな男より、これはというものだけ好く男のほうが良くないですか？　浮気とか絶対しませんよ』

『……ふーん』

『僕のスノードームコレクション見て欲しいな。海外にも仕事に行ってたことがあるので結構数があるんですよ』

『スノードームって見たことないけど、雪はいってるやつだよね。あたし雪嫌い』

『スノードームは雪だけど雪じゃないんで。瑠璃になら一個あげてもいいかな』

『……大事なのにくれるの？』

『瑠璃にだけ。大事にしてくれるならあげます』

『別に要らないけど、ちょっと興味出てきたから見るだけ見たい。写真ないの？』

『お、見ます？』

『見てあげてもいいかな……』

こうして、二人は段々と仲を深めていった。

実際、相性は悪くなかったのだろう。

周囲に愛されたくて悲鳴を上げているような娘にとって、ダンプ車に愛を詰めて突撃してくるような男は重い相手ではなく安心する対象となった。

何だかこの人は自分のことがとても好きだし、見放さない気がする。

そういう安心感は瑠璃の人生に必要なものだった。最初は警戒していた瑠璃も、傷ついた動物が手当てを受ける内に人間に絆されていくように好意を持ち始めた。雷鳥は雷鳥で、瑠璃の内面を知る度に彼女の繊細さを学び、悪戯しては怒られ、もう嫌いだと言われては必死に謝り、相手の心を思いやるということを学んだ。

双方が双方に良い影響を与える出逢いだった。幸運な恋人同士だった。

このままうまくいけば結婚自体は何の問題もないだろう。

そう思われていたのだが、人生とは花発いて風雨多し。

夏顕現が終わった頃、葉桜姉妹に凶兆の烙印が押された。

これにより君影家と老鶯家は葉桜との繋がりがバッサリと切れた。

婿側の家の手のひら返しは、それはそれは薄情なものだった。

同じ婚約者の身分である連理は悲嘆に暮れ、生まれて初めて父親と口論をする毎日が始まる。

一方、雷鳥はというと、家族が驚くほど素直にその提案を受け入れていた。

「破談ですか。まあ今の状況じゃ仕方ないでしょうね。こっちの外聞も悪くなるんで、新しい縁談をすぐに持ってくるとかはやめてくださいね。怒りますよ」


それだけ家族に伝えて、部屋に引っ込んだ。

まったく部屋から出てこなくなった雷鳥を、家族は腫れ物に触るように扱う。

まさか、反逆の準備をしているとは誰も与り知らない。

――思ったより展開は速かったな。

雷鳥は傷ついた自分を隠して部屋の中で打ちひしがれていたわけではなかったのだ。

瑠璃やあやめが悲しみの淵にいる間、何をしていたかというと、とある人物と連絡を取っていた。

このような事態に備えていた。

携帯端末片手に雷鳥は薄暗い部屋の中で電話する。部屋の中はたくさんのスノードームが飾り棚の中で輝きを発している。

彼の部屋の机の上には瑠璃の写真が幾つも並べられていた。

執着するものは変わっていなかった。

戦闘と、スノードーム集め。そして瑠璃だ。


雷鳥が以前から連絡を取っていたのは四季界隈で知る人ぞ知る情報屋だった。

「【伏竜童子】ですか。ついに破談されました」

「ええ、君の言う通り里長が先導したようですね。夏枢府で働く【一匹兎角】の同士は抗議しているようですが聞く耳を持たないでしょう。里長のあの枯木のような身体をいますぐ折りに行けないのが残念です。腹が立ちますが、来るとわかっている攻撃だから耐えられました」

『葉桜瑠璃、あやめの携帯端末の操作は？』

「以前にお家にお伺いしてお食事をした時に済ませましたよ。あまり機械に詳しい子達じゃありませんから、リモートアプリが入ってるのは気づかないでしょう。あれ、四季庁に居た時に使ってた特製のやつですし、入念にチェックされないかぎり大丈夫です。操作確認は済んで既にメールを選別して消したり着信拒否してます。可哀想ですが一旦、二人は孤立させます」

『……目的の為とはいえ、心苦しいのでは？』

「そりゃそうですけど、あの娘達が死ぬより良いでしょ」

【伏竜童子】の笑い声が聞こえる。

「僕も最初は心が痛かったですが、今はそれよりもどうにかしてあの娘達を守らなきゃっていう緊迫感のほうが大きい。生きてさえいてくれれば、あとはどうとでもなります。彼女達が想定した動きをしてくれると良いのですが……瑠璃は読みにくいから不安です……」

『春の事件の頃からこうなることを予測していた貴方でも読めないか』

からかうように【伏竜童子】に言われて雷鳥は唸った。

「あの娘は……行動は読みやすいんですが、感情が読みにくいんです。浅慮だと思っていたら、実はすごく考えていて、天真爛漫に見せかけていただけだったりする。あやめさんのほうが逆にわかりやすいんですよ。あやめさんは思い詰めるタイプだから……自殺とかしないようにちょっと気をつけて見てます」

『……貴方の大切な婚約者とご家族だ。無事守れるよう私も尽力しよう。さて、状況は悪くない。竜宮岳にて暗狼事件が起こった。これに関しては調査中だ。環境保護庁から四季の里と四季庁に通達が入った時点で【老獪亀】達は素早く行動し、有識者会議の参加者を買収、脅迫した。春で受けた痛手の反撃を代行者側にしたというわけだ。挿げ替えの動きは既に春の里で起きている。夏の里の松風青藍は私兵に夏の代行者が顕現再調査をせざるを得ないよう地方に動物の変死体を作っている。そろそろこちらが動くべきだろう。例のものは？』

「いただいた会話記録から学習させて随分うまく作れました。声のピッチや響きの調整が難しい。こういうのをやるのは部隊の別の人間の仕事だったもので……。あいつ仕事出来たんだなって今更ながら昔の同僚のすごさがわかりますね。多少違和感出ますが、気が動転している状態の瑠璃と会話するくらいなら騙せるでしょう。いま何度もリアルタイムでちゃんと変声されているか動作確認中です。聞いてみますか？」

雷鳥は携帯端末内にある謎のアプリケーションを起動させた。端末を口に近づけて喋る。

「『こんにちは、【伏竜童子】』」

二つの声が重なった。一つは雷鳥、もう一つは雷鳥と接点がない秋の代行者護衛官阿左美竜胆の声だ。

『うまく変声されてる』

「もう一つ工程を挟めば僕の声は完全に消えます。ただ、僕の専門分野じゃないせいか、会話にラグが少し出来ているのでまだまだ調整が必要ですね」

『中々使えそうだ……。単純に興味で質問するのだが、特別な機材がないと扱えないものなのだろうか？』

「いえ、そんなことは。貴方が使ってるやつよりは複雑かもしれませんが」

雷鳥は【伏竜童子】が同じように変声アプリケーションを使っていることを見抜いていた。

「僕を優遇してくれるならデータと必要な機材をリストアップして差し上げます」

『優遇とは？』

「この情報戦争で勝ちたい。君、松風青藍にも情報を売ってるでしょう」

『…………』

電話の向こう側は、うっすらと笑った気配がした。

「こっちには伏せてて、あっちには出してる情報……その反対もある。最初は遊んでいるのかと思いましたが……どちらかというと僕のほうに味方なのかな？　だから申し出ています」

『……貴方が賢い人で助かった』

「ああ、やっぱりそうなんですね。何だか情報を調整されてる気がしてならなくて」

【伏竜童子】は、今度は笑い声を我慢しなかった。乾いた笑い方をする。

『いやはや、貴方を見くびっていたな。だが、心配しないでくれ。貴方のことは最初から優遇している。じゃないと阿左美竜胆の会話記録を送ったりしない。貴方に提案もしない。本当の敵を炙り出し、首根っこを押さえる為に愛する人を危険な場所へ送れなどと……』

「…………」

『私は貴方の敵ではないよ。今の四季界隈は腐りきっている。利己的なお偉方を掃除したいだけなんだ。本来の目的を忘れて私腹を肥やすことに熱心になった権力者達、思考停止して問題提起をしない馬鹿共。そのせいであるべき姿が失われている。代行者を守り、育て、四季を滞りなく巡らせるのが四季の代行者の末裔の使命だ。在るべき姿に正したい』

【伏竜童子】は自分の魂胆が雷鳥に見抜かれたことを楽しんでいる様子があった。

彼にしては珍しく声が弾んでいる。

『その為には大きな変革が必要だ。それこそ挿げ替えの現場をおさえて、その計画を企てた者を捕まえるような大事件が……』

「……そうした変革には代行者自身にも犠牲が伴いますが……」

『多少の苦労が必要なのは、どんなことでもそうだろう。それに今回は夏の代行者を救うだけでは代行者の尊厳の復権にはならない。全体を救う動きに発展させねば【老獪亀】達を畏縮させることは出来ないんだ。貴方は自分でも言っていたが、もうそれをわかっているはずだ』

【伏竜童子】は『だから貴方は好ましい』と付け加えた。誰と比較しているかは雷鳥には不明だったが、この情報屋も何かしら苦労があるに違いない。雷鳥は、改めて自分がしようとしていることの無謀さを意識せずにはいられなくなった。

――大博打だな。

春の事件後、【老獪亀】達が何かしら仕掛けてくるであろう事態は予測していた。権力の座にふんぞり返って怠惰の日々を過ごしている者達が、その座を奪われて大人しく引き下がるとは思えなかったからだ。

だが、反撃は想定していたより重い一撃だった。

村社会で与えられた凶兆の烙印はそう簡単に拭い去ることは出来ない。

結婚どころの話ではない。二人の今後の人生が他者によってどんどん踏みにじられていくのは確定事項だった。放置すれば一生肩身の狭い思いをして虐げられ生きることになる。

──凶兆扱いを受けたあの娘達を救う為には綺麗事だけじゃ解決出来ない。

雷鳥は葉桜姉妹を救いたい。

その為に必要なのは彼女達だけでなく代行者全体の『名誉回復』だった。

これは暗狼事件の解決に介入出来れば足がかりになる。とっかかりとして、瑠璃とあやめが自ら動いて我々は吉兆であると周囲に示すことが求められていた。

だから起爆剤として、数ヶ月前からしつこく瑠璃から聞かされていた『信用できる男』である阿左美竜胆の振りをして彼女達に発破をかけることにしたのだ。

──後押しするのに他の男を使うのは癪だが、仕方ない。

雷鳥には別の役割がある。

「……君の目的は腐敗した各里の枢府の浄化というわけですか？」

『他にも目的はあるが……今回はまずそれだ。今代の現人神達は春夏秋冬の共同戦線を組み、四季界隈に大きな衝撃を齎した。彼らにはこのまま世に蔓延る膿を出し切る為の役割を続けてもらいたい。己の敵を認識し、戦って欲しいんだ。危険に晒すことになるが……犠牲にするつもりはない。だから貴方のようなバックアップを用意し、敵対勢力の動きを把握して対応を続けている』

会ったこともない見知らぬ情報屋の言葉には熱が籠もっている。

『貴方には申し訳ないが、春の事件で出た膿と対峙して欲しい。天罰説を吹聴し暗躍している者達と戦う勇士が今こそ必要な時だ』

雷鳥はそれに対して同じく熱に浮かされることもなく冷静に答えた。

「一つ気になったんですが、いま貴方が言ったこと、僕が松風青藍に話すとは考えないんですか？　すごくお金になるじゃないですか」

揺さぶりをかける為に問いかけてみたが、【伏竜童子】は黙り込むこともなく答えた。

『貴方は金より愛だろう』

「……」

『貴方のような人ほど愛に狂うんだ。それまで固執する対象がいなかったから』

「………………」

『金が欲しいなら最初にやり取りしている時点で何かしているだろうさ。そこは心配していない。むしろ、貴方が葉桜瑠璃の為に駆けずり回って命まで燃やしてしまわないか、それが心配だ。私は別に未来ある若者に死んで欲しいわけじゃないんでね。気をつけてくれ』

「…………ご心配どうも」

腹の底が見えない相手だが、妙に邪険に出来ない魅力が【伏竜童子】にはあった。

『連絡は少し途絶えがちになるが、そのまま経過を知らせてくれ。頼んだ』

そして雷鳥は大博打を始める。

さよならもごめんねも言わないまま連絡を断った婚約者に電話をかけるのだ。

別の人間として。

『瑠璃様、朝早くから電話してすみません……いかがお過ごしでしたか』

『俺です。竜胆です。お声を聞かせてください』

『さる情報筋から、お二人が大変な目に遭っていると聞きました。何か俺に出来ることはありませんか？』

彼にとって葉桜瑠璃は宝石のように人生で輝く一点物だった。

『だからこちらの立場が悪くなるような説が広がったんです。自分達の過失への目くらましですね。瑠璃様はご自身のご結婚がどうして急に破談になったのか不思議に思いませんでしたか』

『凶兆扱いなんていうのは建前で、貴方に自分達の影響力を見せて服従させたいだけです。理由が出来たのでこれ幸いと叩かれているだけなんですよ。このままでは良くない』

『俺達が言いなりになればなるほど、事態は悪くなる。もはや、静観している場合でも、悲観して逃げている場合でもありません。俺は瑠璃様に立ち上がって欲しいのです。現状を打開出来るのは夏のお二人だと確信しています』

代わりはない。他の誰も、雷鳥にとっての瑠璃にならない。


『……瑠璃様』

『死んだほうがいいなんて……言わないでください……』

『そんなことありません。俺は、貴方が誰かの為に明るくあろうとしているのを知っています』

『悲しみを抱かれていたのに、今まで一度もみんなの前で出しませんでしたね。貴方は優しい女の子だ』

『俺は知っていますよ。貴方は本当に優しい女の子です……』

『貴方は素晴らしい人で、生きていたほうが良かった。俺だけじゃなく多くの人がそう思っています』


瑠璃は雷鳥と同じくらいの熱量を持ってはくれない。それでも良い。

『貴方がそう思っているのは、意図して悪意ある者達から追い詰められているからです。天罰説や生態系破壊の話が出なければここまでご自分を追い詰めなかったのでは？　よく考えてください』

『俺は、貴方達姉妹が好きです。良いようにされている現状が我慢なりません。立ち上がっていただきたくて……色々お話ししました。しかし……いまの貴方に言うことではありませんでした……そこは本当に申し訳ありません』

『貴方が高貴な身分だからお強いのではなく、強くあろうとされていたという、それを失念していました。色々なことが起きてお辛いでしょうに、すみません……。ただ、これだけはもう一度言わせてください。死んだほうが良かったなんてことありませんよ』

『信じてください。貴方がご無事だったことを喜ばれた方が何人も居た。俺もです。みんなの気持ちを、なかったことにしないでください』

自分ばかり相手が好きで、瑠璃は姉のほうが好きでも構わない。

一度先に死なれたが、今度は傍で死んで欲しい。

出来るならもっと年を重ねてから。

瑠璃の未来を守れるなら、雷鳥は何でも出来る気がした。

それから時は流れ、竜宮岳、竜宮神社、本殿内一角。

「というわけで、僕は自分の婚約者を守る為にこの状況を作り上げた者の一人なんです」

連理、雷鳥、雷鳥の部隊、慧剣は遭遇し、身分を開示し合い、双方の情報を交換していた。慧剣が泣きながら自らに起きた事件を話し終わり、現在は連理と雷鳥のほうが自分達の事情を話している、といった次第だ。今は雷鳥の独壇場になっている。

「幸い、里の警備部門を任されている家の息子ですので、そこは色々仕組んで瑠璃とあやめさんを里の外に出してあげることが出来ました。脱走発覚も遅らせた。僕は連理くんに事情を説明し、彼を伴って竜宮へ。車だったのであの娘達より先にね。その後は空港で僕の部隊と合流、以後二人を警護してました。ね、連理くん」

問いかけられて、連理はその言葉に頷いたが、少し遠い目をしていた。

「……秋の護衛官の振りをして、あの娘達をそそのかし、竜宮に悪者をおびき寄せる為の囮にしたと言った時の連理くんの目……明らかに殺意が込められてて怖かったな……。僕もやりたくてやってるわけじゃなかったんですよ。結婚のことだけじゃなく、二人の命と未来を助ける為に苦渋の選択をしたんです。凶兆の烙印を押されたこと自体、里でどんな迫害と差別を受けるかわかりません。彼女達だけじゃなくご両親にも被害が及びます。あとであの二人にどれだけなじられようとも……守る為に悪になるほうが良いというのが、僕が色々考えた上での結論でした。連理くんにも最終的には納得してもらいました」

またも雷鳥は連理に『ね？』と言わんばかりに視線を向けるが連理は呆れた顔をした。

「しかし……予想外なことにあの娘達は射手様と出会ってしまったんです。遭遇出来る確率は低いと踏んでいたのでこれは僕も驚きました。射手様と、そのシークレットサービスがいれば警護もやりづらくなる。急なことで連携する気はなかったので、こちらだけでせっかくおびき寄せた敵をうまく蹴散らせるだろうか……などと悩みましたが、よく考えたらやることは変わっていませんでした。だって元々僕は敵を竜宮岳でやっつけようと思って瑠璃達に暗狼事件を解決せよと誘導し囮にしているわけですし、一日目はまだ敵側の人間は瑠璃達を追跡出来ておらず、決戦は竜宮滞在二日目……つまり今日だとわかっていた。そして僕の情報屋から挿げ替えを狙う者達は、賊を装って山中で二人を殺すつもりだろうと密告してもらっていましたから、山岳戦になることに変更はない。暗殺の機会は限られていますからね。だから射手様に瑠璃達をお任せし、数名監視に残して隊を分け、本隊である僕らは山に戻ってきました。そしていまは馬鹿共が来るのを待って戦争開始というわけなんです」

「……」

「これは【老獪亀】と【一匹兎角】による武力戦争でありつつ、代行者を虐げる者と守る者の名誉回復を懸けた情報戦争でもあるということです。さて、長々と説明しましたが……。巫覡慧剣くん、君は自分がどんな状況に飛び込んできたか理解出来ましたか？」

「……」

質問されている慧剣は、青ざめた表情で脂汗をかき、涙目で正座をしている。

「慧剣くん？」

慧剣が喋れないのも無理はない。

「慧剣くん、聞いてます？」

彼は雷鳥に銃を突きつけられていた。何かまずいことを言えば殺される、と怯えているのだ。

雷鳥は首をかしげた。

「連理くん、この子喋らないんですけど」

こめかみに銃口をコツコツと当てるのを見て、連理はたまらず手でそれを遮る。

「銃口向けて喋りかけられたら、そりゃそうなるでしょ！　悪魔ですか！」

連理の雷鳥への冷たい視線と無言の抗議はこれが原因だった。

「連理くん、危ない！　銃の前に手を出すなんて何考えてるんですか」

「危ないのは雷鳥さんですっ」

「……いいですか、彼は暗狼なんですよ。連理くんもさっき見たでしょ。この子の身体がピカーッて光ったかと思ったら馬鹿でかい狼が出てきたの」

「それはそうですけど……」

「危うく全員で乱射してフレンドリーファイアで死ぬとこでした」

慧剣は自分の言うことを信じてもらう為に、説明をしながら暗狼の姿を一度幻惑で見せていた。その上で攻撃せず、ちゃんと解除したのだ。

連理は攻撃の意思はない、とちゃんと示していた。

しかし雷鳥がそれからずっと銃を向けている。

「自ら手の内を明かして白状したことは褒めてあげますが、権能が暴走している状態だと言うじゃありませんか。代行者と同じシステムなら精神次第でいくらでも弱くなったり強くなったりします。警戒しないと僕ら狼の幻に噛み砕かれちゃうんですよ。そりゃ自衛しますよ」

雷鳥の言うことも、もっともなのだが絵面は良くない。とても良くない。

勇気を出して自分の事情を説明した少年を武器で脅かしているのだ。

そんな目に遭わされている十六歳少年の気持ちも考えて欲しいと連理は思った。

「雷鳥さん……一回、一回銃口下げて」

雷鳥は嫌々と首を横に振った。

「連理くんを守ろうとしてるんですよ、僕は」

「わかってます、わかってますから」

連理はどうどうと雷鳥をなだめる。

「わかってない」

「いえ、わかってます。雷鳥さんが瑠璃ちゃんやあやめちゃんだけでなく、俺のことも色々考えてくれてるのはわかってるんです。ありがとう、助かってます」

「……」

「でも、怖いままだと喋ることすら出来なくなる人もいるんです。俺はそういうのすごくわかります。本当は言いたいことや出来ることだってあるのに、暴力とか、怖い言葉で支配されるとてんで駄目になる。頭、パニックになって出来なくなる。そういう人間もいるんです」

「…………」

以前の雷鳥なら、こういう言葉に『それは甘えだ』と返していたことだろう。

だが、葉桜瑠璃に出会って、雷鳥の世界は広がった。彼は軽率にそういうことが言えなくなってしまったのだ。にこにこ笑っていたのに、大丈夫だよと言っていたのに、みんなの前では元気に振る舞っていたのに、内心、自分は死んだほうが良かったと思っていた娘に恋をしていた。弱っている人間の言動を簡単に否定出来た彼はもう居ない。

「俺達がいますべきなのは、この子がパニック状態にならないように、気を落ち着かせてあげることとです……自己防衛しなきゃと思わせるのもまずいでしょう？　ね、そうですよね？」

だから、連理に祈るように願われると折れるしかなかった。雷鳥は渋々銃口を下ろす。

「ありがとう、雷鳥さん」

連理はホッと吐息を漏らす、慧剣も深く息を吐いた。どうやら息を止めていたらしい。

「慧剣君、ちゃんとご飯食べてないだろう。まずはちょっとお腹に物を入れて落ち着こう？」

連理は自分の荷物から水と食料を出した。コンビニで買ったおにぎりだ。それを慧剣に渡す。

「……ろ、老鶯さん……」

「連理でいいよ。俺も慧剣君って呼ぶから」

慧剣は腹が空いていたのか、すぐにおにぎりを平らげてしまった。連理は何の躊躇いもなく残りの食料も慧剣に差し出した。

「……お腹減ってたって言ってくれたら僕だって……」

黙っていた雷鳥も、その姿を見るとさすがに哀れに思ったのか自分の荷物から食料を出して慧剣に渡す。

「ご、ごめんなさい……ご飯……」

「いいから食べなさい。お腹が減っていると攻撃的になるから、むしろ食べて精神衛生を向上させてください。君が僕らを攻撃しないなら、僕だって君を攻撃しませんよ」

「……すみません……おれ、ほんと、すみません……」

慧剣は飯をほおばりながらポロポロと涙を零した。食べて、涙を手で拭い、それを繰り返す。あまりにも哀れな姿なので、雷鳥の部隊の者達も同情的な視線を向けた。

慧剣のやったことは罪だが、彼は事件当時も、今も、庇護が必要な年齢だ。

どうしたらいいかわからず惑う子どもを、誰かが導いてやらねば暗狼事件は解決しないだろう。慧剣もただ感情に任せて暴れるのは駄目だということはもう嫌というほど自覚していた。

「おれ……おれ、どうしたら、いいんでしょうか……」

嗚咽混じりの言葉に、連理が優しく語りかけた。

「大丈夫だよ……。事情を聞いた限り、同情する部分が多い。それに、権能の使用も射手様への忠誠心と守護の気持ちがなくてはそもそも使えないものなんだよね？」

「はい……あと、信頼関係とか……。能力使えたから、輝矢様……おれのこと……まだ、待っていてくれてると思ったのに……でも……」

慧剣はまた泣き崩れそうになる。

「うん、だからまだ希望があるんじゃないかな……。本当に慧剣君が考えているようなことが起きているのか現時点で断定出来ないと俺は思うよ。だって代わりの守り人さんが一人だけ居たんじゃなくて、国家治安機構っぽい人達が複数で射手様を警護してたんでしょ？」

「……はい」

「なら、射手様はやっぱり君が帰ってきてくれるのを待ってるかもしれないよ」

「……おれを？」

「だって変でしょう。四季の代行者様だって護衛官不在の期間を長くは作らないし、その間の護衛を国家治安機構に頼むってことはないよ。やっぱり身内の中で処理するから、四季庁の職員さんとかが警護することになる。独立機関だからね。巫覡の一族だって独立機関でしょう。そこをわざわざ別の機関を挟むってことは……何らかの抵抗の意思を感じる。現人神にとって、傍で守ってくれる人間の存在ってそんな軽いものじゃないよ。言い方が悪くなるかもしれないけど……すごく、すごく、執着するよ。襲った時、君が暗狼の正体だってバレたんだよね？何か言われなかった？　全部拒絶の言葉だったの？」

慧剣はふと思い出した。自分の神様が叫ぶように言った台詞を。

『慧剣！　出てこい！　話し合おう！』

輝矢は対話を求めていた。

もう話し合いの段階は終わりだと慧剣を切り捨てても良かったのに、その後も道理を説いて、非暴力を訴え、会話しようと努力していた。

「おれが……お願い、したら……はなし、聞いてくれたのかな……？」

拒絶したのは慧剣だ。怒りと悲しみで頭が支配されて、正常な判断は出来ていなかった。

「……連理さん、おれ、頭がおかしいんです……おれ、こんなやつじゃなかったのに……おれ、本当に、こんなやつじゃ……」

連理は首を横に振る。そして変わらず優しい温度の声音で語りかけた。

「あのね……そういうのは、受け止めきれなくて心が壊れたって言うんだ。『おかしい』んじゃないんだよ。……慧剣君、責められる部分があったとしても、君はまず保護されて、そこからどうしたら良いか話のわかる大人の人達に助けてもらうべきだと思う」

「……おれの言うこと聞いてくれる大人がいません……」

「うん……でもね、いまはとりあえず、俺が聞いてるからさ……」

「……うっ……うう……ずみ、ません……」

「慧剣君は射手様の元に戻りたいし、今までしてしまったことを謝りたい……それは間違ってない？」

慧剣は連理からの問いに何度も頷いた。もう嫉妬も怒りも十分だと、彼自身も自分がした行動を反省し悔いている。

「……雷鳥さん、荒事が始まる前に彼を下山させてあげられないでしょうか？　出来れば、事情を説明して間に入ってくれる大人もつけてあげたほうがいい」

慧剣は自然と連理を見た。連理は困ったように笑う。

「俺は、ここで婚約者の為に戦うって決めたから一緒に行けないんだ……ごめんね」

「連理くんにはトレイルカメラで状況を監視してもらったり、襲撃してきた人達の顔を見てどこの家の誰か調べてもらったり、そもそも僕が死んだ場合カメラ映像を守りながら離脱して里長を告発してもらうという役目があるんですよ。いわば……見届人ですね。そういう人は信用出来る人じゃないと嫌ですし、何より瑠璃とあやめさんの為に行動出来ないと駄目です。だから連理くんはあげられません」

突き放した言い方ではなかったが、慧剣はそう感じたようだ。それを雷鳥も察したのか、さっきよりも柔らかい声音でまた言葉を続けた。

「ただ……そもそも暗狼事件を解決するには君を捕縛して射手様か瑠璃達に引き渡すしかありませんから、保護はしてあげないと駄目ですね……。君を捕まえることが名誉回復に繋がるシナリオだったんですが、もう普通に射手様を困らせることに懲りた状態ですからこれもどうしようかな……。いや、でも里長の企みさえ公に出来れば二人に手柄がなくとも凶兆扱いはどうにか出来るか……」

慧剣は雷鳥の話に何か思いついたことがあったようだ。意気込んで口を挟んだ。

「あの、おれ……昨日夏の代行者様達のお姿を見て、怖くなって逃げてしまいましたから……それがきっかけで自首しにきたと言って、自首したら……お二人の手柄にならないでしょうか？　その、投降するんです。夏の代行者様に……」

自分に出来ることを発見した、と言わんばかりの顔で言う。

「……いや、そりゃ助かりますけど……君はそれで良いんですか？」

雷鳥が訝しげに問うが、慧剣は真剣なまなざしだ。嘘を言っている様子はない。

「はい。もう罪を重ねたくありません。その……もしよければ、このままみなさんのお傍に居させてもらい、ろ、ろうかいがめ……でしたっけ……？　その捕縛もお手伝いさせていただけないでしょうか。その上で自首出来れば……少しはご迷惑をかけた四季の代行者様達への償いが出来ると……」

雷鳥達も慧剣が暗狼だと知って驚いたが、慧剣は慧剣で自分の自制心を失った行動が四季界隈に影響を及ぼし、風評被害のネタにされていたことを知ったばかりだ。激しく悔いているのは何も輝矢のことだけではなかった。

「なるほど……一理あります。戦力はいくらあっても良いですし……」

「いやいや、それは駄目でしょ」

雷鳥と連理が同時に違うことを言った。二人は『はぁ？』と言わんばかりに顔を見合わせ、また意見が対立した。

「連理くん……何で駄目なんですか？　彼の力を借りられれば容易く【老獪亀】を制圧出来るかもしれないんですよ。安全に事が運ぶ」

「でもこの子に武器持った人達と戦わせるんでしょう？」

「直接じゃない。彼の幻術は遠隔操作です。安全なところでやってもらいます。それなら安心でしょう？　射手様のシークレットサービスと既に交戦めいたことをしてたじゃないですか。戦いが初めてというわけでもない」

「……遠隔でも戦闘です。それに、あの時は慧剣君も混乱していて、自棄になっていた。今はちゃんと状況がわかって反省してる。そんな子を荒事に巻き込むのは良くない。責任も生じる。万が一、人死にが出た場合、責任の所在どうするんですか？」

「僕が持ちますよ」

「雷鳥さんが、慧剣くんの心まで面倒見てくれるんですか？」

「心って……」

雷鳥はさすがに面食らった。

「ただでさえ、いま限界そうなのに戦わせたら駄目でしょう」

連理の言葉は、その場に居る者達にとってそれぞれ違う受け取り方をされた。

雷鳥の部隊の者達の半数は『守られる側に居る者の戯言』と思った。力には力で対抗せねばならない時はある。自分達に守られているのにそれを言うのかと批判的な目線を向けられた。

もう半分は一理あると思った。戦闘職は心に傷を負いやすい。傷つけられることより、傷つけたことが精神負荷になる場合もある。当事者である慧剣は、呆けて連理を見つめている。

「彼は戦士じゃないが、力はある。神より賜りし権能ですよ？」

「じゃあ、雷鳥さん、此処に瑠璃ちゃんが居たら戦わせるんですか？」

雷鳥はうっと言葉が喉奥でつまった。

「……させるわけないでしょう」

「そうですよね。この作戦、瑠璃ちゃんやあやめちゃんを囮にしてはいますけど危険からは遠ざけてますもん。そういうのは、こっちがやるって決めた……雷鳥さんの優しさです。あのお二人も力をお持ちですが敢えて戦わせないのは身体だけじゃなく心も案じたからでしょう。襲われて正当防衛で戦うなら別ですけど、他人がその力を利用するのは違います。というか、発端は暗狼事件だとしても、もうこれは四季の代行者側の戦いなんですから、巫覡の一族の男の子を巻き込むのおかしくないですか？　あとで射手様にどう説明するんです？」

雷鳥は無表情だ。連理は続けて言う。

「慧剣くんのこと、瑠璃ちゃんとは思えないでしょうが……せめて自分の子どもだと思って考えてみてください。ようやく保護された子どもですよ？」

「……僕と瑠璃はまだ純粋な関係ですし……そもそもこんなでかい子どもは想像出来ない」

雷鳥が拗ねた様子で言うので、連理は声を荒らげた。

「仮定！」

「でも、彼は自分から言い出しているし」

「そこを諌めるのが大人でしょう！」

「……」

「彼は同居人の自殺に巻き込まれて、主の心と大和の夜を守る為に嘘をつき通し、我が身を犠牲にした。その上で大人達にそのかされて病院にぶち込まれ、脱走してきたらもう居場所なくなってたんですよ！」

慧剣はまた涙を流した。

誰かにわかって欲しいと思っていたことを連理が全部言ってくれていた。

自分が悪いこともわかっている。それでも、庇ってくれた言葉が心を刺した。

「混乱して、傷ついてる。だから権能が暴走してるんです！　戦闘したらもっと悪くなる！」

「わかった、わかりましたよ」

連理は常日頃から家庭内で精神的虐待を受けていて、つい先日は父と兄に袋叩きにされた上、物置小屋に監禁された人間だ。幼少期から心に傷を負っている。だからこそ、いま傷つけられようとしている子どもの対応に過敏になっているのだろう。

鈍い雷鳥でもそれくらいは察することが出来た。

反対に雷鳥は雷鳥で生まれてからずっと武芸事一色の生活だ。どちらも育ってきた環境故の意見の衝突だが。

「……連理さん……おれ、大丈夫、です……おれ、大丈夫……」

泣きじゃくる慧剣を見れば、今の慧剣にとって何を選択するのが正解かは、もうはっきりと提示されていた。

「……言いたいことは理解しました」

雷鳥は珍しく言い負けた。

「良いでしょう。よくよく考えたら別にその子居なくても最強の僕が居れば勝てますし。弱っちい子達は下がってくれてたほうが早く戦闘が終わるかも。守ってあげます」

譲った上で、笑った。雷鳥は自身の有用性を、存在意義を理解している。守れと言われたなら、そうする度量は持ち合わせていた。

「雷鳥さ……」

連理が話している途中で言葉が止まった。

「若様！　カメラが一つ破壊されました！」

突然、報が入ってきたからだ。

「【老獪亀】と思われる者達が正面の登山口で国家治安機構の警備を突破し、どんどん登ってきています！　いよいよ射手様と夏の代行者様を待ち伏せする気かと」

その場は一時騒然となった。

「ただ、幸いなことに駐車場付近に居た者達の会話で、直接挿げ替えに触れている映像が撮れています。これだけだと確定的な証拠にはなりませんが、揺さぶりには使えるかと……」

「それは重畳、そのまま観察お願いします」

雷鳥だけはまったく緊張していない様子で言う。

「みんな落ち着いて。計画通りに行きましょう。一班はこのまま待機、連理くんについてください。二班、僕と一緒に狩りへ。オーダーは『死なず殺さず』です。こっちに正当性出なくなります。半殺しは良いですよ。いい感じに数名拉致して、危うくなったら即離脱で構いません。頃合いを見て、射手様側につけているメンバーに連絡を入れて近づかないよう通達します。彼らを危険な目に遭わせるわけにはいきません。良いですか、勝ち筋を見失わないように。僕らは最終的に『四季の代行者様の挿げ替えを狙う輩が竜宮岳に向かったと聞いて守りに来た』という立場に居なきゃいけませんからね……。正義を振りかざして叩いてきたやつらへの対抗策は、同じように正義を振りかざしてフルスイングで殴り返すしかありません。勝てば官軍負ければ賊軍、振る舞いには十分気をつけて。連理くん！」

言いながら雷鳥は自身が持っていた拳銃を連理に渡す。ずしりとした重さに連理の手が思わず下がった。

「安全装置外さないと撃てませんから気をつけて。昨日一回教えてますから出来るでしょ」

「え、え？」

「連理くん、その子のこと預かっててください。今から山を降ろすのは危険です」

「わかりました、雷鳥さん……」

「でかい口叩いたんだから守って。その子は必ず生かして自首させますよ」

急に雰囲気が変わった雷鳥に連理は戸惑ったが、頷いた。

「はい……」

いま目の前に居るのは、夏の代行者護衛官にも抜擢された夏の里最強の男だ。

彼が戦士の顔になったのなら、戦力にならない自分は従う副官に切り替わるべきだと思った。

「えーと暗狼(あんろう)くん、じゃない、慧剣(えけん)くん。射手様の秘密の登山口は東じゃなくて西ですよね？」

急に話しかけられて、慧剣(えけん)はびくつきながらも返事をする。

「は、はい……何で知ってるんですか？」

「ちょっとしたツテがありまして。暗狼事件(あんろうじけん)が起きてから何度か登ったりしましたよ。場所も覚えてる。敵が一般登山口に居ることから、彼らはそれを知らないということがわかります。あそこ登っても待ち伏せの意味ないですからね。暗殺出来ない」

——本当に優遇してくれたな。

雷鳥(らいちょう)は自然と笑いながら言う。雷鳥(らいちょう)は【伏竜童子(ふくりようどうじ)】のことは好きでも嫌いでもなかったが、今は少しだけ感謝の念が溢(あふ)れた。ただ利害が一致しただけだが、それでも嬉(うれ)しさは湧く。

「まだ射手様御一行も来ていない。いまが戦機です。僕は本隊を連れて襲撃に行きます。万が一にも射手様の登山道には近づけないよう堰(せ)き止(と)めないと。元々、ここでサポートしてもらうつもりでしたし丁度いい。連理(れんり)くん、これタブレット端末。イヤホン。この山、電波は上まで届くみたいですが基本は無線機で連絡してください」

「了解です！」

「あまり勇み足にならないように。常に平静を心がけて。大丈夫ですよ。君、頭は良いんだからパニックさえ起こさなきゃちゃんと考えて行動出来ますよ」

雷鳥は連理の肩をバンっと叩いた。かなり痛かったが、連理はこの触れ合いがもしかしたら最後かもしれないと思うと胸が苦しくなった。

「雷鳥さん、気をつけて……」

連理はすっと手を差し出す。雷鳥の視線が連理の顔と手の平を行き来する。

「ここまでありがとうございました。いっぱい……わがまま言ってすみません」

そこでようやく、雷鳥はこれが『握手』なのだとわかった。

連理は雷鳥ほどパーソナルスペースが近い人間ではないし、好んで人に触れる性格でもない。彼なりに、かなり友好を示してくれていることが伝わり、雷鳥は微笑みが深くなる。

「……いえいえ。こちらこそ、ありがとう」

雷鳥は力強く連理と握手する。

「僕ね……自分に万が一の事があった時に……同じくらいあの二人を心配してくれる人に後を任せたかったんです。連理くんなら……瑠璃にちゃんと僕が頑張ったって伝えてくれる。だから安心して戦えます」

「雷鳥さん……」

「君を連れてきたのは、僕のわがままです。たくさんわがまま言って、ごめんなさい」

連理は悲しそうに首を振った。

「……湿っぽくなりましたが、まあ僕、簡単に死ぬ気ないですよ」

雷鳥は彼らしい小悪魔な表情でウインクしてみせた。

「死ぬなら里長含め、僕の瑠璃を虐めた奴らを全員ぶちのめしてから死にます」

そう言って雷鳥は竜宮神社を後にした。

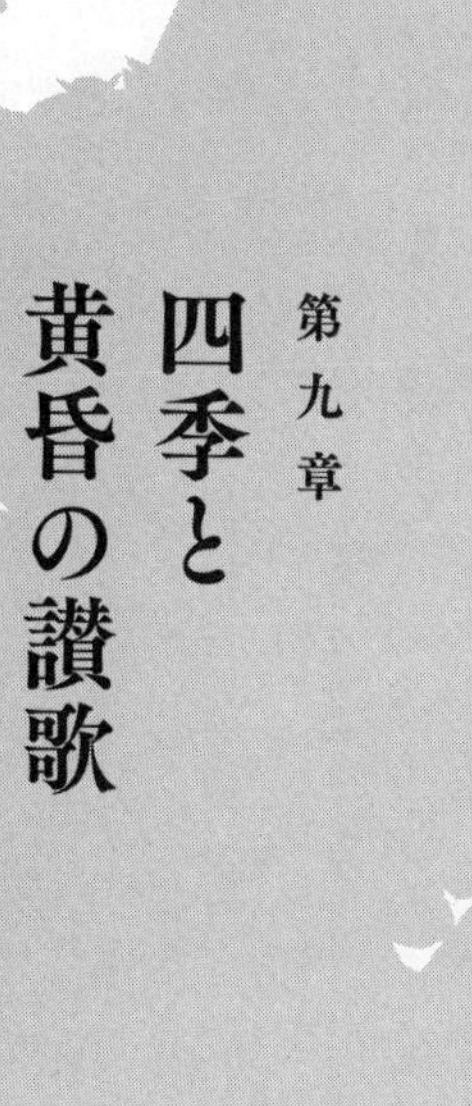

第九章
四季と黄昏の讃歌

同刻、竜宮岳周辺。

暗狼事件解決の為にあらゆる準備をした夏と夜の共同戦線は通常の登山時刻より少し早く行動を開始していた。数台の車で道路を移動中だ。

心臓の高鳴りがようやく収まった荒神月燈だったが、車の中で輝矢と隣同士で座った為にまたドギマギしていた。ふと携帯端末の音が鳴り響き、車内の全員が衣服を探る。

「あ、俺だ」

輝矢は自身の携帯端末を見た。着信名は『巫覡花矢』となっている。

「あれ、花矢ちゃんだ。どうしたんだろ……」

これには隣に居る月燈が驚きの声を上げた。

「暁の射手様ですかっ⁉」

「うん。朝を届け終えて、いま学校に居るはずだけど……あれ、今日って平日だっけ……」

「輝矢様、まずは出て差し上げたほうが……」

輝矢は促されて携帯端末の着信に応答した。ややあって、声が輝矢の耳に響く。

『輝矢兄さん、いま大丈夫か？』

話している顔が見えずとも、人を惹きつける声音の持ち主だ。どこか少年のような話し方は彼女の個性なのだろう。兄、と呼ばれているが二人に血縁関係は無い。

「大丈夫だよ。花矢ちゃんどうしたの。何かあった？」

『どちらかと言えば、そちらが何か起きてるんじゃないかと思う。違う？』

「……そうだけど何でそれを知って……」

『うちの霊山の麓にある神社から依頼があっていま電話をしている。そちらに四季の代行者様が居るのは本当だろうか？　季節は……ええと、何だっけ……確か夏だ』

突然の連絡に加え、予想外の内容に輝矢は益々混乱し始めた。

「いや、だから何で知ってるの？」

輝矢と花矢は黄昏の射手と暁の射手。所謂同業者だ。違う地域には居るが、輝矢は花矢が射手になった時から先輩として親しくやり取りをしている。直接会ったことはないが現代は電子機器による通信が発達しているので顔も知っている相手だ。だが、それでも頻繁に連絡を取る仲ではない。数ヶ月に一回、互いに近況報告をし、悩みを打ち明ける、そういう間柄だった。

輝矢が家族から逃げられ失意の日々を送っていた為、ここ最近は連絡していない。

『エニシを拠点にしてる冬の代行者様からご依頼があったそうで、神主からそちらの事情をある程度聞かされた。随分と大変なことになっていたのに、電話一つくれないとは悲しい』

「花矢ちゃん……」

『私は頼りない同僚だろうか……』

「あ、いやね……あんまりね……聞かせたくなくて……俺も気落ちしてたから……」

『……色々とごたついているようだな。では事情聴取はまた今度』

「俺、事情聴取されちゃうの」

『するさ。でも今度にする。とりあえず託されたメッセージを伝える』

一呼吸置いてから、暁の射手巫覡花矢は囁いた。

『こちら春、秋、冬。四季の代行者全体に挿げ替えの危機あり。極めて注意して行動せよ。至急、端末を換えて冬に連絡されたし……とのことだ。本当に大丈夫か？』

「え……？」

挿げ替え、という言葉は巫の射手である輝矢にはあまり馴染みがないものだった。

現人神として長く務めていても、命の危機に晒される不安は感じたことがない。

――瑠璃様とあやめ様、二人が何者かに殺される危機があるってことか？

じわじわと怖さが湧いてきた。輝矢は車の後部座席に座っていたが、バックドアガラスから後方を見る。後ろに続く車には瑠璃とあやめが乗っている。特に問題ある様子には見えないが、輝矢は背中から冷や汗がたらりと流れるのを感じた。

『そちらで保護されていると聞いたが、より一層気をつけたほうがいいそうだ。夏の代行者様に何度も連絡を取ろうとしているが電話が通じないと冬の代行者様は言っているらしい』

「でもご両親とは連絡取れたよ」

『それは私に言われても。とにかく、こんな遠回りな伝言を……しかも領域が違う神にするなど異常事態だ。私は……四季界隈のことより、輝矢兄さんが四季界隈の揉め事に巻き込まれず、無事で居てくれることを祈っている』

「……」

『輝矢兄さん？』

「いや、ありがとう。それ、確かな情報なんだよね？」

『確かだ。遠回しにしか連絡出来ないのも、そちらに直通の連絡を取る手段を阻害されているからだと聞いた。まあ、電話番号を気軽に教えられる立場じゃないから当たり前なんだが……』

「……とりあえずわかった。花矢ちゃん、俺からまた聞きたいことあったら折返しして良い？学校大丈夫？」

『輝矢兄さん、エニシは今日から夏休みだよ』

「あ、そっか！」

『夕方近くなったら神儀に備えて寝るけど、守り人の弓弦に携帯見とけって言っとくから連絡はいつ来ても大丈夫。私が出なくても弓弦が出るから。あと私が出来ることはあるか？』

「いや……ありがとう。こちらで後は何とかする。弓弦君によろしく。二人共仲良くね」

そう言って輝矢は電話を切った。それから慌てて月燈に言う。

「月燈さん、全車両停車させて」

もう竜宮岳は目の前だと言うのに、道路脇に停車の指示をした。幸いなことに閉山の対応をしている為、道路を通る車は無い。

輝矢はすぐさま瑠璃とあやめの車両に走っていった。

「二人共、携帯電話で冬の代行者様に連絡入れられる？」

開口一番に伝えたその言葉に、葉桜姉妹はきょとんとした顔を見せた。

事情を説明した上で、二人に電話をかけさせてみるが、相手が電話中か電源を入れていない為、応答はなかった。他の代行者と連絡が繋がらず、出したメールも返事がないという状態は継続中だ。

「……すみません、端末お借りしていいですか？」

今度は月燈が端末を操作した。

「……アプリケーション一覧に見覚えのないものはありますか？」

普段、二人共よく確認していないとのことで明瞭な答えは得られない。

次に、月燈は瑠璃とあやめに自身の携帯を渡して冬の代行者寒椿狼星に連絡をして欲しいと伝えた。瑠璃が戸惑っている間に、あやめが代わりに電話番号を入力してかける。

コール音が続く。一回、二回、三回、やがて四回目で相手は出た。

『何者だ、先に名を名乗れ』

雪のように冷たくて、王のように尊大な狼星の声が響いた。

長い長い旅の果てに、ようやく孤立していることも知らずに生きていた夏が、他の季節と巡り合った瞬間だった。

「は、葉桜あやめです……あの、携帯端末を他の方から借りてかけてます。寒椿様ですよね？」

端末の向こう側で息を呑む音が聞こえた。

『葉桜姉かっ！』

「あ、はい。そうです……」

それとは別に何やら雄叫びのような声があやめの耳に届いた。

「寒椿様いま何処に？　何をされている最中ですか？」

しかし狼星は聞いていない。

『みんな！　葉桜姉だ！　無事だった！』

かすかに撫子や雛菊、さくらなど女性陣が喜んでいる声が聞こえる。本当に他の代行者も集まっているのだとまた驚いた。

「か、寒椿様、あの……」

『おい、いま何処に居る？　葉桜妹も無事か？　射手様も近くに居るのか？』

矢継ぎ早の質問にあやめは困惑する。

「ちょ、ちょっと待ってください。スピーカーモードにします」

あやめは慌てて端末の音声をスピーカーモードに切り替えた。

様子を窺っていた輝矢や月燈、他の近接保護官達も近づいて会話を聞く。

「私も瑠璃も無事です。黄昏の射手様と竜宮岳に行く途中です。寒椿様が暁の射手様に連絡を繋げるようにご依頼されたんですよね？」

『そうだ。お前達に挿げ替えの危機が迫ってる。いいか、俺達はずっと連絡をしてたんだ！自分達の身の回りでおかしいことがなかったか？』

「連絡をくださっていたんですか？　え、でも……こちらも護衛官の方々にメールをしましたがお返事がなくて……。それに、瑠璃は阿左美様とお話ししてますよ？　阿左美様のご指示というか、助言で竜宮岳に暗狼事件を解決に来たんです。そうすればいま四季の代行者に向けられている否定的な意見も緩和出来ると……」

『……』

「寒椿様？」

『お前、ちょっとそれ相当怖いこと言ってるぞ』

「え？」

『阿左美殿、葉桜姉がおかしなこと言ってる。阿左美殿に指示されて来たそうだ』

あやめは隣に居る瑠璃を見た。

「瑠璃、阿左美様に言われたのよね？」

「そうだよ……？」

　瑠璃は不安そうな顔をしている。ざわざわと心が嫌な音を立て始めた。

『……すみません、俺代わってもいいですか？　瑠璃様！　あやめ様！　ご無事ですか⁉』

「竜胆さま！」

「阿左美様！」

　葉桜姉妹の声が同時に重なる。

『お二人共……ご無事だったんですね……！　本当に良かった……ずっと連絡が繫がらなくて心配していたんですよ！』

　瑠璃は困惑しながらも答えた。

「え、でもでもでも、竜胆さまとは連絡してたじゃん！　飛行機に乗ってからはこっちも忙しくてやり取り出来なかったけど……」

『……瑠璃様、してないです』

「……う、嘘だよ！　あたしに元気出してって……」

『嘘じゃありません！　本当です、俺は撫子とずっとお二人を心配してて、海に行くお話をしたくて電話をかけたりメールもしてたのに……出てくださらなかったのはお二人でしょう？　他の代行者様も連絡してましたよ！　でも繫がらなかった！』

瑠璃は唾を飲み込んだ。

『瑠璃様、一体誰と電話をしたんですか？』

そしてゾッとした。

──あたしは、誰と話していた？

確かに思い出せる。自分は阿左美竜胆だと思える人物と会話をしたと。

──たくさん励ましてくれた。泣いても話を聞いてくれた。

そして彼の導きでこの竜宮岳への弾丸旅行を決意したのだ。

竜胆が言ってくれたから、あやめと旅をして、仲直りが出来て、輝矢とも出会えた。

結果、今から暗狼事件を解決しようとしている。そう、言われた通りに動いた。

だがそれは竜胆ではないと本人が言う。

──じゃあ、あの人は誰？

恐怖を覚えるのと同時に、喪失感を覚える。あの優しさがあったから勇気を出せたのに。

今の自分の行動は間違っていたのかと目の前が暗くなる。どんどん顔が青ざめ始めた。

「あ、あやめ、あたし、あたしどうしよう……あたし、わからない……誰と話していたかわからないよ……」

瑠璃は目に見えて怯え始める。賊が相手ならここまで取り乱しはしなかっただろう。

心を揺さぶられる会話をした相手に騙された。それが瑠璃の心を壊している。

「……瑠璃、落ち着いて。貴方の携帯貸して。隊長さん、拳銃貸してください」

あやめは決断が早かった。自分達が持っていた携帯を地面に放って、無造作に銃弾を撃ち込む。一発、二発、三発、そして完全に破壊した。射手陣営はあやめの元護衛官という側面をこんな形で見ることになりぎょっと驚いている。

「瑠璃、大丈夫よ。私が居る。守ってあげる」

「……お姉ちゃん」

あやめは瑠璃の背中をなだめるように撫でてから今度は会話を代わる。

「阿左美様、あやめです。いま危険人物に追跡されてる可能性を考えて携帯端末を壊しました。もしかしたら……誰かに騙されたのかもしれません」

ただの人間なら何かの悪戯かと思うかもしれないが、瑠璃はこの国の『夏』。四季の代行者だ。自分達が何かとんでもない事に巻き込まれているとわかり、あやめは瑠璃と同じく恐怖を感じたが、取り乱したりはしなかった。

「ごめん、ごめんねお姉ちゃん……あたし……」

あやめは首を横に振る。

「瑠璃、狼狽えないの。今まで一緒にやってきて、他にも修羅場はあったでしょ。貴方が信じ込むくらいなんだから相手が上手だったってだけよ。阿左美様……想像でしかありませんが、声が似た誰かが連絡して瑠璃に竜宮行きを指示した可能性があります」

竜胆は怒りたいのを一度我慢し、しかしやはりたまらず言葉を放った。

『俺が女の子二人で家出させるわけないでしょう！　あやめ様まで信じてしまったんですか？』

「……すみませんっ」

『何で……！　お二人が夏の代行者だとしても行かせません！　しかも誰にも内緒で？　俺は護衛官です！　絶対にそんなこと言いませんよ！』

本当に心配していたからこそ、竜胆の言葉には怒りと悲しみが混ざっていた。自分が絶対にしない行動をすると思われたのも辛かったのだろう。あやめはその叱責を甘んじて受け入れる。

「そう……ですよね」

これこそが阿左美竜胆だ、とあやめは思った。

彼は自分の主、祝月撫子を一度失ってしまった経験から、瑠璃やあやめのことも守るべき婦女子として心配してくれる。それだけじゃない。春の事件から夏と秋は友情関係にある。友を焚き付けて自分は何もせず見守るなど、竜胆ならするはずがない。

——そうなのよ、こういう人なのに。

傷心だからと思考停止して疑うのをやめた。

彼女が怪しんでいた部分は結局正しかったことになる。

——元護衛官が呆れるわ。しっかりしなさい、私。

あやめは片方の拳を握りしめてから言う。

「……今なら、そうだと信じられます。ちょっと変だなとは思っていたんですが、その、婚約破棄で……二人共判断力が著しく低下していまして……周囲への苛立ちもありまして家出同然のことを……いえ、これは言い訳ですね。本当にすみません」

『え、婚約破棄されたんですか？　二人共？』

「はい……あ、それは知らなかったんですね。双子神が不吉だと……破談に……」

『知りませんでした……。嗚呼、そうだったんですね……可哀想に……なるほど……。いや、それなら俺も責めるようなこと言ってすみませんでした。お辛かったですね……』

本当の竜胆に慰められて、あやめは勿論のこと、横で聞いていた瑠璃も涙がじわりと瞳に浮かんだ。堪えて会話を続ける。

「竜宮岳に行って暗狼事件を解決出来れば、代行者全体の風評被害も緩和されて、婚約破棄もどうにかなるかもと偽の阿左美様に言われて……」

竜胆の無言の怒りの時間が数秒流れた。

「……ちょっとその偽の俺、本当に許せないんですが、とにかく状況はわかりました。あやめ様、とりあえずその場に留まってください』

「いえ、合流しに行って良いですか？　竜宮岳はもう目前なので……」

『駄目です。いまこっちは危険なんです。いま山の中のあちこちで銃声が聞こえて……』

「銃声？」

そこで輝矢が口を挟んだ。

「会話中に失礼。黄昏の射手の巫覡輝矢だ。もしかして暗狼と遭遇して交戦しているのだろうか？　暴力沙汰というのは……もしそうなら、それは俺の守り人なので攻撃せず待機を……」

『え、射手様っ⁉』

竜胆が驚いた声を出す。輝矢は焦っているのか早口でまくしたてた。

「驚かせたのならすまない。こちらも色々と複雑な事情を抱えていて速やかに情報共有したい。端的に言うと暗狼事件の暗狼の正体はこちらの身内が起こした不始末なんだ」

『ま、待ってください！　しばしお待ち下さい！』

竜胆も竜胆でわたわたと慌てる。ごそごそと動く音が端末から響いた。恐らく雛菊と思われる声で『射手さま？』とつぶやいている声が混ざる。存在だけは知っているが、会ったことはない同業者。代行者としては気になるところだろう。

やがてまた竜胆が話し出した。

『いまこちらも全員で聞いてますのでゆっくり言ってもらえると助かります。あと、俺が言っている銃声については山中で起きていると思われる戦闘です』

「戦闘？」

『はい、最初は賊かと警戒していたんですが……俺達が竜宮岳に着いた時点で夏の里の【一匹兎角】のメンバーが現れて山に近づくのを止めてきたんです。身分確認は済んでいます。彼らが言うには、竜宮岳内で【一匹兎角】と【老獪亀】による武力抗争が起きているとのことでした。【一匹兎角】側の首謀者は……瑠璃様の……その、元になってしまうのかな……婚約者の君影雷鳥さんだそうです』

輝矢は瑠璃を見る。瑠璃は言葉を失っていた。

『瑠璃様、お名前合ってますか？　君影の本家のご子息ですよね』

恐らく『何故』や『どうして』と言いたいのだろうが唇から発せられることはない。

ただ、静かに大粒の涙を流しながら小刻みに頷く。

君影雷鳥が知らぬ間に動いてくれていた。その理由は本人に聞いてみないとわからないが、瑠璃との関係性を考えれば一番簡単な答えはひとつ。愛する女性の為という解答になるだろう。

瑠璃とてそこまで鈍くはない。だから涙が出てしまう。

――雷鳥さん。

まだ、見捨てられていなかったのだと。

瑠璃の代わりに輝矢が伝える。

「間違いないそうだ。これはじゃあ……夏の里内の抗争ということかな？」

『いえ……一概にそう言い切れませんね。広義で言えば四季の代行者全体に関わることですから。【老獪亀】の横暴な振る舞いを止める為でもあると【一匹兎角】の方は言っています』

これは大変なことになってきた。暗狼事件解決という本日の目標が一気に遠ざかっていく。

目的の場所で戦闘が起きているとなると、近づくのも躊躇われるからだ。

『【老獪亀】の者達がならず者であることはもうわかっています。登山口付近で閉山の警備対応をしていた国家治安機構の機構員を攻撃して縛り上げていたんですよ。【一匹兎角】の方達は野外カメラを山の中にたくさん設置してるようで、いまその時の状況も見せてもらっています。襲った人物達の身分確認が済めば賊かどうかはすぐわかることですからこの問題は置いといて……。とにかく目の前の問題です。俺達が山に入らず喋っている間にも抗争が激化してるみたいで、銃声やら怒声やらがかなり頻発して響き始めました。それはもっと山の上の方で起きています。確認しに行きたいですが、登山口を少し登った地点でも何やら不審な者達が挿げ替えを企み待機しているそうです。どうしたものかと判断しかねています……あっ……』

竜胆は誰かと話しているようだった。少し会話した後にまた端末に語りかけてくる。

『【一匹兎角】の方から言われたのですが……ええと、そちらにも保護目的で遠くから監視が入っているようです。ただ、先回りしているようで、いま車を戻していると……前から車両が一台来ませんか？』

確かに、交通量がほとんど無い道路前方から、一台の車が向かって来るのが見えた。

少し離れた場所で停車し、中から人が出てきた。月燈達が素早く輝矢や葉桜姉妹をガードしたが、相手方は両腕を挙げて武器を持っていないことを示し、その場で立っているに留まった。

『武装解除してるそうなので、シークレットサービスの方を向かわせていただければ身分確認が出来ます。ご不安でしたら四季庁に問い合わせて住人名簿に居るか聞いてください』

言われて、月燈の部隊の隊員達が銃を携帯したまま前方の車へ向かった。

輝矢は続けて言う。

「阿左美様……で、良かっただろうか？　何故竜宮岳でそんな争いが始まろうとしてるのか至急教えてもらえないだろうか。四季界隈でも天罰説は肯定と否定で分かれていると聞いた。もしそれが原因なら俺の責任だ」

『先程の権能がという話ですね』

「そうだ、手短に話す。暗狼は生態系破壊や天罰で発生したものではない。射手の守り人は主を守る為に幻術の権能が与えられている。先日やっと暗狼の正体が俺の守り人……巫覡慧剣だと判明した。数ヶ月前に失踪してから行方が知れなかったんだが、何か異常が起きて幻術で俺を攻撃していたようだ。恐らく、山中に潜んでいると思われるので、こちらは瑠璃様、あやめ様の権能の御力をお借りして保護しようとしている。ちなみに……俺は昨日まで四季の代行者様達に暗狼事件でご迷惑をかけていることを知らなかった……。天罰説や生態系破壊などの話も夏の代行者様方から聞かされた。それで怒って、今朝方各団体に宣言を出したんだよ。暗狼事件はこちらで解決すると。そうすることで、代行者様方の憂いを少しでも晴らせる舞台を作りたくて……これに関しては本当にすまない。謝罪はまた直接ちゃんとしたい」

電話向こうから戸惑いの声が複数聞こえた。

まず暗狼の正体が人間であるということの衝撃が大きく、次に同じ代行者同士と言えど、守り人に権能があること、黄昏の射手である輝矢がこちらの事態をまるで知らなかったことが驚きに拍車をかけた。しかし悠長に衝撃を受けている場合でもない。

　竜胆も動揺しているようだが、そのまま話し続ける。

『……と、とりあえずお話の内容はわかりました。情報を伏せられていた射手様に咎はありませんよ。どちらかといえば、四季側の戦争の火種にされた、というのが正しい見方かと。次はこちらがご説明を。いま四季の里と四季庁は、不祥事が明るみに出た者達と、今まで踏みにじられていたからこそ悪政を正そうとしている者達で二分化しています。それが【老獪亀】と【一匹兎角】と呼ばれています。今代の四季の代行者様達を挿げ替えせんとすべく【老獪亀】が水面下で動いていて、阻止する為に【一匹兎角】が先んじて動き……今回は夏の代行者様方を挿げ替えする為に竜宮岳で衝突した、というのが現状です。いま竜宮岳は危険ですので、どうか皆様その場で待機を。我が国の夏も、しばらく保護していただけないでしょうか……？』

　騒然とする輝矢達だったが、いち早く月燈が喋る。

「国家治安機構から派遣され、輝矢様の近接保護官の部隊長をしております、荒神月燈です！ご安心ください。わたし共が必ず射手様と夏の代行者様をお守りします」

『シークレットサービスの隊長さんですか！　心強い！』

「はい、秋の代行者護衛官様、状況を更に確認したいのですが、国家治安機構特殊部隊

【豪猪】はそちらに到着してますでしょうか。わたし達と暗狼を山狩りする為に出動要請が出ております。到着しているようならまず四季の代行者様の警護に人員を回されたほうがよろしいかと。こちらは我々も居ますから」

『はい、正にそのような動きになろうとしています。【豪猪】の方達は今ちょうど俺達と同じ情報を【一匹兎角】の方と共有してまして、そちらに警護を数名飛ばし、残りは急遽挿げ替え犯達の捕縛に動こうとしている状態です。これもう……テロと同じですからね』

【豪猪】は対テロリストのカウンター的存在だ。今回の騒動はまるで身内の争いのようになってはいるが、純粋に関係性だけ見ると賊と四季の代行者の戦いに近い。妄説を信じる者達によって加害される可能性が高まっている国家重要人物を守るのは彼らの責務だ。挿げ替えを企む者達が目前に居る状態で放っておくことは出来ない。だが、最初の要請も切り捨てるわけにはいかない。間をとって緊急性を要する方を優先し班分けした、という事だろう。

『すみません……人員を奪うような形になって。追加で応援も来てくれるそうなので暗狼事件に関しては今しばらく捜索をお待ちいただくようお願いしたいです。現時点でこちらにまず近づかないほうが良いというのが【豪猪】含めて現場の俺達の意見です』

「了解しました。即時対応が必要なのはそちらですしお気になさらず。連絡役となる者を寄越してくださるだけでも助かります」

『ありがとうございます……ただ……その……問題がありまして』

「問題？」

『俺達護衛官は反対しているのですが……抗争を止める鎮圧行動に代行者様方も協力すると仰っていて……』

「だ、だ、代行者様達が戦うんですか⁉」

冷静に話していた月燈だったが素っ頓狂な声を上げた。つい、神を崇める信徒の顔が出てしまっている。

「だ、だ、駄目ですよ！　どうかお引き止めを！」

『お止め出来るものなら俺もそうしたいですし、護衛官は全員反対していますが……』

『だから遠距離からの援護と拘束しかせんと言っとるだろうが』

今度は狼星が会話に参加した。竜胆がため息まじりに言う。

『と……冬の代行者寒椿狼星様が仰っています』

これだけで冬の代行者の序列がいかに高いかわかるというものだ。

「冬の代行者様！　なりません！　御身がどれほど尊い存在かご自分でもわかっていらっしゃるはず……！」

『じゃあ民草のことは尊くないから放っておけと？』

「……！」

月燈は次に言おうとしていた台詞が引っ込んでしまった。

『隊長殿、何も俺は英雄気取りの馬鹿になりたいわけじゃない。【一匹兎角】の者達が戦っているのは思惑はそれぞれあれど、第一目的は代行者の挿げ替え阻止だ。自分達を守ろうとしてくれている者達がすぐ傍に居るのに黙って見ていろと言うのか？　我々が武力介入する大義名分は十分あるぞ。……何より、これを見過ごせば罪もない人死にが出る。実際の所、俺達の死を願い、挿げ替えを計画した者達はいま竜宮岳に居ないだろう。里でこの戦いを高みの見物してるはずだ。大方、【老猾亀】として来ている者達は単なる使い捨ての道具だ。中には無理やり戦いを強いられている者も居るはず。そいつらにやたら命を散らせろと言うのか？』

「……冬の代行者様」

月燈は狼星の言葉に胸を打たれた。

狼星はなるべくこの戦いを無血で終わらせたいと考えているのだろう。彼は春の事件で裏切りを経験した。しかしそれは同情の余地がある裏切りだった。【華歳】の間諜だった石原は自分のやっていることに葛藤を持ちながら暗躍し、最後は代行者側についてくれたからだ。

そうした、ある種被害者である者達も見捨てたくはないというのは彼なりの優しさだった。

『あとな、まだ戦う理由はある。聞いたところによると此度の騒動は射手様側に責があるようだが、こちらも現在進行系で迷惑をかけている。この騒ぎでは射手様が矢を射るのは困難だ。俺達が数時間で事を収めてみせるので、どうか隊長殿含め射手様は同胞である夏の保護をお願いしたい』

「それはもちろんですが……しかし現人神様が戦闘に加わるのは……」

輝矢と月燈は困惑のまなざしを交わす。だが現場はもう話している余裕がないようだ。

『……悪い、もう開戦したようだ。射手様、葉桜姉妹、とにかく安全な所に居てくれ。暗狼事件の解決をするにしてもこの戦闘をどうにかせんと出来んだろう！　またこちらから安全が確認出来次第ご連絡する！　秋主従を【豪猪】の隊員数人と共にそちらに向かわせる。詳しいことは彼らに聞いてくれ！』

『瑠璃様、あやめ様、【一匹兎角】の方と連絡を取ってそちらに向かいますから、俺達が行くまでそのまま動かずに！　良いですね！　動いちゃ駄目ですよ！』

代行者側は現場がよほど緊迫しているのか、言いたいことだけ言うと連絡を断ってしまった。

射手陣営は仕方なく身分確認が済んだ【一匹兎角】の者達から更に詳細な状況説明を受けることにした。喋り終わると、炎天下の中、全員不安げな顔で立ち尽くすだけになる。

程なくして、国家治安機構【豪猪】の車両が一台やってきた。

竜宮岳はもう目前の距離。車なら数分しかかからない。すぐに飛んできてくれたのだろう。

車が道横に停まったと思ったら撫子が飛び出してきた。

「撫子ちゃん！」

「撫子様！」

瑠璃もあやめも思わず駆け寄った。

「撫子、走らないで！　お二人共、ご無事で何よりです！」

小走りで近づいてくる撫子の姿。心配そうな竜胆の顔。馴染み深い者達に会えて、姉妹共に胸がぎゅっと締め付けられた。

「るりさま、あやめさまぁっ」

会えた嬉しさで笑顔になっている撫子を、葉桜姉妹は何も言わずともそれぞれ交代で抱きしめる。

「ごめんね、撫子ちゃん。探しに来てくれてありがとう……」

「ありがとうございます、撫子様……」

小さな神様がこんなところまで自分達を探しにきてくれた。それが嬉しい。

「竜胆さまもありがとう……」

「阿左美様、本当に……ご迷惑おかけしました……ちゃんとしたお詫びはまた後日……。こちらに来て大丈夫なのですか？　あちらの戦況は……」

竜胆は一度竜宮岳のほうを見てから答える。

「他の代行者様方からもお二人の警護に回ってくれと言われまして。今は春主従と冬主従が【豪猪】を遠隔で補助なさってるはずです。撫子は……まだまだ権能の修行中ですから」

春の誘拐事件の心的外傷もある。意図して戦力から外されたのだろう。

当の本人は、瑠璃とあやめに抱きしめてもらい嬉しそうに微笑んでいる。

「りんどう、しゃしゅさまにもご挨拶をするわ」

ひとしきり抱擁が済むと、瑠璃とあやめの後方に居る人物に目をやりながら撫子が言った。

「あ、そうですね。瑠璃様、あやめ様、まず射手様にご挨拶してもよろしいでしょうか。ご紹介いただけると……」

瑠璃とあやめが慌てて待機してくれていた輝矢と月燈を引き合わせる。

「お初にお目にかかる。黄昏の射手の巫覡輝矢だ。輝矢と呼んでくれ」

「ご尊顔を拝しまして恐悦至極に存じます。秋の代行者護衛官阿左美竜胆と申します。こちらはこの国の『秋』、祝月撫子です」

撫子はおずおずと一歩前に出て、ぺこりと頭を下げた。

「秋のだいこうしゃ、祝月撫子です。黄昏のしゃしゅさま、いつも夜をくださってありがとうございます」

美丈夫の青年従者と可憐な少女神。

絵になる二人だが、輝矢はそこには注目しなかった。

——本当にお小さい。

こんな子が賊に攫われたのか、と撫子のあまりの幼さにしばらく呆然としていた。

やがて、慌ててしゃがみ込み、撫子と目線を合わせて言う。

「こちらこそ、いつも秋をくださってありがとうございます……春の事件では大変でしたね。

ご健勝のようで何よりです」

よくぞ生きて戻ってきた。そんな気持ちでいっぱいになる。

見た目だけでいうと子どもに少し怖い印象を与えてしまいそうな輝矢だったが、撫子は違う領域の神がわざわざ膝を折って目を合わせてくれたのが嬉しかったようで、怯えはしなかった。

初めて会った大人だが、同業者ということで最初から心を開いている。

「わたくし、新人なのでまだそんなに秋をおとどけできてないんです……しゃしゅさまは毎日大和に夜をくれるのに……」

これには輝矢もくすりと笑った。

「巫の射手と四季の代行者様はまったく違う神ですから、比べるのはおかしいですよ。話には聞いていましたが……お若いですね……。撫子様くらいのお年頃なら毎日元気に食べて寝ているだけでも偉いものです。その上、ご使命を全うされているのですから、どうぞご自分のことを誇ってください」

そう言われて、撫子もじわじわ笑顔を見せる。

「……わたくし、しゃしゅさま……かぐやさまから見ても……がんばっていますか？」

「はい、とても頑張っておられます。偉いですよ」

重ねて褒められて、撫子の元より桃色の頬が更に色づく。

「きょねんの秋、どうでしたか……？」

「美しい秋でした。竜宮は他の地域ほど秋が色濃く出ない地域ではありますが、それでも木々の色の移り変わりはあります。俺はいつも秋が楽しみですよ。撫子様がくださる秋は大したものです。尊敬しています」

「……えへへ、わたくしもかぐやさまをそんけいしています……！」

撫子はわずかな会話の往復で大層照れてしまったのか、竜胆の足にすがりつきに行く。そして恥ずかしそうに顔を隠してしまった。輝矢は先程より笑みが深くなる。

「我が国の秋……尊い……お可愛らしい……」

隣に居た月燈は口元を手で隠しながら、感嘆ともつかぬ言葉を漏らしていた。

輝矢は立ち上がり、大きく頷いた。それについては同意しかなかった。

「それで……こちらは夏の代行者様達の挿げ替えに備えて待機ということだが……俺に関してはあと数時間以内には登り始めないといけない。それも駄目だろうか？」

「本日の夜の神儀ですね」

輝矢の質問に竜胆が答える。

「戦況次第でしょうか……。ちなみに、射手様は山以外で矢を射つことは……？」

「可能だが、聖域の力を借りないことになるから、今日は大丈夫でも明日は射てない可能性が出てくる」

竜胆が疑問符を顔に浮かべていたので輝矢は補足した。

「射手は矢を射つと神通力の使いすぎで気絶するんだ。単純に聖域という補助がないと、神通力が枯渇して次の日の矢を射つ時間まで意識が戻らない可能性がある。死ぬわけじゃないから俺は良いんだけど、大和は夜が来なくて困る」

説明されて、竜胆は合点がいったようだ。

無意識に、足元にまとわりつく撫子の頭を手で撫でながら言う。

「ああ、なるほど。それは代行者も同じなのでわかります。季節顕現の旅が続いて、神通力を使いすぎると、その時の体調にもよりけりですが発熱などで寝込んでしまうんですよね……。恐らく輝矢様よりは軽度の状態でしょうが……」

「おねつがでるとつらいですね……わたくし、かぐやさまがしんぱいです」

撫子の言葉に頰を緩めつつ、輝矢は話す。

「少しでも聖域に近ければ霊脈を辿れるから、多少緩和出来るよ。最悪、麓でも射てれば明日は誰かに担いでもらって出勤し、神儀は出来る。夜を絶やす状態にはならないはず……と思いたいが確証はない。やはり聖域まで登山するのが一番だ。だから、来るなと言われても俺は現場に向かわないといけない。あと、俺が矢を射る頃にいつも……暗狼が出ていたから、やはり聖域に行ってあの子が居るか確認したい。もしかしたら、一人で山の中で困っているかもしれないし……私事で申し訳ないが、こっちの問題解決の為にも避難の選択は出来ない……。俺にとって守り人の保護は大問題なんだ」

守り人は四季の代行者で言えば代行者護衛官に当たる。自分の従者に裏切られているはずなのに守りたいと言う輝矢の言葉を竜胆は簡単に切り捨てられない。眉を下げて言う。

「……悩ましいですね……」

「阿左美様、私達が誘導して登るという手もありますよ。既に竜宮岳の動物は多く使役していますから、抗争が起きてるところを動物に教えてもらい迂回すれば……」

「そうだよ！　あたし達、まったく何も知らない状態から山の動物に教えてもらって射手様の聖域まで行ったの。あたし達ならそれが可能だよ！」

説得力がある言葉だったが、竜胆は即断出来なかった。葉桜姉妹は守らなくてはならない。しかし葉桜姉妹が居れば輝矢を聖域まで安全に送ることが出来る。

──判断を間違えば事だぞ。

護衛官の彼としては、このまま空港に全員連れて行って安全圏に避難させたいところだ。

──しかし射手様にはお勤めがある。瑠璃様、あやめ様も現状安全な場所はない。

どちらにせよ山での抗争の決着がつかない限り安息は来ない。

──警護しながら、迂回すればいけるか？

竜胆は現在の人員を考える。不十分ではない。迷っていると、鶴の一声が出た。

「……りんどう、わたくし、みなさまを守るわ。夜がこないのはだめよ……大和のたみのみなさまにもうしわけないわ……」

「撫子……」

あらゆる利害関係を抜きにした言葉だ。

「ひとりでぜんぶやろうとしないで……みんなで、みんなでやりましょう。大和の夜を守るの。わたくし、そうすべきとかんじます……」

幼き少女神の民を思う気持ちは決定打になった。他の者達も同意するように頷く。

「……」

悩みに悩んだ末に、竜胆は言った。

「……了解致しました」

竜胆は月燈とその警護部隊、そして駆けつけた【一匹兎角】の者達、同行してくれている【豪猪】の隊員、それぞれと視線を交わす。

「瑠璃様、あやめ様だけ避難させたいところですが、ここでこの一団を分割するのも危険な気がしますので……一致団結して……どうでしょう？」

これにはその場に居る全員が賛成を示した。

月燈や輝矢は勿論のこと、会話を見守っていた瑠璃とあやめも頷く。

「戦況を確認します。あちらが電話に出なくても。俺達は夜を守る戦いに移行しましょう」

竜胆は携帯端末を握りしめてそう言った。

一方、竜宮岳。時間は春・秋・冬が竜宮岳に到着した頃に遡る。

まだ四季の代行者一行が竜宮岳に到着していない頃、【老獪亀】の挿げ替え部隊は夏の代行者暗殺の為に竜宮岳へ集合し、夏の里長松風青藍の私兵を中心に山中へ潜伏しようとしていた。

これより前の日付の深夜、雷鳥と彼の部隊、そして連理が竜宮岳の至る所にトレイルカメラをつけている。人目につかない場所で隠されるように設置されていたが、先行で一般登山道を確認しに登った【老獪亀】の者達に偶々発見されてしまった。

通常、こうしたカメラを置く目的は動物観察の為だ。この時点では彼らもこれが【一匹兎角】の挿げ替え阻止部隊が設置したものだとはわかっていなかった。

単なる一般人の仕掛けたカメラだとしても、これから始まる殺人の証拠を残されてはたまったものではない。【老獪亀】の挿げ替え部隊の者達はこの情報を素早く仲間内で共有した。他にもカメラが無いか、それぞれの待機場所で調べるよう確認の伝達がされる。

そうこうしている内に、雷鳥の挿げ替え阻止部隊の二班が現場へ駆けつけていた。

『敵はポイントテンの駐車場、登山道入り口周辺で確認出来ます。いま雷鳥さんがいるのはポイントスリー寄りの地点です』

連理の声が雷鳥の耳につけられたマイク機能付きイヤホンから聞こえる。

「じゃあ斜め上あたりですか。君の居るポイントツーに行かないように上から奇襲かけたほうが良いですね。連理くん、カメラで状況判断しながら、万が一戦闘が激しくなってきたらみんなでポイントフォーに移動してそのまま真下に下がってください。射手様専用の登山道なので一見ただの獣道ですが、注意深く見れば轍があります。それを信じて歩けば敵が待機している駐車場とは別の場所に出ることが可能です」

『俺のことより自分のこと心配してください！』

連理が本当に焦っているのが伝わって、雷鳥は笑った。

一度通信を切り、いま率いている隊員を分ける指示を出した。とは言っても挟み撃ちをする為の班分けなので距離が遠いわけではない。どちらの班も方向を見定めながら動く。

雷鳥率いる挿げ替え阻止部隊は全体で三十六名。連理の居る竜宮神社に三名残し、瑠璃とあやめの保護に五名つけていた。十名は少し離れた場所で車を待機させて逃走経路を確保している。そして駐車場と登山口近くに見張り兼緊急時避難対応要員として二名を配置。残り十六名が雷鳥を主体として山中を移動している状態だ。彼らは全員黒の戦闘服で統一されていた。

対する【老獪亀】の挿げ替え部隊は駐車場に残っている者達含め四十名ほどの数で、基本的に迷彩服を着用している。黒の集団と迷彩の集団、数は雷鳥達のほうが不利だ。

これでも本来予定されていた頭数より少ない。恐らくはこの闘いを両方から調整している【伏竜童子】の手腕によるものなのだが、それを知る者は居ない。

「いました」

雷鳥は部隊の者達に小声で話す。指を指した先にはまだ豆粒大にしか見えない人間が木々の中をウロウロと歩いていた。数は五名ほどの男の集団だ。恐らく、最初に現れた先行隊だろう。

「僕が行きます。倒れた奴を君達で確保して拘束。援護お願いします」

そう言うと雷鳥は大きな体を折り畳み、中腰になりながら静かに敵五人に近づいていく。

【老獪亀】の挿げ替え部隊は辺りを見回しながら何やら話している。

「卯浪さんにどこまで行くか相談するか。カメラの確認をいつまでしても仕方がない。待機場所に行く時間も作らないと」

「射手と夏の代行者とシークレットサービスの部隊だろ？　固まって来るだろうしわかりやすいと思うんだが……」

彼らが探している物がカメラだとわかり、雷鳥はほくそ笑む。

相手が登って近づいて来るのをギリギリまで待ったところで、雷鳥は分けた班の人員に手で合図を振った。すると、敵の後方の茂みから一人がわざと音を立てて走り出した。

鳥や虫の声がするとはいえ静かな自然の中だ、そんな音がすれば誰しも振り返る。

その瞬間を狙って雷鳥が動いた。

彼の両の手にはオーダーメイドの旋棍型特殊警棒が既に握られていた。まずは一人、後ろから殴りつける。その上で背中を蹴り上げて転倒させ、素早く旋棍を一瞬投げて持ち変えた。

そして何の躊躇いもなく旋棍の先端を倒れた男の背中に当てた。

「あああああっ」

男は雷鳥特製の旋棍型警棒に内蔵されていたスタンガンを喰らい悲鳴を上げた。

警棒型スタンガンというものは存在するが、これはその類と言えるだろうか。

打撃と防御を駆使する旋棍型に仕掛けを入れたのは単純に雷鳥の趣味だ。

「いいね、気持ちいい」

雷鳥はそう言いながら他の敵に向かって走る。

急襲に驚いて即座に行動出来なかった他の敵もやっと反応した。

「こいつ……！　君影の……！」

どうやら顔は知られているようだ。すぐさま雷鳥は他四人に取り囲まれた。

囲まれた雷鳥は臆することなくまた旋棍を持ち替えた。敵はナイフ戦闘に長けているようで全員抜いて斬りかかってくる。代わる代わる襲ってくる攻撃を雷鳥は旋棍で受け止め、弾いては長い足で蹴りを入れ、距離を取った。突破口を作って囲まれた状態から抜ける。

その時には雷鳥の部隊も姿を現しジリジリと敵と距離を詰めていた。雷鳥への集中攻撃が削がれたところで彼はまた走り出し打撃を繰り返す。

打って、躱して、打って、躱す。

途中拳銃を撃ってくる者も居たが、初弾が外れた時点で雷鳥に間合いを詰められ地に沈んだ。

基本的に彼に一瞬でも隙を見せたらもう終わり、そんな危機感は敵側の中ですぐに芽生えた。ナイフ格闘術の方が動きが素早く、かつ対象に危険を感じさせ有利になれる印象があるが、雷鳥が躊躇いなく懐に入ろうとするので敵は押され気味になる。旋棍に対しては及び腰になった時点で負けだ。

手を弾かれ、ナイフを飛ばされ、その後に体術に持ち込もうとしても雷鳥が先に行動している。彼の動きはまるで未来を見ているかのようだった。旋棍という武器が強いわけではない。雷鳥の戦闘センスが光っているのと、単純に戦闘経験の差が歴然であると言えた。雷鳥はどうしたら勝つか、ということを追求した動きをしている。懸念すべきことがあるとすればスタミナ切れだが、戦いながら時偶笑っているのでしばらく起きないだろう。

五名の【老獪亀】はあっと言う間に苦痛の声を上げながら地面に倒れることとなった。雷鳥の部隊はそれでも逃げようとした者達を囲み、ロングタイプの警棒型スタンガンで威嚇して降伏させている。雷鳥には肩慣らし程度だったのか、汗一つかいた様子はない。

「いいね、順調」

ぽつりと独り言を言った瞬間、タイミングよく耳につけていたイヤホンに連絡が入った。

『雷鳥さん、ポイントナインから大勢登ってくるのが見えます』

雷鳥は連理に尋ねた。

「連理くん。全員登ってくる感じですか？」

『いえ、ええと……駐車場に依然として居るのが八名。登っていったのはざっと三十名くらいかな。ちょっと待ってください……。一人、二人……登ってすぐの地点で十五名ほど立ち止まって待機しています。なのでもう十五名ほどがそちらに行きました』

「結構居るなぁ。ま、許容範囲内です」

『あの……でも……今から登ってくる人で、ものすごい体格が良い人が居るんですが……』

雷鳥(らいちょう)は腕を回しながら呑気(のんき)に尋ねる。

「体格が良い……僕もがっしりしてるほうですけど。比べてやばい感じの人ですか？」

『やばい感じです。というかあの人……医局に何度か来てるの見たことありますよ。稽古か何かで怪我(けが)して通ってました……。その他の人達は君影(きみかげ)一門の方々と顔を確認していますが、まったく知らない人も多いですね。一応、全員顔は撮れているので、後ほど調べたらどこの里の人かはわかるかと思います。最終的に……どんなことがあっても動向を追います。それで良いんですよね……』

「はい、それで良いんです」

『……俺もそっちに』

「連理(れんり)くん……僕がお願いしていることは必要なことなんです。僕がもし何かあった時の保険の部分を任せてるんですから来られたら困ります。大丈夫ですって。僕もやばいってなったらすぐ逃げますから。部下も逃します。というか君が来られたら邪魔だから来ないでください」

『……』

「気持ちだけは受け取っておきますよ。僕のことが心配で仕方ないという気持ち。友情、愛」

連理はため息をついた後に『また報告します』と言って通信を切った。

雷鳥は笑う。そして昏倒させた男達を縛り上げて道横に転がしている部下達に言う。

「十名、僕と一緒にこのまま待機。迎え撃ちます。残り六名は縛った内の二人で良いんで頑張って運んで、そのまま逃走班に引き渡す行動に移ってください。その後は車内でしばらく待機。雲行きが怪しくなったら即時離脱してください。以上」

雷鳥は分かれた班が木々の中に消えていくのを確認してから、自身の部隊の中でも精鋭の十名の顔を見た。不安そうにしている者は居ない。

「やばいのが居るそうです。それは僕がやります。数では負けてますが、うちの門下生で弱いやつは居ない。特に君達は強い。勝ちますよ」

発破をかけるようにそう言うと、全員少し笑って頷いた。

君影雷鳥が目をかけてくれているというだけで士気は高まる。彼はそういう存在だった。

しばらく雷鳥達は登山道の茂みに隠れて敵の追加部隊を待つことにした。

夏の竜宮の山中は蒸し暑い。

日差しは木陰である程度防げるが、それでも午後の眩しさは容赦がない。

——でも、瑠璃の季節だ。

雷鳥は夏の代行者に恋をしてから、この季節を煩わしいと思ったことはない。

額から溢れ出る汗を何度か拭っていると、やがて連理から聞いていた通り、【老獪亀】の挿げ替え部隊が雷鳥達の元まで登ってきた。

雷鳥は縛り上げた男達の内の一人の頭に銃を突きつけた状態のまま元気よく挨拶をした。

「どーも！　みなさん、瑠璃とあやめさんを殺しにきた人達ですか？」

人質に取られている【老獪亀】の挿げ替え部隊隊員は絶望の表情をしている。

「貴方達が四季の代行者様を挿げ替えしようとしている【老獪亀】だということはわかってるんですよ！　先行隊の人達はみんな倒しちゃいましたよ。そんなに強くないですね。正直、拍子抜けしてるんですけど、どうしちゃったのかな……。あれですかね、大きな家に飼われているごろつきなだけで、実際の戦闘訓練はそんなにやったことがないのかな？　君影一門では護身術や警棒術の講座も開いていますからぜひ受講しに来てもらいたいものですね！」

雷鳥らしい不遜な態度だが、敢えて挑発しているのだろう。

雷鳥の目的はこの山に居る【老獪亀】を全員倒すことではない。

「聞いてます？」

【老獪亀】がしでかしていることを公に晒し、葉桜姉妹への批判や凶兆扱いを取り下げさせることだ。その為には相手側にもやぶれかぶれの態度で出てきてもらいたい。

――さあ、のってくるか。

【老獪亀】側には銃を抜く者も居たが、一際目立つ挿げ替え部隊の一人が一歩前に出てそれを制した。

「君影の息子だな」

壮年の男性だ。体つきは正に巨体、高身長の雷鳥を軽く凌駕していた。

「おや、僕のことを知ってくださっているんですね」

「夏の里で武芸事を嗜んでいるものでお前を知らないやつは居ない」

「それはどうも……。貴方と僕、どこかで会ったことありますよね。どちら様でしたっけ。同じ夏の里なんですし、もう素直に自己紹介してくれませんか」

「……卯浪だ」

「卯浪家の方。ああ、里の体術の大会で優勝争いしたことありますよね。強かった。覚えてますよ。いま松風家の用心棒みたいなことしてるんですか？　がっかりだなぁ」

パフォーマンスに見えるが、雷鳥の言葉は嘘ではなかった。

――よりによってこの人が来たか。

数年前の出来事だが、雷鳥にしては珍しく覚えていた。賛辞を送るに値する手合わせをしたと記憶している。彼が居るだけで雷鳥が想定していた制圧の進行速度がグッと下がる。

――負ける気はしないが。

しかし、戦闘が長引けば数で押されるのは雷鳥達になる。自分は良いが、分家の者達の命が危ぶまれる事態は避けたいと雷鳥は考えている。慎重にいくべきだった。

「卯浪さん。交渉しませんか」

「人質を取っても無駄だぞ。悪いがそいつとは今日初めて会った。何の情もない」

「……」

雷鳥は『君、可哀想ですね』と言ってから、面倒になったのか盾にしていた男を放してやった。味方が誰も居ないと気づいたのか、男は道横に逃げていく。

「改めまして、交渉しませんか。松風青藍が首謀者の一人だってことはわかってるんですよ。貴方達も無理やり命令されたって証言してくれるなら別に戦う必要ない」

卯浪は首をかしげる。わざとらしい仕草だった。

「何のことだ。我々は里長の命令で夏の代行者様を警護しに来ただけだ」

「国家治安機構特殊部隊【豪猪】が動いているのに、貴方達なんて要らないでしょう。大体、もしそうなら何で正式に要請があった【豪猪】と合流しないでこんな待ち伏せするみたいに山の中を歩いているんです？」

「それはお前も同じでは？　しかも人の仲間を傷つけて、非はそちらにあるぞ」

「あ〜その指摘は通じませんね。貴方達がこれ何だろうって見つけては壊してたカメラ、あれ僕と僕の部隊が設置したものなんで、もう貴方達が神殺し部隊だってのはわかってます。呑気に挿げ替えについて喋っていたこと、記録されていますよ」

「そんな物が存在したとしても、それは公表される前に消えるだろう」

「……それじゃなくてもですね、貴方達のお仲間、数人捕まえちゃいましたから。何で此処に来たのかじっくり拷問して吐かせればいくらでも隠してること暴けるんです」

「虚偽の報告を真に受ける者など我が里にはおらん」

「う～ん話が通じなさすぎて嫌になってきたな。貴方はもうそちら側に骨を埋める覚悟なんでしょうか？　そうすれば今後も安泰だと思っている？　でもそれはどうでしょう。僕、仲良くしてる情報屋に大枚はたいて、里長の個人資産の動きを調べてもらってます。お連れ様の方々、まさか無報酬じゃないですよね。現金払いですか？　それでも口座から引き出した記録や送金記録とか出るんじゃないかな？　前金とか受け取ってる人居ますよね。まさか全員里長に心酔して、運命感じて来ちゃったの？　そうだとしたらもう笑っちゃうんですけど」

「何が言いたい……」

終始無表情だった卯浪が少し不機嫌そうになった。

「里長の情報管理も完璧じゃないだろうし、絶対穴はある。君達が乗っている舟は泥舟だから逃げたほうが良いよって助言してあげています」

——まあ嘘ですけど。

最後のはハッタリだった。形がない物であっても何かしら報酬が提示された上での協力、命令だと雷鳥は推測している。お前達の行動は終わった後に追及される可能性があるぞと脅すことで平和的に解決出来るルートを探っていた。

「変な言いがかりはやめろ。先程も言ったが、虚偽の報告を真に受ける者は我が里にはおらん。お前は里を脅かす存在のようだ。対話など必要ない。こちらは正々堂々お前達を倒し、然るべき処置をする」

「意志が固いんですね」

「……正義がこちら側にある。ただそれだけだ」

交渉決裂だ。雷鳥は無言で旋棍を握った。すると、隠れていた雷鳥の部隊が姿を現した。雷鳥と卯浪が話している間に卯浪の部隊ごと囲める位置に移動していた。卯浪もナイフを取り出す。巨体の彼が握ってもそう小さく見えないのだから、得物の大きさは推して知るべしだ。

卯浪の部下達は険しい顔で雷鳥の部隊を睨んでいる。

「君影。一応、戦う前に聞いておきたい。お前の実力なら、婚姻関係じゃなくとも次の夏の代行者の護衛官職に収まることが出来るだろう。何なら、もしお前が仮定するような不幸が起きたら里長にかけあってやってもいい。不気味な神を何十年も守るより、新しい神に正常な形で仕えたほうが良いんじゃないのか？」

雷鳥は一瞬呆気にとられてしまった。

「正常」

何の悪気もなく言われた言葉が妙に心に刺さる。

そして実感する。

「そうだ、今は異常なんだ。お前、死者を娶る気か？」

彼は本気でそうしたほうが良いと思っていることを。

「酷い言いようだ……瑠璃が貴方に何かしましたか？」

「いや？　ただ気味が悪いだろう」

自分の主観で、他者を殺しても良いと思っている人間が居る。

――嗚呼、こういうやつが瑠璃を殺すのか。

雷鳥は胸の中から何かどす黒いものが湧いてくるのを感じた。

そして、先程まで頭にあった平和的な考えはすっと消え去っていった。

憎しみというよりかは、早く殺さなくてはという断固とした決意がみなぎってくる。

「代行者はそういう存在だ」

――早く。

「葉桜の家の者だとしても、道具という扱いからは逃れられない。普通の反応だろう」

――早く。

「大体、双子神なんて在り方が許容出来るか。これからあいつらのせいで酷い夏が来たらどうする？　民も苦しむだろう。死んだほうが良い」

――早く、殺さなきゃ。

愛する女の子の為に。

雷鳥も主観で人を殺そうとしているのだが、いま彼はその事に気づいていない。

結局のところ、戦いとは意見のぶつかり合いなのだ。

卯浪は葉桜姉妹を殺したい。気味が悪く、彼からすると異常な存在だから。

雷鳥は卯浪を殺したい。愛する女を傷つける者は、自分達の世界に不要だから。

「も……いいです」

低い声で雷鳥は言った。

「同調圧力に負けただけの馬鹿の話を聞きたくない。やりましょ」

「……お前は未来を見据えた行動が出来ないようだ」

「貴方こそ先のことを何も考えてない。貴方が推してる里長は、いつか貴方の大切な人も消しますよ」

卯浪はその言葉に聞く耳を持たないようだ。表情に何の変化もない。

「君影。より良い里の政治の為に死んでくれ」

「卯浪さん、貴方も瑠璃の為に死んでください」

言ってから二人は走り出し、ナイフと旋棍が大きくぶつかった。

正義と愛、【老猾亀】と【一匹兎角】の戦争が開戦した。

竜宮岳、一般登山口付近。

開戦の音は此処にも響いていた。

山林の中に身を潜ませていた【老獪亀】の者達は騒然とし始める。

「偵察が戻ってきた。上で戦闘が起こっている。あれは恐らく君影一門だ！」

「待ち伏せされてる……？　こっちの動きが露見していたということか？」

「部隊を割いて上に応援に行かせよう」

「いや、標的がいつ来るかわからない」

「卯浪さんは待機しろと言っていた。様子を見たほうがいい」

「おい、馬鹿なこと言ってないで加勢に行くべきだろう。夏の里は腰抜け揃いか？」

雷鳥の部隊が自分の分家の人間、君影一門の者達だけで揃えている、という部分はここで大きな差を見せた。松風青藍の私兵とその他の里から派兵された者達はいわば寄せ集めの集団だ。不意を突き、若い娘を寄ってたかって殺すならそれは弊害にならないだろうが、統率された集団に戦争を仕掛けられては狼狽える者が出る。意見の相違による諍いはこの状況で最悪だ。

そして、彼らにとっては更に最悪な状況が展開されようとしていた。

「竜宮岳にて四季の代行者の挿げ替えを企む者に告ぐっ!!　大人しく投降せよっ！」

拡声器で投降を促したのは国家治安機構特殊部隊【豪猪】。

隠密に到着し代行者陣営と合流していた【豪猪】の隊員達がいよいよ【老獪亀】と接触を始めていた。これで【老獪亀】の者達は動くに動けぬ状態に陥ってしまったことになる。

上は何やら戦闘中。下からは【豪猪】が迫ってきている。

正面からぶつかり合うか、山の中を闇雲に逃げ回るしかない。

そして、降伏を求める【豪猪】達の遥か後方には春主従と冬主従が居た。

「あのね、雛菊、目が、いいから」

「ああ」

「だから、【老獪亀】の、みなさん、に、むけて、雛菊が先に、お花、パって、だし、ます」

「うん」

「そしたら、狼星さま、すぐ、つづいて、くれ、ますか？」

「了解。ひなの術式に沿って展開する」

「じゃあ、たいみんぐ、みて、いき、ましょう！」

「行こう！」

可愛らしくも勇ましいやり取りをしているのは雛菊と狼星だ。

さくらと凍蝶がすぐ傍で見守っている。

四人の立ち位置は抗争が起きている登山口からは離れていた。狼星と雛菊が何をしようとしているかというと、敵の捕縛だ。春と冬の権能を同時使用し手早く拘束しようという作戦だ。乱闘する人間達の中から敵だけ狙って拘束しようとするのは優れた権能の使い手でも高等技術だ。だが『出来る』と言う者が居た。十年ぶりに大和に帰ってきた春の少女神、雛菊だ。

異様に目が良い彼女は最大限離れての援護が可能だった。春の事件で民草が自分達の事件に巻き込まれることに負い目を感じていた雛菊は、狼星と同じく早期解決の為の手助けを希望していた。雛菊の必死の懇願で、護衛官達は渋々参戦を承諾した。

「段取りが決まったな？　狼星、扇子を」

「雛菊様、本当にお気をつけて……こちらどうぞ」

護衛官達はそれぞれの主に扇子を渡す。普段は着物姿なのであまり違和感は無いが、此度の旅は遊園地から洋服のままなので若干ちぐはぐだ。二人が扇子を開いたのと同時に銃声が続けて響いた。雛菊がびくりと震えるがさくらが優しく言う。

「撃ってきましたね……大丈夫です、まだ威嚇射撃程度ですから。【老獪亀】共と【豪猪】の銃撃戦……確かに放っておけば死傷者が出るでしょう」

「さくら……」

「ご安心ください。私が弾除けとして前に出ます。最初に撃たれるとしたら私です」

「……」

雛菊は無言で首を振る。雛菊はさくらと凍蝶に隠れていて欲しいと頼んでいた。

「だめ……隠れ、てて……？」

「【豪猪】に防弾ベストを借りました。死にません」

「だめ。雛菊、ね、守る、為に、戦う、の」

「……存じております」

「守る、の、中にね、さくら、と、凍蝶、お兄さま、も、入ってるん、だよ……」

さくらは雛菊と目を合わせられない。しかし雛菊は口づけが出来る程の距離で覗き込んでしまう。いつも守られる側で居るのに、こういう時は本当に強い意志を持った瞳になる。

「さくら、見て」

「……」

「さくら、雛菊、見て」

命令ではなく、懇願だったがさくらは従った。雛菊を見る。

その黄水晶の瞳には泣き出すのを我慢しているさくらの顔が映っている。

反対にさくらの瞳に移る雛菊は柔らかな笑顔だ。

「雛菊、みんなを、守るの」

こういう時に、微笑むことが出来るのが花葉雛菊という神様だった。

「今日、現人神、この山、たくさん、来てるね」

「はい……」

雛菊はさくらの額にわざとこつんと自分の額を当てた。扇子を握っていないほうの手でさくらの手をぎゅっと握る。貴方を安心させたい、という意志の元に。

「きっと、みんなで、誰も、死なせない、為に、導かれた。雛菊、そう、思います」

「大いなる意思など、どうでもいいです……私は雛菊様さえ無事なら……」

「さくら……いまは、雛菊に、頼って……。さくら、守る人、だけど、さくら、居ないと、雛菊、生きてる、意味、ない……」

「雛菊様……」

「生きてる、意味、ない、よ。さくら、守らせ、て……」

まるで愛の告白だ。しかし、この二人に限っては単なる真実だった。

雛菊は今日、この日にさくらを失うことがあれば早々に人生を辞めてしまうだろう。

さくらはたまらず雛菊のことを抱きしめた。

「危険を感じたら……すぐ、すぐ……逃げましょうね……」

自分の命が脅かされるのが怖いのではない。十年失ってやっと戻ってきた最愛の主が傷つくのが怖いのだ。さくらの身体は少し震えていた。

「さくら、大丈夫だ……。顕現が始まり注意がこちらに向けられても狼星が防壁を出す。むしろ私達が前に居るとかえって邪魔になる。術式の展開が済んだら、すぐに私とお前の出番だ。二人を守りながら、更に上で起こっている騒動を収めに行かねばならない」

見かねて凍蝶が声をかけた。雛菊もうんうんと頷くが、さくらはやはり納得出来ていない様子だ。今度は狼星が口を挟んだ。

「さくら、これ見ろ」

彼が腕鳴らしのように扇子を振るうと、地面に小さな氷のうさぎが四匹出現した。

「何だこれ、狼星……」

さくらが氷のうさぎを見つめる。氷像かと思いきや、可愛らしく跳ねるものだからさくらは驚いてのけぞった。雛菊は目を輝かせた。

「か、わ、いい」

「ななな、何だこれ」

「氷うさぎ」

「いや、名前じゃなくて！」

「お前に会っていない期間に俺はめちゃくちゃ修行して色々出来るようになってる」

狼星は少々鼻高々な様子で言う。

「暑いからあんまり保たないが、自動で動く氷の術式だ。俺が保護認定したやつの代わりに攻撃を受けて壊れる。初弾は任せろ。それに術式が始まれば周囲に防壁も展開する」

狼星は扇子をさくらと凍蝶、それぞれに向けた。

「大丈夫だ。ひなも、さくらも、凍蝶も撃たせはせん」

「……狼星」

これで何とか気持ちを立て直してくれただろうか。

そう思って狼星はさくらの次の言葉を待ったが。

「す、すごいが……こんな可愛いものが壊れてしまうの勿体なくないか？」

さくらは壊れる前提の氷うさぎを案じて動揺を見せた。

「……」

狼星は呆れた視線をさくらに向けた。

「阿呆、お前の命に比べたら何でもないだろ……」

「でも可愛いぞ……何でこんな可愛い見た目に……」

夏離宮でも小動物の愛らしさに胸を打たれていたさくらは無類の可愛い物好きだ。自分の代わりに氷うさぎが壊れることに良心が痛むらしい。

「何だよお前、じゃあ可愛くないのなら良いのか？　それならただの四角形にするが……ったく我儘だな」

「いや、待て、せっかくなんだからこれが良い」

「お前は何なんだ本当に！」

「さくら、来なさい。私と一緒に待機するぞ」

「……凍蝶……わかった。狼星、雛菊様を頼んだぞ……。いざとなったら、私の防御は外して全部雛菊様に回してくれるな？」

凍蝶に促されてようやくさくらは雛菊から離れた。氷うさぎは意気揚々と彼らについていく。さくらは氷うさぎに少し心が癒やされたのか、それからは大人しくなった。

湿っぽい空気は消せたようで狼星は安堵する。

「ひな、じゃあ準備出来たら……」

雛菊に視線を向けて話しかけたが、狼星の台詞は途中で止まった。雛菊は笑っていなかった。

「狼星さま、すごい、です、ね」

先程までの勇ましさはどこへ。何故かいつもの気が弱い彼女に戻っている。

「雛菊、もっと修行、しなきゃ……みんな、守れる、ちから、もたないと……」

狼星はそれを聞いて苦笑した。どうやら権能の練度を比べて落ち込んだらしい。

【華歳】のアジトを破壊して逃げてきた娘が言う台詞ではない。細かい作業を狼星が得意とするだけで、代行者としての能力にそう差はないはずだ。狼星は優しく言葉を紡いだ。

「ひな、あのな……さくらには偉そうに言ったが別にすごくないんだ。あれはな、最終的に防御術式の形になったけど、最初はその為に練習してたわけじゃない」

「え……」

「ひなが帰ってきた時に見せたくて、花以外も練習してただけなんだ。俺が作った雪うさぎを喜んでくれていた……君を想って作った」

「……」

「形を作るのはすぐ出来たよ。でも……何か、感心してもらえることがしたくてな。会っていない間に怠けていたと思われたくなくて……。子どもっぽい発想かもしれんが……動いたらすごいんじゃないかと考えて……。それで、頑張ってみた」

「狼星さま……」

「すごくないんだ。俺からするとあれは、寂しかった時間の象徴だ」

照れ臭くて、狼星は自嘲して言う。

「ひなが思っているような、格好良い修行風景とか、崇高な理念とか、まったくないよ」

しかし、間髪を容れずに雛菊が囁いた。

「かっこいい、です」

何となく視線を下に落としていた狼星は、その言葉で雛菊のほうを見た。

「狼星さま、がんばった、けっか、すごい。それで、雛菊の、さくらも、守ってくれる……」

雛菊の瞳はきらきらと輝いている。まるで星が散りばめられたようだ。

「すごく、すごく、かっこいい、ですよ……」

心底そう思っている顔だ。

狼星は無言で持っていた扇子を自分の顔の前に移動させた。

「狼星さま？」

「いや、ありがとう……嬉しい」

「どして、お顔、かくす、の？」

「……いま見せられない顔してるから」

——好きな女の子に『格好良い』と言われた。

これを喜ばない狼星ではない。

——めちゃくちゃやる気が出てしまった。

どうしても笑顔になってしまう顔を何とか真顔に戻す。

さくらと凍蝶が訝しげに見ている。

「よし、やるか！」

「はい……！」

雛菊と狼星はそれぞれ少し離れてから扇子を構える。

これから二人がやろうとしている歌舞は春と冬共通のものだった。先人が残した、たくさんの四季歌の中には春と冬の恋を唄ったものが多くある。

それ故、長らく離れていた二人でも挑むことが出来る共同作業だった。

歌は雛菊から始まった。

「桜　梅　桃　花開け　夢にも咲けよ　届けておくれ」

雛菊(ひなぎく)の可憐(かれん)な声が響く。返歌のように狼星(ろうせい)が唄った。

「久遠(くおん)の先でも　同じ夢を　待宵も憂いはしない」

一節ずつ歌い終わると顔を見合わせて同時に足を踏み出し舞を始めた。

これからは同時詠唱だ。

『君　思う故に　触れては壊れる　触れては解ける』

二人の声に呼応して、踊る地面に草花が咲いた。従者達を守るように空中に氷柱が出現する。

やがて真昼だというのに雪の結晶が降ってきた。冬と春が美しい調和を奏(かな)でている。

『何故(なぜ)　春なりや　何故(なぜ)　冬なりや』

雛菊が流し目一つすれば、その黄水晶の瞳に捉えられた敵の足元から百合が咲き、顔に巻き付き視界を奪った。

『されども会える　夢ならば』

続いて立葵が強固な力を持ち、地面から伸びる勢いで足を絡み取りつつ宙に浮かせた。

悲鳴を上げた【老獪亀】の若者が闇雲に銃を撃とうとした時には狼星がもう察知している。

『桜　梅　桃　花開け　雪　空　月　凍れ　二人がために』

霊脈を伝い、雛菊の神通力を感じ、その場所をなぞって氷漬けにした。

花は咲き乱れ、そして雪は降り、息吹が凍る。

『夢にも咲けよ　届けておくれ　春と冬　共に夢を』

氷中花の牢獄は次々と出来上がった。

　間違いなく味方を避け、敵のみ完全封殺した春と冬の共同作業のおかげで、竜宮岳には世にも美しい風景と阿鼻叫喚の地獄が同時に誕生していた。

【老獪亀】の挿げ替え部隊達はくぐもった悲鳴を上げている。無傷とはいかないだろうが、幸い死者は出ていない。精密な術式展開による最大限の手加減だ。

　予定されていたとはいえ、銃撃戦の途中で背後からこの魔法のような援護攻撃を見せられた【豪猪】の隊員達はどよめきの声を上げた。

　自分の目前に来ていた銃弾が空中で氷結して停止しているのを見て叫んでいる者も居る。

「神様、えげつねえ……」

　守られるべき存在であるが、敵に回すとこうなる。

　あまりの恐ろしさに動けなくなった【豪猪】の隊員の一人が、ぽつりとそうつぶやいたことを雛菊と狼星は知らない。

　一方、竜宮神社本殿内では老鶯連理が立て続けに受けた報告に混乱していた。

「四季の代行者様が到着？【豪猪】と協力して【老獪亀】を討伐？」

　まずは駐車場待機をしながら四季の代行者達と接触した仲間から連絡が。

「ま、待ってください。瑠璃ちゃんとあやめちゃんが………射手様と待機していたけど神儀の為に登ることになった？　どうしてそんなことに！　暗狼捜索もしたい？　お、お止めください！　巫覡慧剣君はこちらで保護していますと伝えてください！」

続いて射手と夏陣営を監視させていた仲間からも報告が入った。

それぞれの一団が予想していない動きを見せてきたのだ。

これは連理と雷鳥の予想が甘かった、というよりは現人神達の現在の心境の変化を知らなかった、というべきだろう。

黎明二十年春の時点ではどの四季の代行者もよほど意に反さない限り周囲からの指示に従い、行動制限も甘んじて受け入れ、守られる位置に居た。

恐らく、春にこの事件が起きれば四季庁や里の命令に従い、全員どこか安全な場所に留まって嵐が過ぎ去るのを待っていたことだろう。四季の代行者とはそういう存在だった。

しかし、あの戦いが彼らを変えた。

専守防衛よりは先手必勝。じっと耐え忍んでいても暴力から逃れることは出来ない。

積極防衛に近い立場へとみな転身していた。自分達の身を守る為に、また同胞を守る為に団結することを覚えた。結束すれば勇気が湧く。

そして勇気を出して行動した結果、この山に集まった者達がもれなく翻弄されていた。

動揺している連理と君影一門の護衛達に慧剣が声をかける。

「ま、まずいことが起きてるんですか……？」

連理は一度唸ってから言う。

「まずいは、まずい。雷鳥さんは現人神様達を傷つけないように頑張って遠ざけていた。俺達だけで解決出来たらと思っていたんだ。何で春と秋と冬までこっちに来てるんだろ？　いつの間に竜宮に？　射手様が夏との共同戦線を表明したから？　それにしても行動が早すぎる……」

「老鶯のご子息、とにかく我々は一旦下がりましょう」

君影一門の護衛に言われて連理は困惑する。

「でも、雷鳥さん達が……」

「若様はいま敵と交戦中で連絡が取れません。恐らく、状況としては一般登山口から【豪猪】と四季の代行者様方が登ってくるはずです。ちょうど若様達の戦闘とぶつかるはず。我々からすると、思ってもみない援軍です。冬の代行者様が先導していると仲間が言っていました。彼の御方は賊狩りで名を馳せている猛者です。そう簡単に危険に陥りはしないはず……。それより、我々は少年を引き渡す為に外に出たほうが良いでしょう」

慧剣は自分に視線が集中したことで、気まずそうに目を伏せる。

「もう少しこの場に居るはずでしたが、風向きが変わりました。射手様方も少年の保護を聞いて、ますますこちらに足を速めるでしょう。我々は情報を持ち帰る任務があります」

「……確かに。位置的にこちらは戦闘から逃げ出した人が来やすい場所だし、僕らはもう此処を畳んで射手様の登山道に移動したほうが万事うまく行くかもしれない……。今の状態なら、慧剣君のことをフォローしてあげる大人が数名ついた状態で会えるわけですし、悪くはないのかも……慧剣君、どうかな？　一緒に来てくれる……？」

慧剣は申し訳なさそうに顔を上げた。

「おれ、おれ、自首します」

「いや、自首というか……」

「牢屋に入ります……」

「そ、そんなすごい悪い方に考えないで。普通に保護者でもある輝矢様のもとへ帰るだけだから。まだ反応来てないけど、ちゃんと俺も擁護するよ。……あ、待った。折り返し来た。射手様側についてた君影一門の護衛の方だ」

連理は無線ではなく携帯端末の方の着信に出る。

「こちら、老鶯……」

次の瞬間、輝矢の叫びに近い大声が響いた。

『慧剣っ⁉』

連理はあまりのことに端末を耳から離してしばし悶える。鼓膜が破れるかと思ったくらいだ。

『慧剣！　そこに居るのか？　声聞かせてくれ！　慧剣！』

　連理は何とか返事をする。

「しゃ、射手様でしょうか？」

『そうだ！　慧剣の保護してくれている方か？　慧剣に代わってくれ！　慧剣！』

　連理は言われてすぐに慧剣に携帯端末を差し出す。

　しかし慧剣は顔面蒼白になっている。

「れ、連理さん……輝矢様……すごい、お、怒って……？」

「心配してくれてるんだよ。出て、慧剣君」

「でも、おれ……」

　慧剣は怯えている。連理は慧剣の背後から幽鬼のような女性の姿と大きな狼が薄っすらと現れそうになるのを見た。慌てて間に入ることを決めて輝矢に話しかける。

「射手様！　慧剣君はいま大変不安定な状態にあります。色々と思う所はあるでしょうが、まず彼と話す前に無闇やたらに怒らないと約束していただけないでしょうか。権能が……その、暴走したら大変なことに……いまもう既にそうなりそうで……」

　連理の言わんとしていることがわかったのか、輝矢は焦った様子で言う。

『……すまない！　無事を確認したくて……そんなに酷い状態なのだろうか？　怪我は？　食事はちゃんとしているか聞いてもらえないか？』

「あ、それは大丈夫です。大きな外傷はなく、食事も先程こちらから提供しています」

『ありがとう……感謝する……』

輝矢はとりあえず安心したようだ。連理は無言で携帯端末をスピーカーに切り替えた。

拒絶を恐れる少年の耳に、輝矢の心配する声がようやく届いた。

『とにかく、会いたい……。俺のほうもきっと悪いところがあったんだろう。落ち着いて、ちゃんと話し合いがしたい。伝えてもらえないか？　あの子に……』

混乱している慧剣でも、その声音を聞けばわかるだろう。

『帰っておいで、と……』

彼の主が、心底自分を案じてくれていることに。

慧剣はたまらず、連理の傍に寄って端末に話しかけた。

「か、ぐや、さまぁっ……」

今にも泣きそうな声が輝矢の耳に届く。

一瞬、輝矢が息を呑む音が聞こえた。

『慧剣、慧剣か？』

「かぐや、さまぁ……ごめん、ごめん、なさい……おれ、ごめんなさい……」

『慧剣……！』

「本当に、ごめんなさい……おれ、嫌われたと思って……おれ……！」

『お前、大丈夫なのか？　どっか痛いところないか？』

「おれ、大丈夫です……でも、透織子さんが……かぐやさま、おれ……」

慧剣は泣いて言葉にならない。

『透織子さんの行方も知ってるのか？　いや、とにかく無事で良かった……。いいか慧剣、今から俺が迎えに行くから。帰っておいで……帰っておいで、慧剣』

「……かぐやさま……かぐやさま……」

連理は見かねて会話に言葉を挟む。

「射手様、慧剣君からあらかた事情を聞いていますが、彼が暗狼になって射手様を攻撃してしまったのはちゃんと訳があります。子どもがしたこと、と割り切れるものではないかもしれませんが……されど、子どもです。彼のことを操った者も居ます……」

『……っ』

「恐らく、すべて聞けば巫覡の一族の問題が表面化するでしょう。とにかく、ええと……出来るなら……温かく迎えてくださると助かります。じゃないと、その、権能が……彼が射手様を襲ったのも度重なる精神不安が原因なので……」

『わかった……権能のことも自分から話している方に守っていただいているならひとまず安心だ。俺からもお願いしたい。その子は泣き虫なんだ……気を落ち着かせて、連れてきて欲しい』

「はい、俺達はいま竜宮神社に居ますから、射手様専用の登山道に移動して合流しようと思います。護衛陣にそれを伝えていただけますか？」

『了解した。貴方は道がわかるんだな？』

「秘匿事項と存じていますが、把握しています」

『構わない。では神事もあるので、こちらも引き続き登る。恐らく、ちょうど会えるか、こちらを待ってもらうか、そのどちらかになるだろう。本当に迷惑をかけてすまない……慧剣のことを頼んだっ……！』

「はいっ！」

そう言うと、通信は途絶えた。連理は泣きじゃくる慧剣の頭を撫でてやってから、肝心なことを忘れているのに気づいた。

「……俺が居るってあやめちゃんに伝えてもらえば良かった……かな……」

困って君影一門の者達に視線を向けるが、みな肩をすくめた。他人の惚れた腫れたに巻き込まれたくないと顔に書いてある。

――これで確実に復縁は無理かも。

現在の状況をあやめが見てどう受け取るか予想出来ない。勝手なことをして、迷惑だと言われる可能性が高い。凶兆扱いがどうにかなったとしても、あやめに嫌われれば元も子もない。

「……」

「連理さん、大丈夫ですか……？」

自分を慰めてくれていた人の顔色が悪くなったのを見て、慧剣は泣き止む。

連理は無理して微笑んだ。

——いや、俺のことよりまず慧剣君だ。

黄昏の射手直々に保護を要請されたのだ。確実に送り届けなくてはならない。

「……撤収しましょう」

こうして、連理と慧剣達は竜宮神社を後にすることにした。


同刻、雷鳥陣営。

雷鳥達は戦いの最中に居た。【老獪亀】側も流石に手練を用意したのか、雷鳥が卯浪を相手している間に味方が相打ちし、押し負け、倒れていく。

——さっさと潰さなくては。

焦りと怒りが雷鳥の頭の中を支配していた。本来ならもう地面に叩きつけているはずの者がまだ立っている。

「君影っ！」

卯浪に名を呼ばれ、意識はまた彼に集中する。

「仲間がどんどんやられてるぞっ！」

嗤って言われたのが鼻についた。雷鳥は怒声を出して言い返す。

「数で押してるだけでしょうがっ！」

夏の午後に山の中で乱闘しているのだ。どちらも夏の里出身とはいえ、それで暑さに耐性があるわけではない。武器を振る度に汗が飛び散る。

——忌々しいデカブツがっ！

負けてはいない。勝ちが見えないわけではない。

——薬でもやってるのか！

単純に目の前の男が頑丈過ぎた。打っても、打っても、跳ね返す。

電流にもへこたれない。説得しても話を聞かない彼らしい踏ん張りの強さだ。巨体というのはそれだけで他者と対峙した時に優位性を持つ。

だが、雷鳥とて負けてはいない。地道に叩き込んだ旋棍の攻撃負荷は、卯浪の身体に確かに溜まっているようだった。動きは鈍くなっている。

——殺す。

雷鳥は気持ちを抑えられない。旋棍を振る速度を速めた。卯浪は押され気味にナイフで防衛する。

——絶対に再起不能にする。

卯浪の反射速度が遅くなってきた今が仕掛け時だった。

雷鳥は旋棍で殴りながら長い足で蹴りを繰り出し、卯浪の身体の軸を崩した。

そこから更に旋棍を振り回し転倒させる。

頭を砕く勢いで旋棍を振り下ろした。だが卯浪が横に素早く動いて回避する。

と、同時に彼も足を伸ばして雷鳥の身体を絡め取ろうとしてきた。

雷鳥は素早く旋棍を持ち直して電撃を喰らわす。

――殺すっ！

動けなくなった瞬間を狙って今度こそ卯浪の顔面に旋棍を叩き込んだ。

骨が砕ける音がした。だが、それは顔ではなく卯浪の腕だった。

「チッ！」

当たる寸前に咄嗟に防御したのだ。雷鳥は舌打ちしてもう一度旋棍を振り下ろした。砕けた腕で頭を守ろうとするが耐えきれず悲鳴が上がる。もはや相手は雷鳥の支配下だ。これ以上の暴力は必要ないのに、それでも手は止まらなかった。

「手を！　退けろっ！」

何度も、何度も、旋棍を振り下ろす。

「退けろっ！」

やがて卯浪の手が使い物にならなくなり力も抜けた。

命の危機に怯えた卯浪の顔が露わになる。

「死んでくださいよ、瑠璃の為に……！」

雷鳥は本心からそう囁いたが、何故だか発せられた言葉が自分の声ではないように思えた。

確かに自分が喋っているのだが、本当の自分はもう少し遠い所に居て、正義が何処にあるかもわからず、ただ静観している。そんな気がする。

――頭、おかしくなってきたかも。

だが、どうでもいい。もう殺せる。

「異常なら殺しても良いんでしょ」

目の前の男が悪いのだ。

「なら僕からすると貴方が異常だ」

だからもういい。

「あの娘がどんな子だとか、家族に愛されるとか、僕の恋人だとか、そういうの全部どうでもいいんだから、僕もそうなりますよ」

――嗚呼、何を言ってるんだ。

「吐き気がする。悪人はいつもそうだ。他人なんてどうでもいい。自分のことばかり。僕は話し合いをしようとしてた。それを断ったのは貴方だっ」

「待て、待てっ！　君影！」

卯浪は降参の意志を見せた。

「殺せばお前の名誉は地に落ちるぞ！」

「はぁ……？」

雷鳥は怒りに満ちた声を出した。

「お前のいまの身分は何だ？　四季の代行者護衛官ではない。なのに俺を殺せば罪は免れないぞ！　それでも良いのか！」

「貴方は挿げ替え犯だ……」

卯浪は首を振った。

「俺はただ命じられてるだけだ。実行を命じたのはお前の言っていた通り里長だ！　俺達はまだ夏の代行者に何もしていない！　今なら防衛で説明がつくが、俺を殺せば道理が通らなくなるぞ！」

雷鳥はこの時には不殺を心がけていたことをすっかり忘れていた。もう目の前の男を排除することしか考えられなかった。

「……でも貴方、生かしておいたらまた違う誰かの下で動いて瑠璃を殺しますよね……？」

「しない！　しないと誓うっ！」

「そんな簡単に宗旨替えしないでくださいよ……」

雷鳥は思いを高める為に旋棍を強く握った。

「やりにくくなるじゃないですか……」

それから腕を一度後ろに下げる。勢いつけて、なるべく一撃で終わらせたかった。

「君影、やめろ……」

――頭がぼうっとする。

この気持ち悪い感情を早く取り除きたい。そして安心したいのだ。

雷鳥は自分ではわかっていなかったが、身体ではなく精神がもう限界だった。

ずっと、ずっと、走ってきたのだ。自分の『夏』を守る為に。

――もう終わらせたい。

「いいからもう黙ってください」

終わらせて、数ヶ月ぶりに安心したかった。

――瑠璃。

「早く、死んでくださいよぉ」

――瑠璃。

害されることもなく、殺されることもなく、辱めを受けることもない。

――瑠璃が守れるなら、全部どうでもいい。

そういう未来が欲しくて、頑張ってきた。

だから雷鳥は暴力を正当化した。もう楽になりたかったから。

雷鳥が愛する女の為に一人の命を狩ろうとしたその時。

「双方、武器を収めよっ!!」

凛とした女性の声が響いた。

「……っ!」

雷鳥だけではなく、その場に居たすべての戦士の行動が停止した。

急に冷気と芳しい花の香りが漂い始め、それらを感じた時に既に彼らは攻撃を仕掛けられていた。足は地面に氷漬けにされ、腕には草花の蔦が絡まって固定された。電光石火の如き術式展開だ。すべては一瞬のことだった。

「……くそっ!」

雷鳥は突然のことで体勢を一時崩しかけたが、何とか踏ん張った。旋棍も手放すことなく、ぐっと強く持ち直す。

「武器を収めよ！　これよりこの場は『春』と『冬』が預かるっ！」

よく通る声で警告をしているのは春の代行者護衛官、姫鷹さくらだった。

「四季の代行者様の御前なるぞっ！　【老獪亀】は大人しく従い、投降せよ！」

【老獪亀】、【一匹兎角】、派閥関係なく視線が現人神を探すように揺れ始めた。

視線を遮断するように立ち並ぶのは国家治安機構特殊部隊【豪猪】。その横には代行者側に居た【一匹兎角】の者達も居た。仲間の傷ついた姿を見て苦い顔をしている。

そして物々しい雰囲気の中、守るように囲まれ隠されている者達が居た。

正に春を体現したような可憐な少女と、冬の如き冷たい瞳で周囲を睨みつける美しい青年だ。

さくらの言葉で武器を捨てた者も出始めたが全員ではない。

隣に居た冬の代行者護衛官寒月凍蝶が周囲を見渡しながら声を響かせた。

「春夏秋冬の共同戦線に基づき、夏の挿げ替えを阻止せんと我々は集まったっ！　既に十数名逮捕している！　無駄な抵抗はするなっ！」

凍蝶の雄々しい一喝が投降の後押しになった。

ほとんどの者は、身体を拘束されたこともあり、銃やナイフを手の平から落とした。

賊狩りで名高い冬の王が居ることも心理的にうまく作用したのだろう。抵抗の素振り一つ見せればどんなことをされるか予想もつかない。

「………く、そ、があああああっ！」

しかし雷鳥だけは指示を無視した。手に巻き付いていた蔦を全身の力で何とか千切って旋棍を振り下ろそうとする。蔦が千切れるより、雷鳥の腕が折れるほうが速いだろう。

――殺す、殺す、殺すっ！

雷鳥は血走った目で最後の一撃を卯浪に向けて放った。

「や、め、て!!」

春の少女神、花葉雛菊が叫んだ。雷鳥は不覚にもその悲鳴に反応した。

瑠璃と同世代の、か弱い女性の声だったからかもしれない。ふと、顔を上げてしまったのだ。

「暴力、だめっ……!」

少女が手から放たれた花の種子は目にも留まらぬ速さで生長した。

鮮やかな青色の桔梗の花が蛇の如く伸びて雷鳥に絡みついた。

目の前の男を殺すことしか頭になかった雷鳥の目に、青が飛び込んでいくる。

――瑠璃。

桔梗の花は雷鳥が旋棍を持っていた手を絞め上げ武器を奪い、更に膝に纏わりついて自然と地面に膝をつけさせた。突如生まれた桔梗の群生地に、雷鳥は倒れた。

顔面から倒れた為、口の中に血の味が広がった。幸い、花が少しの衝撃を受け止めてはくれたが、それでも全身に鈍痛が走る。

「……はぁ、ぐっ……」

雷鳥は、何が起こったのかすぐ理解出来なかった。

「……はぁ、はぁ」

息が荒い。視界も揺れていた。興奮状態だ。

「……はぁ……はぁ……」

揺れる視界に青色がちらつく。

「はぁ……はぁ……はぁ……」

雷鳥は青が好きだ。瑠璃は青。青の花は愛する娘を思い出させた。

「……はぁ、はぁ……」

ただ、花の色を見ただけでも泣きたくなるほど胸が切なくなる。

雷鳥がここまで心が乱れてしまった原因はただ一つだ。

傷つけることも、傷つけられることも、たくさん経験してきたが。

――るり。

愛する人の為に命を懸けて戦うということはしたことがなかった。

「雛菊様！　無闇に近づいてはなりませんっ！　私が先に行きます！」

「狼星！　雛菊様の傍に！　近づくな！」

さくらと凍蝶が代行者達を警備網の中に残してから死屍累々と言っても差し支えない戦場に足を踏み入れた。そして倒れた人間を踏まないように気をつけて歩きながら言う。

「私は春の代行者護衛官姫鷹さくら！　この中に君影雷鳥殿は居られるか？」

「私は冬の代行者護衛官寒月凍蝶だ。我々は春夏秋冬の共同戦線の名の下にこちらに参上した！　葉桜瑠璃様の婚約者が【一匹兎角】の部隊長だと聞いている！　無事ならば返事を！」

――瑠璃。


急に、空気がうまく吸えるようになった。

雷鳥は声を出す。

「……僕です」

最初の一声は、自分でも驚くくらい小さな声だった。

雷鳥は自分を叱咤した。それからあらん限り大きな声で叫ぶ。

「君影雷鳥、此処に居りますっ！」

そう言うと、足音が二人分近づいてきた。雛菊と狼星に合図をしたのか、権能による拘束が弱まり、ぐるん、と身体を無理やり回転させられる。雷鳥は接近した者達の顔を見た。

「君か、無茶をする……」

雷鳥の身体を支えているのは間近で見てどきりとしてしまうような色男だ。

「……凍蝶、こいつ目が血走ってるぞ……大丈夫か、会話出来るのか……？」

そして見下ろしているのは解語之花と例えても嘘にはならない美少女。

雷鳥は自分の先輩になるはずだった者達と初めて対面を果たした。

「先程も名乗り上げたが、私は春、こちらは冬の代行者護衛官だ」

「冬の代行者護衛官、寒月凍蝶だ。以後よろしく」

「あ…………瑠璃から名前を……聞いて、ます……」

「……記憶はしっかりしているな……。おい、お前、この指何本に見える？」

「三本です」

「二本だよ。戦意高揚しすぎていっちゃってるぞ……」

　さくらが淡々と酷いことを言っている。雷鳥は抗議したいが、妙に頭がぼうっとしてうまく言葉にならなかった。結局無難な問いかけしか出ない。

「僕、いまそんな顔してるんですか……いっちゃってるの……？」

「目の焦点合ってないだろ。初陣だったのか？」

「いや……まったく。僕、本当、強いんで……戦闘経験も……たくさん……」

「強いは強いが冷静じゃない。足をやればいいのに、ひたすら顔を殴ろうとしていて、ただの殺人鬼だったぞ。お前、それでも護衛官候補か」

「……足」

　雷鳥は思ってもみなかったことを言われて呆けてしまう。どうしても頭蓋骨を割ってやりたいという気持ちで溢れていたのでその発想はなかった。次に凍蝶が言う。

「雷鳥君、で良いだろうか。他にも戦っていた者が居たのだから一人に固執しないで次々敵を気絶させて援護に入らないと。実際の賊との戦闘はもっと数が多い場合がある」

「そうだよ。大人数の戦闘で手持ちの武器が銃じゃないのなら足をやれ、足を。上半身はな、どれだけ攻撃しても意外と立ち上がれてしまうんだ」

「旋棍の使い方は鮮やかだった。身のこなしもうまい。あれだけ戦闘のセンスがあるなら、あとは冷静さがあれば十分だ。気落ちしないように」

初対面の二人に戦いの講評をされて雷鳥は益々どう反応したら良いかわからなくなった。

「……先輩方……めちゃくちゃ冷静……的確な助言……感謝したいところですが、でも僕、あいつ殺さないと……卯浪……あいつ、瑠璃を殺すって……」

「何だと……どいつだ瑠璃様にそんな暴言を吐いたのは？」

さくらの問いかけに雷鳥は頭を動かして方向を示す。

「そいつ、そこに転がってるでかい男です……」

卯浪は気絶こそしていなかったが、【豪猪】の拘束を拒もうと足をばたつかせて暴れている。

「瑠璃を……僕の瑠璃を死人って……あいつ、くそ。ああ～この拘束解いてはもらえませんか……僕、あいつだけは殺らないと……許せない……瑠璃を異常だって……」

さくらと凍蝶は顔を見合わせ、互いに渋い顔をした。

「我が国の夏を死人とは不敬にもほどがある……」

「まったくだ。それは怒り心頭で頭に血が上っても仕方ない」

さくらはそう言うと、ツカツカと足音を立てて暴れる卯浪に近づいた。

そして、問答無用で鞘に入ったままではあったが刀を振り下ろした。

「〜〜〜っ‼」

男性の最大の急所と言っても過言ではない場所を砕く勢いで攻撃され、卯浪は声にならない悲鳴を上げる。更にさくらはもう一発脛に打撃を加えた。

「うあああああっ！」

足をやれ、という教えをいま実行してみせていた。その上で言う。

「狼星ー！　こいつでかくて運びにくいから、山道を駐車場まで凍らせてくれー！　そしたら【豪猪】の隊員が助かるー！」

既に抵抗できない相手に対し、それとなく非道な行為と発言をした。

雛菊だけが遠くであわあわと慌てているが、狼星は若干意地悪そうな笑顔で親指を立ててみせた。彼が了承したのを確認してから、さくらは卯浪の拘束に手を焼いていた【豪猪】の隊員に向き合う。

「失礼した。冬の代行者が今から道を凍らせてくれるから、そのままスーッと滑らせて移動させると良い。ソリを引くようにな。斜面だし、この巨体は運ぶのが難しい。自分で歩こうとしない、降伏しないやつはそうしてしまえ。手間をかけるが後は頼んだ」

移動方法を指示してから雷鳥と凍蝶の元に戻ってきた。

「かたきを取ってやったぞ」

その言葉に雷鳥は呆気にとられ、凍蝶は苦笑していた。

さくらは凍蝶の反応を見て口を尖らせる。

「……何だよ凍蝶。お前が男にはああしろって昔教えたんだぞ……きゅ、急所を……」

「別に何も言っていないだろう」

「言いたげだった！」

「急所を狙うのは戦闘の基本だ。良い制裁だった」

「……はしたないとか思ってないか？」

「思ってない。ただ、私は万が一の時にああしなさいと言ったような気がするが……」

さくらは『だって』と言わんばかりの顔をする。凍蝶はその顔を見て更に笑ってしまった。

「責めてないよ。お前がしなくても私がしていた。私がしたらもっと酷い制裁になっただろう」

「確かに。凍蝶がやると私よりもっとえげつない。じゃあいいか」

よくはない気がするが、さくらは話を変えた。

「おい、新人。この場は我が主と冬の代行者の命により殺生厳禁の場となった。生かして辱めてやったから、溜飲を下げ、あとは法の裁きに任せろ」

さくらの言葉を聞いて、雷鳥はしばらく呆けたが、やがて彼らしい表情を取り戻した。

凶暴だが人懐っこい笑顔だ。

「先輩達……格好良い……」

凍蝶の手を借りながら、雷鳥は上体をもっと起こした。すると、自分がしでかしたことがよく見えた。分家の若者達が倒れている。血を流している者も居る。

――失敗した、のか。

やっとそう思えた。これでは意志を同じくしてくれた彼らを捨て駒扱いにしたようなものだ。遠くに、どうしても視線を向けてしまう魅力を持った青年と少女が居る。

――春の代行者様と、冬の代行者様か。

狼星は早速生命凍結の力で道を凍らせている。

傍に居る雛菊は、少し青ざめた顔で、凄惨な現場にそれでも立ち会っていた。

――瑠璃が、初めて年の近い友達が出来たって言ってた子だ。

その娘が此処に居る。理由は葉桜姉妹の身を案じたに他ならない。

そして、雷鳥に叫んだ。暴力は駄目だと。

彼女の人生の大半は暴力で占められている。

そんな子に、無理やり攻撃を止めさせるようなことをさせた。

――最低だ。

もう雛菊のことを見ていられなかった。雷鳥は顔を背ける。

「……みなさん、瑠璃とあやめさんと連絡取れなかったはずですけど……来たんですね」

「何で知ってる？　連絡が取れないから探しに来たんだよ」

「…………瑠璃(るり)は独りじゃなかったんだなぁ……」

「当たり前だろ。我々は春から共同戦線を組んでいるんだぞ。君影雷鳥(きみかげらいちょう)。お前には聞きたいことが山程ある。味方側だと認識してはいるが、暴走しすぎている面が多すぎる。大人しくこちらに従ってくれるか」

「……最初から、助けを求めれば良かったのかな……」

雷鳥(らいちょう)はそれきり黙ってしまった。眉をひそめるさくらの代わりに凍蝶(いてちょう)が囁(ささや)いた。

「大人しく従えば、あとでちゃんと瑠璃(るり)様に会わせよう。君は、恐らく彼女の為にこんなことをしでかしたのだろう？」

「…………馬鹿だと思います？」

凍蝶(いてちょう)は自分が大和(やまと)の首都をバイクで走り回ったことを思い出しながら言った。

「さあ、どうだろうな。私も馬鹿をやることがある」

貴方(あなた)もそんなことをするのか、という顔で雷鳥(らいちょう)が凍蝶(いてちょう)を見た。

「大切なのは、やった後だ」

凍蝶(いてちょう)の言葉は雷鳥(らいちょう)の胸にすっと入っていった。

けして突き放す言葉ではなく、むしろ受け止めてくれている気持ちが感じられる台詞(せりふ)だった。

恋を知って。追いかけて。

喪失して。固執して。

二度と失いたくないと画策して。

大勢の人を巻き込んで。

がむしゃらに暴れて。その後は。

「……」

只々、自分の神でもあり恋人でもある女性に逢いたくてたまらなくなった。

——瑠璃。

恐らく、いや、絶対に怒られるだろう。

しかし自分が知る彼女ならそれでも愛してくれるような気がした。

自惚れかもしれない。だが、葉桜瑠璃ほど愛情深い女性を雷鳥は他に知らない。

人からうまく愛されない彼を、唯一正面から愛してくれたのは彼女だけだった。

——瑠璃に逢いたい。

雷鳥はしばらくして『従います』とぽつりとつぶやいた。それから先輩の護衛官に願い出る。

「山中に……僕が無理やり仲間に引き入れた友人がまだ隠れているはずです。彼を保護してもらえませんか。瑠璃のお姉さんの……あやめさんの大切な人なんです」

こうして、君影雷鳥の長い旅は此処で終わった。

舞台は変わり、連理陣営。

君影一門の護衛と慧剣を引き連れ、連理は合流地点となる射手専用の登山道まで走っていた。

とは言っても機材諸々を抱えながらなので駿馬の如くとは言えない。

「あ、もっと右のほうです。そっちは道が危ないので！」

「慧剣君が居て良かったよ……」

「都会の人には獣道はきついですよね」

「里出身だから都会人でもないんだけど……普段、もっと……運動、しないと……」

言いながら連理は息が切れている。

若い十六歳の少年。身体を鍛えて、選びぬかれた戦士である君影一門の男性達。

そして内勤の医者。恐らく一番体力がないのは連理だろう。

——情けない。

これからあやめに会うというのに、へとへとになっていそうだ。ただでさえ、連理は家族から暴行を加えられた後だ。それから竜宮へ弾丸ツアーの如く向かい、昨日は深夜までトレイルカメラを山中に仕掛け、野宿し、そして今に至っている。端的に言えば身体は限界に近かった。

「連理さんは、夏の代行者様の婚約者なんですよね。護衛官になるんですか？」

「……護衛官になるやつがこれではやばい、と言いたいんだと思うんだけど……俺の場合は護衛官だった人の夫になる予定だったから……」

「あ、そうか……そうでした。すみません……」

「いやいや、事情が複雑すぎるからね」

「事がすべてうまくいったら、再度婚約とかは……」

「……普通の内科医が護衛官は無理だから、どうなんだろうね。ああ……やばい、足がもうかなりきてる」

それ以降、慧剣も喋るのをやめた。あまり触れられたくない話題だということに気づいたのだろう。男達は山の中を走る、走る、走る。

連理がみんなの走りについていくのは意地があるからだ。

最後まで自分の出来ることをしたと、後悔がないようにしたかった。

——俺なんかがあやめちゃんの婚約者とか、やっぱ無理があったんだろうな。

雷鳥や君影一門の男達に囲まれて過ごしたからこそわかる。自分がいかに非力な人間かを。

そしてあやめを取り巻く世界がどれほど暴力に溢れているかも思い知らされた。

——あやめちゃんに必要なのは、雷鳥さんみたいな戦士だ。

悔しいがそう思えた。自分だって何か出来ると思いたいが、彼女の傍に居られる資格が見当たらない。

――雷鳥さん達、大丈夫だろうか。

連理はそうしろと言われたとはいえ、残してしまった雷鳥と彼の部下達のことを考える。

そしてやはり、自分が強ければという思いに駆られた。

「あの……？　何か鳥が妙に近づいてきません？」

慧剣がつぶやいた言葉に反応し、連理は鬱々とした思考からハッと覚める。

一匹の鳥が連理めがけて飛んできた。

頭の上を旋回した後に肩に止まる。これがただの登山中ならほのぼのとした空気に包まれる一幕だったが、彼はこの国の『夏』を崇める里の出身だ。

「これ、多分『生命使役』で操られてる鳥だ」

触れようとしても、嫌がらずに黙って佇んでいる。人懐っこいという言葉では片付けられない反応だ。恐らく間違いないだろう。連理も慧剣も、君影一門の者達も一度足を止めた。

「夏の代行者様の御力ですか？」

「そう、俺達の居場所を捕捉しようとしてるんだと思う。ほら、まだ上にも鳥が居る。あの子達は多分知らせに戻るはずだ」

連理が言ったように、鳥はまるで何処かに居る者達に合図をするように上空で旋回をし、それからまた飛んでいった。

「じゃあ、もうすぐ会えるってことですよね」

「うん。俺のこともばれるだろうな……あれ……？」

しかし、飛んでいったはずの鳥がものすごい勢いでまた戻ってくる。おまけに警戒を促すように鳴き声を上げ始めた。

――あの鳥は、恐らく偵察と報告しか命令を受けていないはずだ。

夏の代行者の生命使役の力は、代行者が敵と認定すれば自動的に攻撃を開始するが、いまこの場で彼女達が居ないとなると出来ることは限られている。そういう状態の鳥が明らかに異常な鳴き声を出していることを、簡単に受け流してはいけない気がした。

動物というのは危険を察知すると仲間に知らせるものだ。

これはその状態に近いのでは、という推測が連理の中で生まれた。

もしそうならば、彼らはきっとこう言っている。

『逃げろ。捕食者が来たぞ』と。

連理は背中にぞくりと悪寒が走った。

「敵がいます‼」

その台詞が言い終わらない内に銃声が響いた。

連理は慧剣を半ば突き飛ばすようにしてから自分も地面に倒れる。

君影一門の対応は早かった。後方に【老獪亀】の残党が居ることに気づき、素早く銃で応戦する。相手は木の陰に隠れて姿が見えないが、大人数で追って来られるような地形ではない。

恐らく居たとしても数名だろう。

「慧剣くん、私が囮になるからその隙に逃げて」

暴力の音の中で、か細い女性の声がした。連理も慧剣も伏せながら顔だけ上げる。巫覡透織子の幻が立っていた。慧剣の権能がこの危機に自動的に発動していた。

「だ、だめ、透織子さんだめ……！」

慧剣が混乱している。連理はゾッとした。そこに確かに存在する女性が幻だということ。彼女が自律していることも恐怖を感じた。

「私は撃たれても死なないから」

「おれがもう二度と透織子さんが傷ついてる姿見たくないんだよっ！」

透織子はやれやれと言ったように肩をすくめて見せる。

「じゃあもっと強いのを出したほうがいい。私じゃ蜂の巣になるくらいしか出来ないもの」

そう言うと透織子の姿は陽炎のように揺らめいて消えた。

慧剣は顔面蒼白になりながら頭を抱える。

「慧剣君、無理しないで！　持ち堪えていれば応援が来る！」

怒りを失った慧剣はこの状況にただ怯えることしか出来ない。

「老鶯のご子息！　彼を連れて先に逃げてください！」

君影一門の護衛にそう言われるが、逃げる場所とは、という疑問が湧いた。匍匐前進して進めば良いということなのか。それを聞いている状況でもない。

「いや、いや！　慧剣君をまず逃しましょう！　山道がわかる子です！　応援を呼んでもらうほうがいい！　慧剣君、逃げる方向わかる⁉」

「おれ……」

連理は慧剣を励ますように背中を叩く。それから雷鳥に渡されていた銃を手にした。

「安全装置、外す……くそっ……手が震える……」

本当に手が震えていた。それでも連理は体勢を整えて銃を構える。

「慧剣君、お願いだ！　射手様と合流して近づかないように言って！　もしもらえるなら【豪猪】と近接保護官の人から応援が欲しい！　多分、鳥がもう知らせに行ってるはずだから合流は困らないはず！　とにかく、君は逃げてっ！　あやめちゃん達を近づけないで！」

連理は震える手で、自分の肩で縮こまっていた鳥を指先に移し、慧剣に渡した。

「行って！」

簡潔な言葉だが、従わざるを得ない迫力があった。

慧剣はこの目の前の大人をまじまじと見つめる。そして思った。

――嫌だ。

この優しい大人に、死んで欲しくないと切に願った。

――死んでほしくない。

自分が居ない間に、大変なことが起きて、取り返しがつかなくなること。

どうしてあしなかったのだろう、あの時行動していれば、という後悔。

慧剣はそれらを嫌というほど味わっている。

——また誰か不幸になる。嫌だ。

慧剣はずっと逃げてきた。

逃げるばかりの人生だった。

怖い大人から、傷つけてくる者から、どうしようもない事態から。

逃げて、逃げて、逃げた。

その果てで連理と出逢い、いま言われている。

「慧剣君、逃げなさい!!」

ただ年嵩だからというだけで、自分を守ろうとしてくれている姿は、崇拝する夜の神に似ていた。連理が背を向けて銃を撃ち始める。言われた通り逃げなくてはならない。

だが、慧剣はもう逃げなかった。そうしたくなかった。


「おれ、逃げません」

囁いたと同時に、彼の身体から月のように優しげな光が溢れ出た。

　そして次の瞬間、世界は暗転した。

　昼間だった空間が夜に塗り替えられた。ズズズ、ズズズ、と何かが蠢く音がする。

　慧剣の権能である『神聖秘匿』が周囲を侵食していた。

「連理さんも、君影の方々も、夏の代行者様も、輝矢様も、全員おれが守ります」

　夜闇は慧剣にとって最大の味方だ。

　突然の夜の来訪に銃を撃っていた者達が敵味方関係なく手を止めた。

　闇の中で慧剣の瞳が獣の瞳のようにらんと光る。

　そして慧剣の背後には更に大きな目玉が暗闇の中で浮いていた。

　目玉だけだったそれはすぐさま獣の形を作り、やがて巨大な狼となって凶暴な牙が生えた口を開けいななきを上げた。

　この夏、現人神界隈を混乱に陥れた暗狼の登場だ。

　――でかいっ！

　連理は息を呑む。一度姿を見せてもらったが、その時より更に大きく見えた。

　暗狼の凶暴さや大きさは、慧剣の感情の振れ幅と比例しているのかもしれない。

『追い払えっ‼』

　慧剣は吠えた。それは人語ではあったが、声は元の慧剣のものと比べて遥かに雄々しく、また別の者が二重で喋っているようにすら聞こえた。

神々から与えられた権能、とは言っても慧剣自体が現人神というわけではない。

生命使役で獣を操る瑠璃やあやめと明確に違うところはその力の行使の不安定さだろうか。

『降伏させろっ！　ねじ伏せろっ‼　敵を近づけさせるなっ‼』

幻術を維持させるのには並々ならぬ集中力が必要とされる。

操る者が暗狼だからか、顔も険しく、苦しげだ。

何にせよ、人が持つには手に余る代物だと言えた。

「慧剣君！　命を奪っちゃ駄目だよ！」

連理の言葉に、慧剣は声を出して返事こそしないが頷く。

木々の中を縦横無尽に狼は走り回る。

敵側が銃撃を再開したが、そのどれもが暗狼をすり抜けていく。連理は木の後ろに隠れながらハラハラと見守ることしか出来ない。

暗狼は木々を薙ぎ倒し、敵を見つけると、首根っこを押さえるように足で身体を踏みつけてから乱暴に蹴った。

──あれ大丈夫なのか？

この権能の怖いところは幻が解けた後の心的負担だ。

恐らくは大丈夫ではないが、噛み付いて身体を貪り喰らってないだけマシと思うべきだろうか。暗狼は敵を蹴って転がし、最後に服の端に牙を通す。

そして成人男性の身体を軽く振り回してふっ飛ばした。実際は何も起きていないというのが信じられない光景だ。心臓発作が起きる者がいてもおかしくない。

一人、二人、と倒していく中で、最後の一人に暗狼は詰め寄った。

腰を抜かして後ずさりする男に対し、暗狼は牙を剝いて大きく吠える。そのいななきに恐れをなして最後の一人は銃をゆっくりと降ろし、地面に置いた。

追跡していた敵は計三名。慧剣の覚悟と勇気のおかげで制圧はすぐ完了した。

「……はぁっ……はぁっ……」

慧剣は過呼吸に近い症状を起こしていた。連理は素早く見抜いて慧剣の背中を撫でる。

「慧剣君、ゆっくり息して。息しないと苦しくなるままだから。ゆっくり」

過呼吸は初めてではないのか、慧剣は口元を自分の手で押さえながら苦しそうに頷く。

「大丈夫だよ。偉かったね。すごかった。助かったよ……」

極度の興奮と感情の揺れによって起きている、と連理は推測したので、殊更気を落ち着かせるように優しく囁いた。慧剣の精神に比例して、暗狼はゆっくりと姿を消していく。

やがて、周囲を覆っていた夜の幻影も音を立てながら真昼に戻っていった。

呆気にとられていた君影一門の者達が降伏した最後の一人に駆け寄っていく。

連理は敵の拘束が終わったか確認したくてそちらに目を向けた。

一人、二人、もう拘束が終わっている。連理と慧剣は呆然と立ち上がる。

しかし、そこで最後の三人目が、ゆっくりと手だけ動かしているのが見えた。
手元から落とした銃は既に君影一門の者達が拾っている。
男は懐から別の銃を取り出そうとしていた。
――あっ。
その時の判断は咄嗟のものだった。
「危ないっ!!」
あらん限りの声で叫んだ。そして、連理は慧剣の背中を守ろうと手を伸ばした。
――間に合え。
すべての動きが遅く見える。
何故、こんなにも自分の行動が秒刻みで過ぎていくように感じられるのだろう。
連理は慧剣のことを考えていたが、頭の中ではあやめの顔が浮かんでいた。
――間に合え。
連理は祈った。
慧剣の背中に手を伸ばす。そして体当たりするように彼にぶつかった。
少年の弾除けになったのだ。
パァンと銃声が鳴った。

その弾丸が連理の腕をえぐって流れていった。
連理はぶつかった勢いのまま倒れた。
受け身を取るような知識はない。
顔から倒れて側頭部を酷く地面に打ち付けた。
慧剣が連理の身体の下で身動きをする。
まだ動くなと、痛みを堪えながら連理は彼の頭を手で押さえつけた。
——痛い。
一瞬にして視界が真っ黒になっていく。
苦悶の声すら出ない。
否、出すことが出来なかった。
——痛いよ。
誰に言っているのだろう。
だが、自分が苦しいことを誰かに訴えたかった。
——痛いよ、俺、痛い。
連理は痛みのあまり、自然と目を瞑った。もう全部が闇の中に呑まれた。

暗闇の中で、連理は自分の過去を思い返していた。

家の中で連理が泣いている。彼が七歳くらいの時だろう。

画用紙に描いた絵を兄に破られて泣いていた。

わざわざ母親に頼んで買ってもらった画用紙だった。

大きな紙に自由に絵を描いてみたかった。

だが、兄がそんなことをしていないで勉強しろと言っている。

今ならわかる。家を背負えと育てられた長男も苦しんでいたのだ。

だから、腹いせに呑気な弟をいじめた。老鶯一門の子どもであるのに医者になれなければ弾圧される。勉強することは連理の為でもあった。しかし小さな連理はわからない。

——どうしてそんなこと言うの。

ただ、ただ、泣いた。

まるで走馬灯のように記憶は次々と浮かび上がった。

テストの成績が悪くて家に入れてもらえず、玄関でうずくまっている連理。

馬鹿には必要ないと玩具を取り上げられる連理。

やがて、小さな連理の涙は枯れて、笑顔を貼り付けるようになった。

暗い顔をしていると益々怒られるのだ。せめて愛想よくしろと言われて素直にそうした。

笑っていると、今度は存在を軽んじられるようになった。


——どうしてそんなこと言うの。


お前は馬鹿だから。お前は不出来だから。お前は何の苦労も知らないから。

そういう言葉を吐かれる。連理は笑顔の仮面を貼り付けて、心は何処か違う場所に飛ばしてしまうことにした。心があると辛くなるので、仕舞っておくのが良い。自分が道化を演じて、わざと彼らからの攻撃を受けとめてあげていることに、気づかせてはならない。

餌をあげれば満足するのだ。人を虐げ、加害することで得られる自己肯定がないと駄目な人達。それが連理の家族なのだから、もうそうするしかない。

連理が道化で居ると、家族が喜ぶ。みんなもそれを望んでいる。


そうやって頑張っていれば、いつか愛してもらえるかもしれない。

『……連理さん、意識して自分を貶めていますよね……』

――どうしてそんなこと言うの。

『……やじゃ、ないです……』

――どうしてそんなこと言うの。

『連理さんと、手を繋ぐのやじゃ……ありません。嫌じゃ……ないんです……でも』

――どうしてそんなこと言うの。

『頑張らなくたって、私、嫌いません。ずっと連理さんの傍にいますよ……』

――どうしてそんなこと言うの。

『本当に頑張ることなんかありません。だって、私……嫌いになんか、なりませんから……』

——どうしてそんなこと言うの。

『一生、なりませんよ』

——どうしてそんなこと言うの。

『信じてください……』

——どうして、そんなこと言ってくれるの？

あやめちゃん、もう俺のこと嫌いになったよね。
でも、俺はまだ好きだよ。
どうして、俺がこんなに君のことを好きか、わからないでしょう。
一生わからなくていい。俺の惨めなところ見ないで。

「連理さんっ！」

一瞬意識は飛んだが、少年の声で連理はすぐに覚醒した。

止まった時間が急に流れたように咳き込む。

「……かはっ……はっ……」

庇われた慧剣は同じように地面に倒れていたが、起き上がって連理の状態を見た。

見ると、感情が一気に消え失せた顔になった。

刹那。消えたはずの暗狼が連理の背後から現れた。

暗狼は連理の頭上を飛び越え、銃弾を放った犯人のほうへ向かった。

『食べろ』

暗狼はその時すべきことを正しくした。

銃弾を放った【老獪亀】の追っ手に頭から齧りついて食べた。豪快な音を立てて咀嚼した。

そのすべてを連理が見ることはなかった。何だかすごい音がしてるなと思ったが、体勢がうつ伏せなので見えない。

とても言葉に出来ないほど酷い幻影が展開されたのだろう。君影の一門の者達は声も発することなく、その惨劇を見守った。一瞬の沈黙が流れたが、やがて動揺した様子で声を出した。

「何やってる！　縛り上げろ！」

その沈黙の中、暗狼はすぐにまた消えた。

「……食べろ、食べろ、食べろ」

慧剣はそうつぶやいたが、もう幻影は消えていた。呪いの言葉を吐き続ける慧剣に声をかけたのは、倒れたまま苦しんでいた連理だった。

「慧剣、君」

呼ばれて、ようやく慧剣はハッとした。

慧剣は震える手で連理を起こす。うつ伏せに倒れてしまったせいで、しこたま頭も顔も打っている。ただでさえ家族から殴られた傷があるのに、もうボロボロだ。

「慧剣君……な、にか……したの……？」

「撃ったやつ、こらしめました……連理さん、ごめんなさい……」

「慧剣君、無事なの……？」

「おれは無事です。でも連理さんが……おれ、おれ……どうしたら……」

「まだ、敵がいる……？　俺の視界から見えない……というか、目が霞んでて……」

「連理さんが、連理さんが死んじゃう……連理さんが……！」

「……俺が死ぬ？」

連理は、その言葉に場違いだとは思いつつも笑ってしまった。

「は、はは……死なないって……」

笑うと、傷に響いた。

連理が笑ったことに、慧剣は泣きながら驚く。どうして笑っていられるのかと。

「あのね、腕、かすっただけ……これ絶対死なないから……」

「死にませんか？　本当に？」

「俺……医者だよぉ……ちょっと、笑わせないで……本当、痛いんだから……」

くっくっと連理は喉を鳴らす。

いとけない少年が一生懸命言ってくれた言葉が嬉しくて、しかし真剣な彼には申し訳ないが妙に冷静な自分も居て、やはり連理は笑った。

笑っていないとやってられなかったとも言える。

「俺……みじめだなぁ」

ひとしきり笑った後、ぽつりとそうつぶやくと、連理ではなく慧剣が悲しげな顔をした後、嗚咽混じりに言った。

「めちゃくちゃ格好良いですよ……何でそんなこと言うんですか……！」

その言葉に、連理は何故だかひどく心が揺さぶられた。

「そんなこと言わないでください……連理さん、おれの英雄ですよ……」

「英雄って……大げさな……」

「本当です、連理さんはおれの英雄です。輝矢様にそう言わせてください。連理さんが、おれを助けてくれたんですよって……！」

連理はまた笑った。今度は、本当にただ嬉しかった。

――英雄か。

道化が、そんな風に言ってもらえるようになるとは。

男を見せた甲斐があったと、何だか救われた気持ちになる。

「老鶯のご子息！　大丈夫ですか、申し訳ありません！」

敵の拘束が終わったのか、君影一門の者達がこちらにやって来た。手早く上着を脱いで、一時的な止血帯として処置に使ってくれた。

「大丈夫です……追っ手の人達は全員拘束出来たんですか？」

「完了してます。縛り上げていますので、放置して一度ここを去りましょう」

「立てますか、老鶯のご子息」

「何とか……」

正直、腕が千切れてたのかと思うくらい痛い。何をするにも辛い。人生で銃弾に撃たれたことのない連理の身体は恐怖を覚えているのか、手足がずっと震えていた。

だが、それでも一念発起して立ち上がる。

自分のことを英雄と言ってくれたこの迷子の少年を親元まで送り届けなくては。

連理達は空中を旋回していた小鳥の案内を頼りに、再び下山を続けた。

鳥は誘うように飛び続ける。右へ、左へ。

彷徨いの森になりかねない木々の中を進み続けると、やがて轍と言っていい道に足を踏み入れることが出来た。射手専用の登山道だ。

すると、人影が見えた。

ずっと前を飛んで案内してくれた鳥は、突然現れた人影に向かって一目散に飛んでいった。

鳥の主であり、生命使役の術者である少女の元に戻り、帰還を知らせる。

貴方が探していた人をちゃんと連れてきたと。

「嘘……本当に居た……連理さんっ！」

連理の耳に声が届いた。

一世一代の大冒険をしてまで守りたかった人の声が。

「……あやめちゃん？」

連理はつい痛みで下がっていた視線を上げた。

銃声を聞いて、駆けつけてきたのだろう。

葉桜あやめがそこに居た。

彼女だけではない。

もっと遥か後方にはたくさんの人が居た。

恐らく、あやめは鳥からの報告を聞きつけ、心配で一人だけ先行していたのだろう。

走っていたのか息が乱れている。

連理は彼女がいつもと変わらず綺麗だと思ったが、あやめも普段と比べればボロボロだった。

「……あやめ、ちゃん」

あやめはすぐ駆け寄ってくる。

──嗚呼、俺、汚いのに。

風呂も入れていない。腕から派手に血は流れているし、泣きたくないのに痛みのせいで出た涙の跡すら顔にある。

好きな人が、そこに居るのに、こんな姿見せたくなかった。

「連理さん！　どうしてこんなところに……！　大丈夫なんですか⁉　鳥達が貴方が居るってうるさくて、でも本当に、どうして……！」

「……あやめ、ちゃん……」

「雷鳥さんと同じ……？　山で戦っていたんですか？」

「……」

「連理さん、答えて……！」

「…………うん。あやめちゃんを助けたくて、馬鹿なことしてた……」

あやめは息を呑んだ。

「でもほとんど何も出来なかったよ……」

慧剣はそれを聞いて、色んな感情が溢れ出てきたのか、おいおいとまた泣き出した。

「そんなことありません……夏の代行者様……ご、ごめん、なさい……おれ、おれのせいで連理さん、撃たれて……かばってくれたんです……」

「敵に？　撃たれたの……？」

「大丈夫だよ。歩けるくらいだから……慧剣君、もうそんなに謝らないで。君が悪いことはまったくないよ。俺が勝手にやったんだから」

言いながらあやめを見ると、彼女は涙の海を瞳に溜めていた。

「ごめんね、あやめちゃん……俺、もう婚約者じゃないのに……こんなことしでかして……すごい、迷惑だよね……」

「……」

「……怒ってる……？」

あやめは首を横に振った。

「怒るわけ、ないでしょう……」

その拍子に、あやめの瞳から涙がこぼれ落ちる。

そして、こちらに手を伸ばした。

「あやめちゃん……？」

手は、小刻みに震えている。

「そこ、代わってください……」

あやめは絞り出すような声でそう言った。

嗚咽(おえつ)も混じっている。

「連理(れんり)さん、私が……私が、支えます……」

手は宙を彷徨(さまよ)い、やがて慧剣(えけん)の腕を引っ張り、そこを代わってくれと揺すった。

「いえ、おれが支えます。おれのせいで連理(れんり)さんが……」

困ったように慧剣(えけん)が断るが、あやめは大粒の涙の雨を流しながらそれでも言う。

これだけは、彼女の譲れない部分だった。

「私の、婚約者なんです。私が、支えます……」

そこをどいて欲しい。彼は私の物だと。

泣きながら主張した。

「……あやめちゃん……」

それは連理にとって、どんな言葉をかけられるよりも嬉しいものだった。

「私、私がやるの……わたしが、やる……」

最初は決意溢れる様子だったが、すぐに子どもの駄々のような言い方になった。

あやめも気持ちが整理できないのだろう。

悲しみと怒りと喜びがごちゃ混ぜになっている。

「あやめちゃん……俺、腕、ね、血が出てるから……。汚いよ。あやめちゃんが触れると、服汚れちゃうよ……」

「きたなく、ない……きたないなんて、思わないもの……」

「でもね、慧剣君支えてくれてるし……」

「私が、私が、連理さん、支えないと……死んじゃうから、私が……うっ……うっうう……」

「いや、めちゃくちゃ痛いけど……これだけじゃ死なないから、大丈夫」

「でも、でも……嫌、私がやる……やだ、やるの……」

「駄目だよ。俺重いから。それにね、指先動く……、神経大丈夫。ね、ほら、ね……」

重傷だが、死に至るものではないと連理は説明しようとするが、あやめはやはり聞き入れようとしない。無理やり慧剣から連理の支えを代わった。

ほとんど抱きついているようなものだったが、連理は恐る恐る彼女に体重を預けた。真夏の陽光の下、更に連理の体温が上がる。

そうこうする内に、射手陣営と夏陣営、そして秋主従がやってきた。

「慧剣！　いるかあああああっ！」

輝矢も遅まきながら慌ててこちらに向かってくる。

「か、輝矢様ぁっ！」

かすれた声ではあったが慧剣は返事をした。輝矢は慧剣の元へ一直線に走ると、そのままの勢いで彼を抱擁した。

「阿呆っ！」

怒鳴りはしたが、愛がある言葉だった。

慧剣はまさか抱きしめてもらえるとは思っていなかったようで、先程よりもひどく泣きじゃくる。見守っていた連理は自分のことのようにほっとした。

良かった、この子どもは守られていると。

「……輝矢様、ごめんなさい、ごめんなさい……」

「……お前、本当、何してるんだよ……！　無事だったから良いものを！」

「ごめんなさいっ……あの、でも、先に連理さんを、お、おれの代わりに撃たれたんです……。だから、おれ……ごめんなさい……本当に……おれのせいで、ぜんぶ、ごめんなさいっ……」

「撃たれた？」

輝矢は慧剣から身体を離し、連理とあやめを見る。

「電話に出てくれた人か？」

「あ、そうです……ええと、お初にお目にかかります射手様……俺は……」

「ちょっと待った。まず血を止めよう。月燈さん！　怪我人が居る！　救急キット持ってる人こっち連れてきて！」

連理はこの時点で少し嫌な予感がした。

——何か、大袈裟な事態になってきてないか？

予感は的中し、集まった他の者達が『これは大変だ』と大騒ぎになる。

「お姉ちゃん、ちょっと離れて」

「瑠璃……連理さんが……！」

「大丈夫だよ。いま撫子さま来てくれたから！　撫子さま！　こっちです！」

「あやめさまぁっ！　けが人のかたはこちらですかぁ！」

「撫子、霊脈使えるか確認してください。竜宮岳なので多分いけるはずですが……」

連理は視線を右往左往させる。

自分を取り囲む人々の顔ぶれを見て啞然とした。

——嘘だろ。

会話から聞く限りの情報で大体の人物は当てることが出来る。

あやめと瓜二つの娘は説明不要ではあるが夏の代行者葉桜瑠璃。

最も幼くあるが、しかし連理の怪我の状態を見ても眉一つ動かさず着々と癒そうとしているのは秋の代行者祝月撫子。

その彼女を補佐している美青年は秋の代行者護衛官阿左美竜胆だ。

四季の血族でも、普通に暮らしていたらお目にかかることが出来ない大物中の大物である。

──いや、俺なんかの為に集まらないでくれ。

痛いのは確かだが、こんなに心配してもらうほどではない。

「あの……俺、大丈夫です」

連理は一応へらへらと笑いながらそう言ったが、誰も聞いていなかった。

「りんどう、霊脈あるわ……」

「そこらへんに転がってる【老獪亀】からも吸えますか、撫子」

「撫子様、生命力を吸うなら俺の身体からやったほうがいい。その……気味悪がられるかもしれんが……射手は射手である間は怪我も病気もすぐ回復するんだ。恐らく霊脈を使うより、よほど早く済む。俺の守り人を庇って怪我したのだから、俺から……」

怪我人は黙っていなさいとばかりに、連理を置いて話が進む。

──いや、大丈夫、俺、大丈夫だから。

「そうなんですか？　しかし射手様だけにお任せするわけには……撫子、霊脈分だけじゃ足りないか？」

──本当に大丈夫。

「霊脈でたりるわ。かぐやさまはげんきでいらっしゃらないとだめよ。あやめさま、こんやくしゃさまのおててをおかりしてもよいですか」

──本当に本当に大丈夫です！

連理はたまらず叫んだ。

「だ、駄目です！」

遠慮していたらとんでもないことになると、敢えて強気な姿勢をとる。

「こんなことで神様の権能を使ってはいけません!!」

いけません、いけません、いけません……と連理の声が山の中でこだました。

「俺のこれ、病院で縫合してもらえばいいくらいのやつです！」

みんながぽかんとした様子でこちらを見る。

「現人神の権能を軽率に使用するのはご法度！　霊脈も流れる力は無限ではない！　いま此処で俺の怪我に使えば、代行者様がこの竜宮で顕現をする時に支障が出るかもしれません！　射手様も毎日此処の霊脈を使います！　霊山を疲弊させるおつもりですか！　なりませんっ！」

連理を囲んでいた者達は顔を見合わせた。連理が言ったことはすべて正論だった。

しかし、一様に『でも、血がたくさん流れているし』という表情を浮かべる。

「で、でもでも、あたしは治療してもらったよ……」

瑠璃が弱腰な態度で言う。

「瑠璃ちゃんの時と状況と立場が違う、駄目だ！　今日、怪我した者全員治すわけじゃないでしょう？　お気持ちは嬉しいですがなりません！　とにかく、俺は大丈夫ですから……！」

「……連理さん……」

あやめが乞うように言うが、それでも連理は首を横に振った。

「俺、歩いて山を降りれるから。大丈夫だよ」

撫子は困ったように竜胆を見た。竜胆も困ったように撫子を見て言う。

「この方の言うことはとても正しいのですが……」

それから連理に視線を移し、問いかける。

「本当に大丈夫ですか？」

「大丈夫です……皆様、大変ご迷惑おかけしました……。その、色々……俺達がしたことで事情聴取とか、あると思うんですが……」

「いやいや、まずは病院に。チーム分けましょう。先程、寒椿様から制圧完了のご報告をいただきましたから、こちらに合流していただきます。そうすれば射手様の護衛は更に盤石になりますから。【豪猪】の人員を割いて、下山のお手伝いをしてもらいます」

周囲の警備にあたっていた月燈がそれを聞いて口を挟んだ。

「近接保護官からも人員を出します。夏の代行者様……ご一緒に下山されたいですよね？」

しとしとと雨のような涙を流していたあやめに月燈が尋ねる。

「婚約者の方ですから、一緒に行って良いんですよ。付き添いされますか？」

月燈にとっては当然の配慮だったが、あやめにとっては予想外のことだった。

一瞬、呆ける。

先程は勢いで婚約者だと宣言したが、自分達はもう何の関係もない。

あくまで、元婚約者なのだ。

「……はい」

しかし、連理が迷っている内にあやめが答えてしまった。

「はい、はい……一緒に、一緒に行きたいです……」

関係がないのに、あやめは何度も頷く。

「あやめちゃん……」

二人の様子を見て、月燈は優しく微笑んだ。

「では、下山される前にこちらが持っている救急キットで改めて応急処置を。輝矢様、いまうちの部隊が周囲に敵が居ないか確認してますから、他の代行者様と同じく待機していただいてもよろしいですか」

「わかった。俺は、俺は慧剣とちょっと話すよ……泣いて過呼吸になりかけてるから、落ち着かせてくる……」

輝矢に呼ばれ、慧剣は後ろ髪引かれるようについていく。

そうこうしている内に春主従と冬主従の一団が合流した。

雷鳥が【豪猪】預かりで事情聴取を受けているという情報を狼星達から聞かされたこともあり、瑠璃も急遽下山が決まった。

結局、春主従と冬主従が射手陣営の警護を引き受けることになった。

秋が夏の警護に入り、全員で麓を目指す形だ。

瑠璃とあやめは輝矢に最後まで付き合えないことを謝ったが、そもそも既に彼の目的は達成されていた。しかも慧剣が保護出来た経緯が彼女達の婚約者との出逢いからだというのだから、輝矢としては感謝の気持ちしかない。

慧剣から告白された内容でしばし茫然自失していたが、それでも彼は山を登ることを止める考えはなかった。下山する者達に別れ際声をかけてくれた。

『夜を招いたら、足元が暗くなるから気をつけて』と。

最後まで、葉桜姉妹と連理の様子を気にしていた。

こうして、連理達は下山することになった。

下山の間、どうして竜宮岳に連理と雷鳥が居たのか、連理の口から瑠璃とあやめに説明した。出血でふらふらしていて、喋る気力もあまりなかったが、それでも説明責任を果たさなくてはと、雷鳥が物置小屋を破壊して入ってきたことから語った。

怒鳴られ、殴られても仕方ないと思ったが、瑠璃とあやめは二人してわんわんと泣くだけだった。責める言葉は終ぞぶつけられず、二人は互いに『良かったね』と言い合っていて、連理はどう反応したものかと戸惑うばかりだ。

今日に至るまで、それほど良い関係を築いていなかった瑠璃と連理だったが、瑠璃は何か思うところがあったのかしきりに身体を心配してくれた。

移動が楽だからと、自分が使役した猪に乗せようとすらしてくる。

あやめの手前どうしてもその状態にはなりたくなくて、連理は断って自力で歩いた。

麓まで行くと、連理の為に用意された救急車が待ち構えていた。

一般登山道のほうで起きた乱闘の対応で既に救急車は数台竜宮岳に到着している。

雷鳥はまだ一般登山道の方で【豪猪】に拘束されているということなので、瑠璃はそちらに向かうことになった。

秋主従は瑠璃に付いてもらい、代わりに【豪猪】の警護人員を多く動員し、救急車は護送されながら移動することになった。

「婚約者です」

同乗者の確認で、あやめが自らそう名乗った。

救急車は速やかに近隣の病院に移動した。

幸い、応急処置が良かったおかげで大事には至らず、しかし念の為その日は入院することになった。連理が手当てを受けて待合室で心細げに待っていたあやめと再会した時には、もう空は茜色に染まっていた。

「連理さん。輝矢様……今日も無事、役目を果たされました」

あやめの言葉に連理は頷く。

つい数時間前には夜を司る現人神と対面していたのだから、何だか不思議な気持ちになった。

これから連理は国家治安機構に取り調べを受けることになる。

あやめはあやめで他の代行者と合流しなくてはいけない。

ある程度事情を聞いていた【豪猪】の隊員が、十分ほど二人で話して良いと時間をくれた。

二人は長椅子に隣り合って座り、ぽつりぽつりと話し出した。

「あやめちゃん、俺、今日入院だって……」

「はい……」

「あやめちゃんは……？」

「私も……色々事情を話さなきゃいけないので他の代行者様の元へ戻ります。でも、明日また来ます。携帯……私の壊れちゃって……それも明日新しいの作って持ってきます。新しく、登録してくれますよね……？」

「……」

「駄目ですか？」

「あ、いや、ぜひ……」

「一応、しばらく竜宮に滞在することが決まっていますが、連理さんが何処かに行くなら私も行きます」

あやめはそれが当たり前のように言ってくるので連理は困惑した。

「いやいや、それは駄目だよ……」

「どうしてですか」

「俺は……多分、しばらく国家治安機構と四季庁の人にひたすら怒られて取り調べされるんだと思うから、付き合わないで。お父さんとお母さんが心配を……」

あやめは安心させるように微笑んだ。疲れているせいか弱々しい笑みだ。

「両親は明日の便で来てくれるそうです。里のことで、国家治安機構に保護されています」

「え、何で？」

「里長がどんな仕返しをするかわからないので。一旦避難したほうが良いと話し合って……」

「ああ……」

連理は横暴な里長の顔を脳裏に浮かべる。

「竜宮岳の【老獪亀】の者達が白状したので、松風青藍が追われることになったのですが、姿を消してしまったそうなんです。他の【老獪亀】達からの助けがあったのかもしれません。なので、里長が捕まるまでは……」

「……そっか……」

「両親、感謝してましたよ。連理さんと雷鳥さんに」

「…………嘘、本当に？　何で？」

「何でって……【老獪亀】に対抗する為に戦うなんて誰でも出来ることではありません。それほど……娘を想ってくれていたのが嬉しいと……」

連理はそれを聞いて大層照れてしまう。

「いや……ほとんど雷鳥さんに背中押されて参加しただけだから……」

「私も嬉しかったです……」

二人の間にしばし沈黙が流れる。連理は、一番聞きたかったことを尋ねてみた。

「あの、さ……あやめちゃん……さっきから俺のこと婚約者として扱ってくれてるけど……。俺、まだ……婚約者で、いいの……？」

「いいのって……」

「だって、俺達……本当はもう終わってるでしょ……」

「……」

「婚約者、じゃないよ……？」

せっかく泣き止んでいたのに、あやめの瞳にまた涙が浮かんだ。

「何で……」

どうしてそんな酷いことを言うのか、と彼女の瞳は連理を責めていた。

「家同士の繋がりは、絶たれてる。あやめちゃんは神様になった。誰かと結婚するなら、もっと強くて、守ってくれる人のほうが良い……。少なくとも、周囲の人は絶対にそう言うよ。俺も……悔しいけどそれ言われたら反論出来ない……」

あやめは連理の言葉に傷ついた。

「……何でそんなこと……」

今日一日、あやめはたくさん泣いていた。取り乱していた。

だが、いま流している涙が一番塩辛い。

「私の婚約者、連理さんしかいません……」

あやめは片手を伸ばして、連理の指先を握った。

「……連理さんしか、いませんよ……」

その動作も声音も、多く語らずとも、独りにしないで、と言われているかのようだった。

連理は唾を飲み込む。このまま何もかもあやめの厚意に流されて元の仲に戻りたい。

でも、もうそれでは駄目だと心が言っている。

「……俺、馬鹿なことしたよ……」

「でも、私の為にですよね……？　私と瑠璃を守る為にそうしてくれたんですよね……？　連理さん、純粋に里の政治に反対したくてしたんですか……？　老鶯家は医局です。政変に左右されにくい立ち位置にいます。南の島まで来て、怖い人達と戦う理由なんて……」

「そりゃ、そうだけど……でも、その……」

「私のことが嫌いなんですか……？」

「違うっ……そもそも、そこだよ……。あやめちゃん……俺と、違うんだよ……」

「何がですか」

「俺と違う」

連理は、山で首を吊る覚悟で尋ねた。

「俺は君が好きだよ。でも、君は違うでしょう……」

言われて、あやめは時が止まってしまった。

本当に一時停止してしまったように固まっている。

「あやめちゃん、山の峠で立ち往生した時……俺のこと忘れてた。けど、俺は思い出してくれる前から君のこと心のどっかに置いてたよ」

「……」

「……婚約しないかって聞いたのも、自由の為じゃない。結婚さえすれば、君がいつか好きになってくれるかもって……願ってたところがあった」

あやめは連理(れんり)から手を離した。

「……」

連理(れんり)はそれを見て、苦笑しつつ言葉を続けた。

──やっぱり、駄目か。

「俺、騙(だま)してたよ」

──わかってたよ、そんなこと。

「君はただ自由になりたかっただけなのに……俺は君のことが好きで、本当に結婚したかった」

──俺が選ばれる理由は、いつも、誰かに利用される為だ。

「……裏切ってたんだ……」

──利用価値がないと、俺、意味ない。

ただ、それでも伝えたかった。

連理は無理やり笑っていう。

「好きになって、ごめん。……でも俺、もう都合の良い契約結婚を出来る気がしないんだ……」

連理はそれから黙った。

あやめが離してしまった手を見つめた。

この手に何の許可もなく触れられる人間になれたら良いのに。

そう思っていたが、もう自分からその権利を手放してしまった。

——黙ってたら、一生一緒に居られたかもしれないのに。

卑怯者になれなかったのは、前よりもっとあやめのことが好きになっているからだ。

——阿呆だ、俺。もう後悔してる。

そんなことを考えていたら、あやめの細い手が再び連理のほうに伸びた。

それだけでなく、あやめは体ごと近づけてくる。

「ちょっ……あ、やめちゃ……」

頬でも殴られるのかと思いきや、半ばぶつかるようにして抱擁が行われた。

細い体を連理は何とか受けとめる。

「……うう……うっ」

あやめは連理の胸にしがみつき、顔をうずめて嗚咽を漏らしていた。

「……うっ……う……」

——何故。

葉桜あやめは、普段こんなことをしない。

敏い娘なのだ。立ち振る舞いをとにかく気をつける娘だ。

そんな彼女が一般客も警備も、病院職員の目もある衆人環視の場で抱きついてきた。

この反応を、どう受け止めればいいのかわからない。

顔がとにかく火照って仕方がない。うまく言葉も紡げなかった。

「……あやめちゃん、あの」

勇気を出してあやめの肩に手を触れたが、その後は何をすれば良いかやはりわからない。

「……うっ……うう……」

声を殺して泣いているあやめの姿は人目を引く。【豪猪】の隊員が心配そうにこちらを見ている。連理は慌ててあやめの背中を撫でてなだめた。

「あやめちゃん……どうしたの？」

「……します」

「え……？」

「私……私、連理さんと、結婚します……」

あやめは泣きながらそうつぶやいた。

「私は、連理さんが好きで、連理さんの婚約者で、だから……絶対、絶対……結婚します……

里が駄目だって言っても、親が駄目だって言っても、絶対に、連理さんに嫁ぎます」

随分遠回りして、ようやくあやめは連理に想いを告げた。

「絶対に、絶対に、連理さんのお嫁さんになります……」

貴方が好きだと。

「……」

連理は魂が震えた。

信じられない。彼女がこんなにも勇気を抱いて告白してくれているのに、困惑のほうが勝る。

「お、俺より良い人たくさん居るよ……」

「いません」

「もっと格好良い人とか……強い人とか……他にも……」

「要りません」

「いや、要るでしょ……あやめちゃんの立場なら……」

「そんな人要りません」

「要るよ、君、神様になったんだよ……？」

「連理さんじゃないなら、みんな、要らない……。欲しくありません……」

「……そんなの……」

連理はいま、秘めていた恋を叶えようとしていた。

だが、あり得ない、そんなはずがないと否定の言葉ばかり頭の中で浮かぶ。

そんな彼を説き伏せるようにあやめは言う。

「私は連理さんが好きです」

彼女の瞳は恋をしている連理と変わらない。

「好きですよ……」

連理の人生で、誰かからこれほどまでに愛されたのは初めてだった。

——嘘じゃ、ない。

思わず、涙が溢れる。連理が流した涙は、あやめの頰にぽたりと落ちた。

あやめはその雨をちっとも嫌がっていない。じっと連理を見つめて、彼に自分の言葉を信じさせようとただ必死になっている。

「信じてください、好きです」

連理はようやく確信できた。彼女が自分をからかっているのでも、試しているわけでもないと。それが理解出来て、嬉しくて、切なくて、泣き笑いになる。

「……そう、なんだ」

「そうですよ……どうして、自分が好かれてないなんて思ったんですか……」

「………俺、自分に自信、ないからさ」

「それは家の人のせいです。連理さんは……優しくて、私がどんなに厄介な女でも受け入れてくれて、逃げないでくれた。守ってくれました」

「腕力ないよ……」

「人を思いやる気持ちがあります」

「家出同然で戦いに参加したから、帰ったら職ないと思う……」

「そんなの、後で考えましょう。うちの土地、二人で耕したって良いですよ」

「ははっ……」

「食べる物あれば、何とかなります」

「それ……おんぶにだっこじゃん……嫌だよ……」

「一緒なら良いじゃないですか……」

「……」

「私は、連理さんが生きていてくれたら、それで構いません」

「……」

「私には世界一格好良い婚約者です」

「………」

「好きですよ」

連理は人生でずっと願っていた。

——誰か俺を好きになってくれないか、と。

「…………うん」

それはとても長く困難な旅路で、もう自分には訪れない機会なのだろうと思っていたが、あやめはちゃんと応えてくれた。連理は今度こそ迷いなくあやめの背に手を回した。

もう他の人にどう思われようが構わなかった。

いま抱きしめなくては、何時抱きしめるのか。

「……うん、ありがとう」

小さな相槌。ぎこちない抱擁。

だが、それでも十分あやめには伝わった。

連理が涙を流す様子をあやめは見つめる。

『見ないで』と言われたが、見たかった。

自分との恋で、心が揺れている彼の姿をいつまでも見たいと思った。

「俺を好きになってくれて、ありがとう……」

いつまでも貴方を見ていたい。

どんな困難な日でも夜は来る。

その日も、黄昏(たそがれ)の射手(しゃしゅ)が放った矢は守護天蓋(しゅごてんがい)を切り裂いて、夕焼けを招いた。

ゆっくりと闇夜になっていく様を、たくさんの人が竜宮岳(りゅうぐうだけ)で見ていた。

夜が来なければいいと願う人の上にも。

夜が来ることを祈っている人の元にも。

暗闇は等しく齎(もたら)された。

悪人にも安らかな眠りを。

善人にも穏やかな時間を。

それが誰かの努力によって紡がれている奇跡だということを忘れ。

みな、当たり前のように受け取る。

神様が泣きながら空に矢を放ったことなど知らない。

誰かがありつけた幸福は、誰かの犠牲の上で成り立っている。

そのことを、深く考える者は居ない。

たとえどれほど悲惨な夜を迎えても、やがて朝が必ず訪れる。

そして願うことが出来るのだ。

今日も明日も良い日になりますように、と。

まだ祈れる日々がある人は幸運だ。

終章

夏の舞

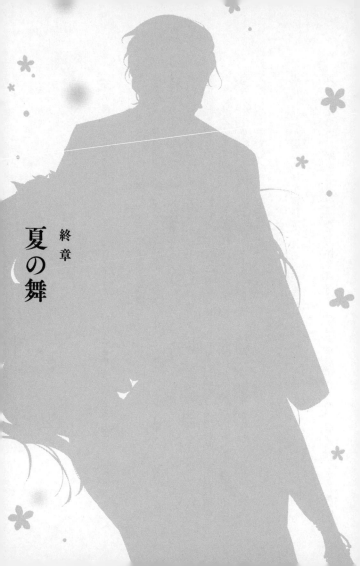

黎明二十年、十月二十三日、霜降。竜宮神社。

大和の最南端である竜宮は、秋の訪れにより少しだけ寒さを纏った朝を迎えていた。

とは言っても、他の地域に比べればまだまだ温暖だ。

四季の代行者の顕現の旅は基本的に立春、立夏、立秋、立冬の日以降に始まり、それから二ヶ月ほどかけて島から島へと移動する。

春の代行者、夏の代行者は竜宮からエニシへ。秋の代行者、冬の代行者はエニシから竜宮へ。行く順路も違うので、竜宮にとってはこれから冬の代行者が訪れるまでが秋を楽しむ期間であり、逆に最北端のエニシからすれば、もうすぐ立冬が訪れ、厳寒の季節を迎える頃だった。

黄昏の射手巫覡輝矢は、いつも通りカーテンを開け、同僚の暁の射手が果たした仕事の成果を確認し心の中で労ってから支度を始めた。

現在、輝矢が居るのは竜宮岳山中にある竜宮神社だ。

以前住んでいた屋敷は巫覡透織子の件を含め様々な出来事が起きた為、取り壊して新しい屋敷(しき)を建てることになっている。

此処(ここ)を仮の宿に提供してくれたのは以前より親交のある神主で、輝矢(かぐや)が現人神(あらひとがみ)であることも知っている関係者だ。なので輝矢(かぐや)としては気兼ねなく生活出来ていた。

——聖域にも近いし。

最近は山に籠もってばかりだ。

あてがわれた離れの部屋から廊下に出ると、まずは既に働いている人々に挨拶をする。

神社関係者も輝矢(かぐや)が幼い頃から知っている人ばかりなのでほぼ親戚の家に居るような感覚だ。

それから厨(くりや)と食事場を兼ねた場所へ移動する。此処(ここ)では輝矢(かぐや)が料理を振る舞わなくとも他に作る者が居る。何もしなくて良いと言われているが、居候(いそうろう)の手前手伝うようにしていた。

厨(くりや)に入ると女性の背中が見えた。

「……」

輝矢(かぐや)は一瞬、その背に違う人を幻視する。

頭の中ではその人が笑顔で『輝矢(かぐや)様』と呼んでくれる姿が目に浮かんだ。

——違う。

目を閉じて、また開くと幻は終わっていた。そこに居たのはみんなの朝餉(あさげ)を用意してくれている神主の老齢の母親だった。

「あれぇ、輝矢(かぐや)様おはようございます」

のんびりとした喋り方だ。つられて輝矢もゆったりとした口調になる。

「おはようございます。慧剣は手伝いに来てないんですか？」

「昨日の残り物が多いから、お味噌汁作るくらいしかすることなくてねぇ、ご飯まで外の葉っぱ掃除してもらってんですよ。やりたいって言うから」

「ああ……」

輝矢はくすくすと笑った。

「巫女さんに良いとこ見せようとしてんじゃないかなぁ……」

現在、巫覡慧剣はこの竜宮神社で輝矢と共に暮らしている。復帰したのはつい先日のことだ。それまでは、国家治安機構の近接保護官達が警護をしてくれていた。今は、もう誰も残っていない。

「あ～仲良い子居るもんねぇ」

「そうなんですよ。町からほら、土日だけ来るバイトさんなのかな……？」

「うちの親戚の娘さんですよぉ。事務もしてくれるから助かってるの。でも、良いんですかぁ、輝矢様。守り人さんにお仕事に支障がでるって怒らないんですか？」

まさか、という顔で輝矢は言った。

「そんなこと言いませんよ。若いんだから、恋の一つや二つするでしょう……」

「あらあら」

「俺のせいで出会いも少ないですから、むしろ歓迎するくらいで。いや、単なる友達かもしれませんけど。何でもかんでも恋愛に結びつけちゃ駄目ですね。言ったら慧剣に怒られそう……」

「あらあらぁ」

「俺は……その……あいつが好きな人なら、別に性別とか年齢とか……どんな職業とか、何でも良いんで……とにかく幸せになって欲しいです」

「若い人は、これから幸せたくさんねぇ。輝矢様も、これからですよぉ」

「……」

輝矢はそれに対して何と言っていいかわからず愛想笑いをした。

数ヶ月前に起きた竜宮での挿げ替え未遂事件。

その真相を聞かれてからというもの、一気に歳を重ねてしまったように老け込んでいた。

――これからなんてあるのかな。

実際、見た目は何も変わっていないがとにかく精神的に疲労した。

慧剣は輝矢の心を守る為に自分を殺していたこと。透織子の幻としばらく生活していたこと。

巫覡の一族が夜を機能させる為にやむなく仕組んだ悪事だったこと。

それらすべては、輝矢が抱えるには重すぎた。

月燈の存在が無ければきっと耐えられなかっただろう。

その彼女も勤めを終えて今は傍に居ない。

「透織子さんも、遠くできっと『これから』を頑張ってますよぉ」

「……はい」

一つ良いことがあるとすれば、巫覡透織子は死んではいなかったということだ。

発見した時の状況から見て、透織子が自殺を図ったのか、それとも単純に階段を降りる際に足を踏み外したかは未だにわかっていない。

「頑張って欲しいです……」

透織子は輝矢のことも、慧剣のことも覚えていなかったからだ。

前日の状況からして取り乱していた上に、打った場所が頭だったこともあり、彼女が辛く抱えていた事柄が目覚めたらすっかり抜け落ちていた。

——全部忘れたかったんだろうな。

透織子は事件の日、外に運び出されてから近くの病院に担ぎ込まれていた。

意識が戻ってから、再度自分の身に起きたことを医者や巫覡の一族の者達に説明されたが、実感が無いのか、ただひたすら驚いていたという。

透織子が自らの足で故郷に行ったことも、すげなく追い返され、一生神に嫁げと言われたことも、兄は死んでいたことも、すべて忘れていた。第三者から静かに伝えられたことが良く作用したのだろう。透織子は島外の病院にまだ入院しているが、精神的には落ち着きを取り戻し、退院後は竜宮に戻らないと決まっている。

二度目の人生を歩んで欲しいと輝矢が願った。既に透織子は神妻の地位を返上している。巫覡の一族から透織子の実家への金銭的支援は絶たれたが、輝矢のほうから透織子個人にはこれからの生活で困らない資産を渡していた。自分達は少し変わった夫婦だったが、確かに結婚していた。妥当な財産分与だと輝矢は透織子を説き伏せた。輝矢は竜宮から出ることが出来ないので、すべて電話で進んだ話だったことが物悲しいと言えば物悲しい。

だが、きっと会っていたら互いにこの件について話し合うのが難しかっただろう。

かくして、黄昏の射手様は伴侶を失った。後妻は娶らず、独身になり、代わりに息子のように可愛がっていた守り人だけは無事に戻ってきた。

家族を守ろうと必死になって壊れてしまった少年の咎は、巫覡の一族の裏切りを責めることで不問にさせた。まだ精神的な面で不安定なところはあるが、輝矢が自分をずっと待っていてくれたことがよほど嬉しかったのか、あれから透織子の幻を出してはいない。

暗狼事件が終幕したことで、四季の里側で盛り上がっていた生態系破壊と天罰説は潮が引いたように声が小さくなった、と輝矢は関係者伝えで聞いている。

——どこでも陰険で小物なやつらはいるもんだ。

そして今回の事件の首謀者とも言える【老獪亀】の武装集団は、連理と【一匹兎角】の者達が守った証拠の数々と、捕まえた者達の自白で首謀者と協力者が引きずり出されている。

今度こそ大きな政変が各里で起きるだろう。

松風青藍の行方は数ヶ月経っても消息がつかめていないとのことだが、それは既にどこかで死亡しているのでは、と生存を疑う声もありまだまだ調査中だ。

——消されたのかもな。

彼がしでかしたことは【老獪亀】からすれば成功すれば快挙、失敗すれば断罪ものの暴走だ。

【老獪亀】側は青藍の要請ですぐに私兵を貸せるような武力を備えた家々が名を連ねていた。

私兵を貸すのと同時に、彼の近くに口封じの暗殺者を置いていた可能性は十分にあり得る。

実際、青藍の失踪で罪が暴かれるのを免れている者達は多く居ることだろう。

夏の里ではこのような事態が起きているせいで里長が不在のままだ。

夏枢府の役人達は水面下で権力の座を巡って闘争しているらしい。

——夏の代行者様達が平穏に暮らしていける里になれば良いんだが。

恐らく、まだまだ時間がかかる話だ。

「輝矢様、煮物どれくらい食べますかぁ？」

輝矢はいつも通り小鉢の分だけ、と答えようとしたがハッとした。

「あ、……俺、これから出かけるんでお味噌汁とご飯だけにします。久しぶりに紋付袴着るから、腹でないようにしないと……」

「あ〜そうでしたね。何時から何処でしたっけ」

「十一時から旧竜宮庭園ですよ。近くて助かる。俺、二時にはもう移動してないとまずいんであまりゆっくりは出来ないですけど……」

「終わったらまた行くんでしたっけぇ」

「はい、夜に酒盛りがあるらしく、大和に夜を届けたらまたそっち行って、今日は外泊します。慧剣は未成年なんで酒盛りに参加はさせませんが、来たがってるんで……」

「輝矢様のことを考えてこっちにしてくれたんでしょう？」

「そうみたいです……」

「良かったですねぇ」

輝矢は、これに対しては本当に笑顔になれた。

「良かったです」

しみじみとした口調で輝矢は囁いた。

「夏の神様の結婚式に招かれるなんて……本当に光栄なことですから」

本日、この竜宮にて夏の代行者が結婚式を挙げることが決まっている。

旧竜宮庭園はかつて竜宮で大地主をしていた一族が所有していた大庭園だ。

そこを大手ブライダル企業が買い取り、今は結婚式場を展開していた。

かつてあやめと連理が訪れた山の中の花園と似たような施設と言える。

あちらが山から見える景色を楽しむものだとすれば、こちらは高台の上から美しい海景色を眺めることが出来る場所だ。

人気の式場なので、通常は一年先でも予約が一杯だが、何処からともなく助けの手が入り何故か式場を押さえることが出来た。

本日の結婚式は挙式する者も、参加者も国家重要人物だ。

式場は国家治安機構から派遣された物々しい雰囲気の近接保護官達に厳重に出入りをチェックされていた。

輝矢と慧剣は紋付袴を纏い、何だかんだと準備をしていたら神社を出るのが遅れた。会場に着いた頃には既に見知った顔の者達が式場の控室前の廊下を歩いていた。

「こんにちは、お久しぶりです」

輝矢が声をかけると、彼らは振り返った。

「かぐやさま！」

すぐに反応して手を振ってくれたのは鮮やかな色の着物を纏った秋の代行者祝月撫子だ。秋の顕現の旅を終えたばかりの彼女の後ろには洒落っ気のあるスーツを着た代行者護衛官、阿左美竜胆が居る。

「お久しぶりです、輝矢様。来られたんですね。良かった……。慧剣様も顔色が大分良くなりましたね」

「……竜宮岳ではご迷惑をおかけしました！」

慧剣が勢いよく頭を下げて謝罪する。竜胆は困ったように眉を下げた。

「いえいえ、あの……多分色んな人に言われてると思いますが、貴方一人が責められるような事件ではありませんでしたよ。頭をお上げください。それに今日は祝いの日ですので……」

「お祝いのひはたのしくすごしましょう」

そう言われて、慧剣はおずおずと姿勢を正す。輝矢は感謝を込めて一礼した。

「それにしても、よく数ヶ月で結婚の許可が降りましたね」

輝矢は控室の前に書かれている葉桜家の立て札を見ながら言う。

「あはは……許可というか、今回よりによって里長が首謀者でしたでしょう？　結局捕まっていないし、夏の代行者様達への謝罪も何処の部署の誰がすべきなのかもわからない。責任の所在もいまは浮いています。事件後の対応も本当に誠実とは言えない状態だそうで……だからこそ、じゃあこっちが何かしても文句も言えないだろうと強行突破することにしたそうです」

「……何というか……ある意味、お強い」

輝矢の感想に竜胆はしみじみと頷く。

「俺は……へこたれないでくれて嬉しいです。実際、誰も文句言えませんよ。言う資格ないですからね」

嫌悪感を吐き出すように竜胆がつぶやいたので、撫子がそっと彼の足にぴたりとくっつく。

竜胆はそれを見て微笑んだ。撫子の愛らしいヘアセットが乱れない程度に頭を撫でながら言葉を続ける。

「俺としては、里長が捕まってくれたら……俺の会話記録を勝手に君影のご子息に横流ししたという情報屋のことがわかるはずなんで、捕まって欲しいのですが……。夏の里がいま無茶苦茶だからこそご結婚に漕ぎ着けられたという事実もあり、非常に複雑ですね……」

嗚呼、と輝矢は嘆息した。

「君影のご子息からは情報屋について教えてもらえなかったんですか？」

「いえ、当然彼も国家治安機構とかに絞られてますから、調べが入ったんですが……ものの見事にそれまでの会話記録とか、送金記録、電話番号も消えていたそうで……」

「怖っ」

「そう、怖いんですよ。だからいまはあまり考えないようにしてます。輝矢様も、もし妙なことを言う俺が現れたとしても疑ってくださいね」

実は今回一番被害を受けたのは竜胆なのかもしれない。

「そろそろ控室に入りますか」

竜胆の言葉に輝矢は頷き、彼らの後をついていこうとしたが、急に羽織を引っ張られて立ち止まった。

「輝矢様っ」

「何だ慧剣、トイレならいま行ってきなさい」

「違います！　ほら、あそこ。黒服のスーツ」

慧剣が指差す方向には、今日この会場を警備している国家治安機構の者達の集団が居た。会場の見取り図を確認して何やら話している。見覚えのある面々だ。

「輝矢様、行ってください」

慧剣が輝矢の腕を摑んで場所を反転させ、そのまま背を押す。

「俺、もう嫉妬しません。あの人は輝矢様に必要な人です。行ってください」

とんっと前に押し出され、輝矢は勢いづいてそのまま歩いた。

慧剣のほうを振り向く。ついてこないことに気づいたのか、竜胆と撫子が慧剣に話しかけてくれていた。慧剣が何やら事情を話している。

それから、竜胆が笑顔で慧剣の肩を叩いて、輝矢にも頷いて見せた。未成年の面倒は任せろと言っているのだろう。

「……」

輝矢は申し訳ない気持ちのまま黒服の集団に近づく。

「みんな……久しぶり」

輝矢がそう言って声をかけると、荒神月燈と彼女が率いる警護部隊の面々は笑って迎え入れてくれた。輝矢は月燈と目が合わせられない。すると月燈のほうから会話のきっかけを出してくれた。

「輝矢様、お元気でしたか？」

「うん……月燈さんは？」

「わたしは元気ですよ。輝矢様もよく眠れたことでしょう。実際、寝てましたし」

きっかけを出してはくれたが、少々恨み節が入っているように聞こえる。

「……」

「わたしとお電話をしている最中なのに寝てましたもんね」

月燈の部下達は二人のやり取りをにやにやと笑いながら見ている。

「いや、その、君の声が心地よくてね……」

「お電話してほぼ毎回寝落ちするじゃないですか」

「……ごめんなさい」

「いえ、良いんですよ……わたしは毎回緊張しているのに、輝矢様はすやすや寝息をたててしまわれることに対して特に思う所は……。一緒に生活してた時はとても夜更かしされていたのに、いまはわざと寝息を聞かせているのかなと思うほど健康的で……」

「ごめんなさいっ！」

現在、巫覡輝矢と荒神月燈は仲の良い遠方の友人という位置に収まっている。

友達以上恋人未満という微妙な関係だ。

「会えて嬉しいよ、月燈さん……」

「……本当ですか」

「本当だって。あのね、俺があんなに寝ちゃうのは安心するからだからね」

「……」

「お勤め終わって、帰ってきて、電話するのが楽しみで、その為に頑張ってるんだよ」

「……」

「月燈さんと話している時に一日の疲れが吹き出るというかね……というか、癒やされて……

嗚呼、待って。いまのナシ。俺、恥ずかしいこと言ってるな……」

「ふふ……はい」

恋が発展するかどうかは、今後に期待というところだろう。

慧剣と秋主従が控室に入室すると、入れ替わるように春の代行者護衛官姫鷹さくらが廊下に出てきた。常に主の傍に侍っている彼女にしては珍しく単独行動だ。

そして、更に珍しく振り袖を着ている。恐らく、主の雛菊に合わせたのだろう。

黙っていれば大いに人目を引く美少女であるさくらは、小走りに会場の外に行く。

すれ違う人々の視線など気にしてられぬ様子だ。そんな彼女が会いに走った相手は、駐車場の端に黒塗りの車を停めて待っていた。

さくらがコンコンと車体を軽くノックすると自動窓が下がって相手の顔が見える。

密会の相手は、花葉残雪だった。

「残雪様……」

「姫鷹さくら」

結婚式場の控室ではさくらが出ていった扉を見つめる者が居た。

冬の代行者護衛官寒月凍蝶だ。彼も主の狼星に合わせてか紋付袴を着ている。

「……」

扉を見つめる凍蝶を更に見つめる者も居た。

「……」

冬の代行者寒椿狼星だ。

そして、更に扉を見つめる凍蝶を見つめる狼星を見つめる者も居た。

「……」

春の代行者花葉雛菊である。

視線の矢印がそれぞれ嚙み合っていないグループが誕生していた。既にさくらが控室を出てから十数分が経過している。葉桜家側の招待客は現人神とそれ以外で部屋が分けられている為、少人数ではあるが冬の護衛陣はいつもより動員が多い。

さくらが居なくとも問題はないが、三人は問題が生じていた。

「……狼星、さま」

雛菊は遠慮気味に狼星の羽織をつまんで引っ張った。そして首を傾げて目で問いかけた。

『凍蝶お兄さま、どう、しましたか』

狼星は身振り手振りを交えて目で返事をした。

『あいつ、さくらが気になってるんだよ。ほら、急に警備を任せて部屋から出てっちゃっただろう。まあ、別に今は警備が足りてるから良いんだが……』

雛菊も身振り手振りをする。

『さくら、雛菊を、応援して、くれてる、支援者……さん、に、電話、しに、いきました』

普通に小声で話しても良いのだが、いかんせん凍蝶と距離が近いのでこうせざるを得ない。

『凍蝶は、さくらが心配なんだ。そいつが変なやつじゃないか、付き合ってて大丈夫なのか気が気じゃないらしい』

『雛菊、よく、知りま、せん。でも、凍蝶、お兄さま、心配、なら、雛菊も、心配、に、なってきました……。いい人、だと、思うん、ですが……』

傍から見るとおかしな手遊びをしているようにしか認識されないであろう雛菊と狼星は、やがて無言の会話を終えた。

「おい、凍蝶」

狼星が控室に用意された椅子に座りもせず直立している彼に声をかける。

「……どうした、狼星」

凍蝶はようやく狼星と目を合わせた。

「お前、気になってるならさくらの様子見て来い」

凍蝶は予想外のことを言われて、躊躇う顔を見せた。

「ひなも、そうして欲しいらしい」

雛菊は首を上下に何度も動かす。

「お電話、ながい、気が、します」

これは良い理由付けだった。雛菊が気にしているとなれば凍蝶も動きやすい。

「凍蝶お兄、さま。さくら、迎えに、行って、くれませんか」

「雛菊様……」

「雛菊、狼星さまと、ここで、うぇるかむ、どりんく、飲んで、おとなしく、してます」

雛菊は手元にあったオレンジジュースが入ったグラスを見せた。控室内にはバーカウンターが常設してあり、歓談しながら楽しむ用意は十分ある。きっと今から探しに行けば、雛菊がこのオレンジジュースを飲み終わる頃には戻れるはず。

「……」

凍蝶は迷ったが、控室内に居る限りは秋主従も居るし安全というのは間違いないので、主達の気遣いに甘えることにした。

「すみません。では様子を見てきます。狼星、雛菊様を頼んだぞ」

凍蝶が足早に控室を出ていくと、狼星と雛菊は互いに『任務完了』と言わんばかりに頷いた。


送り出された凍蝶は関係者からの挨拶や引き止めをくぐり抜けながら式場内を歩く。

すると、ちょうど月燈達とまだ立ち話をしていた輝矢と出逢った。

「ああ、冬の代行者護衛官様」

「黄昏の射手様、お久しぶりです」

春と冬は夏の事件で輝矢と挨拶を済ませている。警護部隊と共に輝矢を聖域まで護衛して、空に矢を放つ神儀まで見学させてもらった経緯があった。

「誰か探してる？」

「はい、春の代行者護衛官の姿を見ませんでしたか？」

「ああ、姫鷹様。外の駐車場に向かって行ったよ」

「ありがとうございます。呼び戻す用事がありますのでまた後で……。皆様も警護どうぞよろしくお願い致します」

凍蝶は一礼してから式場の外に出る。

――外で電話してるのか？

雛菊に聞かれては困るとはいえ、あまりにも遠くに行くのはどうしたものか、と凍蝶が思っていたところで目の前を黒塗りの車が走っていった。

「……」

外からまったく中が見えない仕様の車ということで凍蝶は注視する。

「寒月から全体へ連絡。外の駐車場で怪しい車が……」

耳につけていたマイク付きイヤホンで警備全体へ警鐘を鳴らそうとした時、横槍が入った。

『姫鷹から全体へ連絡。そちらは私の知り合いだ。問題ない。すぐ竜宮空港へ向かう』

探していた娘の声が耳に響く。

駐車場からさくらが戻ってくる姿が見えて、凍蝶は心臓が痛くなった。

「……さくら……」

かすれた声で春の娘の名を呼ぶ。

聞こえないかもしれない、と思ったが、さくらは気がついた。

少しうつむいていた顔を上げる。

「凍蝶」

今日のさくらは雛菊とお揃いで振り袖姿だ。可憐さと凛々しさ、それに少しの艶やかさを兼ね備えた晴れ姿は眩しいくらいだった。

「どうした、何かあったか？」

心配する瞳。

「それとも車に忘れ物か？」

小さな頃とは違う声。

「凍蝶？」

どれも、凍蝶が知っているさくらではない。

すべてが愛おしいのは昔から変わらないが、その愛情は確実に違うものに変化している。

九歳の頃の彼女はただ幼く可愛らしかった。

十四歳の彼女は痛々しくて傷ついていた。

十九歳の彼女は強く美しい女性へと変化していた。

そしていまは二十歳。他の男に求婚されるほど光り輝いている。

「さくら……お前を探していた」

凍蝶はもう、現在の彼女に対する想いにそろそろ名前をつけるべきだった。

居なくなれば探してしまい、見つければ嬉しくなる。

ただそこに居るだけで幸福感を与えてくれる相手とは、何なのか。

それくらい、深く考えなくても普通は理解が出来る。わかっているのだ。凍蝶も。

「心配してたんだ……」

もうわかっている。

「ごめん、何かあったか？」

「いや、ただ遅かったので……雛菊様も心配を……」

「ああ……その……」

さくらは口籠った様子で言う。

「実は残雪様から電話が来ていてな。着信に出たらいま駐車場に居ると言われて」

「は……？」

「さっきの車。あれに乗ってた」

どうやら凍蝶の勘は少しだけ当たっていたらしい。彼にとっての危険人物の登場を知らずしらずの内に察知していたのだから。

「何でも、いま阿星殿と旅行中なんだと。ついでに会いに来てくれて……」

「ここは竜宮だぞ」

ついでのはずがないだろう、という指摘にさくらは苦笑する。

「まあ、その……何だ。直接話したいことがあるとのことで……」

「……」

「でも、もう帰ったよ。警備を任せきりにしてすまない。すぐ戻るよ」

「結婚のことか？」

「えっ」

「直接話したいと言われたのは結婚のことだろう」

ずばり、と凍蝶が聞いたこともあり、さくらは歩くのをやめて立ち止まってしまった。

気まずい雰囲気が流れる。以前のさくらなら、ここで怒っていたかもしれない。

そんなことお前に関係ないと。

しかし、さくらは前とは違って『関係ない』とは言わなかった。

「……うん、そう……」

ちゃんと凍蝶の目を見て頷いた。さくらは照れ臭そうにしている。

もしこれが別の女性だったら、新しい関係を何の迷いもなく応援出来た。

「返事をしたんだな」

彼女相手では、けして出来そうにない。

――これは、独占欲だ。

想い（おも）を封じてきたのは、罪の意識だった。自分の下から飛び出していくような悲しみを負わせたくせに、腕の中に取り戻したいと思うのは恥知らずだと己を責めた。

「さくら……」

居なくなってから存在の大切さを知ったという話はよくあるが、それを我が身で体験することになるとは思わなかった。

「こんなこと、私が言うのは間違いだとわかっている」

狼星（ろうせい）から受け取った電話で五年ぶりに声を聞いて、涙声で『待っている』と言われた時にはこの娘の為なら何でもしてやろうと胸が熱くなった。

「……それでも言わせて欲しい」

再会して、成長していることに驚いた。

前とは違う冷たい態度。そんなことはどうでも良い。

何よりも大切なのは、彼女が。

「さくら、お嫁に行くな」

姫鷹（ひめだか）さくらという娘が、寒月凍蝶（かんげついてちょう）の人生に帰ってきてくれたことが重要だった。

遠く離れていても、繋がっていたい。

「行くな、さくら」

行かないでほしい。

「……綺麗事は言わない」

――私は愚か者だ。

その上、恥知らずで傲慢で自己本位だと凍蝶は自分で思った。

「ただ、私がそうして欲しくないだけだ」

一番大事な女の子に、肝心なことは言えていないのに引き止めることだけはする。

「行くな」

だが無関心を装うことは出来ない。罵られようが、もう後悔したくなかった。

彼女を失って得た後悔は、既に一生分している。

「お嫁に行くな……さくら」

もう、あんな思いはしたくない。

「……」

さくらは凍蝶の言葉を聞いて、しばらく唖然としていた。

それはそうだろうと言った本人である凍蝶も思う。

凍蝶はさくらの人生に口出しする立場にない。出来る立ち位置を五年前に失った。

誰が慰めの声をかけてくれたとしても凍蝶自身はそう思っている。

だから、遊園地でさくらが最愛の主である雛菊の『接ぎ木』に自分のことも数えて入れてくれたことに胸が締め付けられるほどに切なくなった。

どうしてそんな許すようなことをしてくれるのだろうと不思議に思った。

憎まれるほど、傷つけてしまったのに。

まだ師匠でいてくれと願われた時は安堵した。誰よりも彼女に頼られる男であろうと奮起した。しかしさくらはそんな凍蝶の胸中を知らないのだ。凍蝶も隠してきた。

今の彼女にとっては疎遠になった男。そんな男に結婚をやめろと言われても心に響きはしないだろう。ただ、何を言っているんだと思われる可能性が高い。

凍蝶は辛抱強くさくらの反応を待った。

「…………」

やがて、さくらの顔がじんわりと薔薇色の赤みを帯びた。

それから、少しうつむいて、恥ずかしさを振り切ったように顔を上げて言う。

「……馬鹿凍蝶……私、結婚しないぞ」

意外なことにさくらは笑った。

それは凍蝶が久しぶりに見たさくらの微笑みだった。

外は秋の風が吹いている。無遠慮にさくらの着物をはためかせた。陽光に照らされて、自然の中で風に揺れる彼女は誰が見ても美しかった。

「……お前、ほんと馬鹿」

凍蝶はしばしさくらの表情に見惚れる。

「すごく難しい顔して、言うことがそれって……そんなに心配してたのか？」

「あ、ああ……」

「馬鹿だなあ、凍蝶」

さくらは何度も馬鹿と言ったが、その口調はちっとも小馬鹿にしている感じではなかった。

むしろ、愛情が込められていると凍蝶が感じてしまうほどだ。

「……花葉のご令息と結婚……しない、のか？」

「しないよ……」

「だが、お前、迷っていただろ……？」

年上の完璧な男が、珍しく狼狽えている。

さくらはその原因が自分であることがやはり嬉しいようだ。

凍蝶の元へ近寄って、下から顔を覗き込んだ。

「何だ。また保護者目線で心配してたのか？　お前は他人のことばかりだな。そんなんじゃ胃に穴が開くぞ」

凍蝶は間近で見る彼女の猫目の大きさにたじろぐ。長い睫毛の美しさにも。

「……別に保護者目線じゃない。それに誰でも心配しているわけじゃない。言っただろう」

「……ふうん」

「お前だからだ、さくら。私にとってお前はそういう存在だ」

「……」

「そのお前が望まぬ結婚をしようとしていたら、悩むに決まっているだろう。それに……心配したのは私がお前より年上で大人だからじゃない。ただ、私が嫌だった」

随分と熱意のある語り口だ。今度はさくらが勢いに押されてたじろぐ。

「さくら、本当に断ったんだな？　それだけちゃんと聞かせてくれ。花葉のご令息は何と言っていた？　不機嫌にあたられたりしなかったか」

「……残雪様、そんなことしないぞ。『残念だ、気が変わったら』とは言われたけど……」

「は？」

——諦めてないじゃないか。

凍蝶はしかめっ面になる。

「……ちゃんと断ったよ。結婚出来ませんって……。でも、援助を打ち切るとかそういう話にはならなかった。本当に私のことを心配してくれてただけなんだ」

「お前のことを心配してるだけなら求婚なぞするものか……」

「……凍蝶、残雪様のこと嫌いなんだな……」

「お前に求婚する無神経な権力者が嫌いなだけで、残雪殿が嫌いなわけではない」

それはほぼ残雪を嫌いと言っているようなものだとさくらは思う。

「……そんなに私が結婚するのが嫌なのか」

「嫌だ」

凍蝶はハッキリと言う。

「ど、どうして、嫌なんだ……」

さくらが聞きたいことは別にあったのだが、凍蝶はようやく本音を告白出来た熱に浮かされて。彼女が望む答えは言わなかった。

「嫌なものは嫌だ。嫌に理由なんてつけられない。嫌だからだ。お前が不幸になるかもしれないのに求婚する残雪殿も虫が好かない」

凍蝶の中では筋が通っているのだが、さくらは彼の気持ちを知らないのできょとんとする。

「……お前、食べ物の好き嫌いみたいに言うなよ」

「言い得て妙だ」

「……残雪様はってことは、他の男なら良いのか」

「良くない。お前がちゃんと幸せになるかどうかわからない」

「じゃあ誰なら良いんだよ……」

「……」

その答えは宙に浮いていた。

凍蝶は、さすがに此処で『自分だ』とは言えなかった。

惚れたとも言っていないのだから、順番が違う。

「……馬鹿凍蝶」

これでは、さくらからすればほとんどわがまま放題を言われたに等しい。

「馬鹿……」

だが、さくらは不機嫌にはならなかった。それどころか嬉しそうだ。

「お前……ほんと、わかってないよ」

頬もどんどん林檎色に染まる。

「……さくら、何がだ？」

「わかってない。それなら、そうと早く言えよ。自分が嫌だと思ったって……」

囁くような小さな声でなじる。凍蝶は反射的に謝った。

「すまない……」

しかし言ってから疑問になってまた口を開いた。

「一応止めていたと思うんだが……？」

　さくらは首を横に振る。

「狼星に言われたから、義務感でお小言を口走っているのかと思った……」

「そんなつもりは……」

「さっきのは、その……お前がちゃんと嫌だと思って言ったって伝わった」

「あの時も建前は狼星の命令だったが……私は……」

「最初からそうしてくれたら良かったんだ」

「……すまん」

「私は……私は……お前が強く言えば、すぐ……」

「そうなのか？」

「そうだよ……」

「だが……私などが言っていいものかわからず……」

「……」

「遠慮してしまったんだ」

「……うん」

「本当は、ずっと……嫌だった」

　しばしの沈黙が二人の間に流れた。

　妙に気恥ずかしく、そして何処か甘ったるい。

そして大変悲しいことに、どちらもどうしてこうなっているかよくわかっていなかった。

──何故、私が強く言ったらやめてくれることになるんだ？

凍蝶は混乱していた。

──年が離れた私を受け入れてくれるはずもないし。

さくらは現在の凍蝶の心境を知れば驚くことだろう。

──師匠として、強く導いて欲しいのだろうか。

凍蝶のほうが、自分など選ばれないと思っていることに。

彼からすれば、さくらが共に在ることを許してくれているのはあくまで自分にまだ利用価値があって、彼女も教えを必要としているからとしか思えなかった。

二十歳になったさくらは、凍蝶にとって高嶺の花だ。

「……馬鹿凍蝶」

さくらはさくらで困惑していた。

──これは、庇護欲なのか。それともちゃんと女扱いしてくれてのことなのか。

このおせっかいで世話焼きの男はいつも優しくしてくれるから簡単に勘違いする。

もしかしたら自分にも愛してもらえる機会があるのではと、希望を抱いてしまうのだ。

──少しは脈があるのかな。

でも、いま答えを迫らなくても良い気がしてきた。

やっと大きな悩み事が終わったのだ。

今はただ、手の中にある幸せを感じていたいとさくらは思った。彼がくれている愛情の種類が何かわからずとも、彼がさくらを大切にしてくれているのは確かなのだから。

――結婚するの、嫌だって言ってくれた。

とにかく、それが嬉しい。

――言ってくれた。

それが、本当に本当に嬉しくて、幸せだった。

「さくら……みんなのところに戻ろうか」

「うん……」

凍蝶はさくらをエスコートするように手を差し出す。

式場への道は階段がある。着物を気にしてのことだろう。

「……」

迷ったが、さくらは凍蝶の手を摑んだ。甘えたい気持ちが出たのと、単純に振り袖姿に慣れていない部分があった。

「気をつけて歩きなさい」

「こけそう……ドレスにすれば良かった」

「雛菊様と合わせたんだろう？　似合っているぞ」

「…………護衛官なのに、着物、駄目だよな」

「何を言ってるんだ。どうせ銃は持ってるんだろう」

「うん」

「今日は軍隊が来ても勝てる戦力が揃ってる。大丈夫だよ」

優しく言われて、さくらは少しホッとした。

可愛らしい格好も、綺麗な格好も、護衛官をしていると縁遠い。

「……ありがと」

さくらはまるで雛菊にするように、繋いだ手をぎゅっと握り返してみた。

凍蝶の腕がぴくりと動く。

「……」

凍蝶は少し躊躇っていたが、それからもっと強い力でさくらの手を握り返してくれた。

「あのな、凍蝶……ちゃんと言われた通り雛菊様に相談して決めたんだぞ」

「……そうか」

「雛菊様もお前と同じく、嫌だと言ってくれたんだ」

「あの方はそう言うだろう。お前、怒られなかったか？」

「……わかるか？　怒られたよ……昨日こっぴどくな」

さくらは凍蝶にその時のことを思い出しながら簡単に伝えた。

さくらと雛菊は前日、竜宮のホテルに宿泊していた。

お風呂も入り、寝間着も纏い、葉桜姉妹の結婚式という明日の一大行事に備えて髪も肌も磨きに磨いた。二人共、結婚式に参加するのは初めてでわくわくして寝れない。寝台の上で、夜ふかししながらお喋りをとめどなく続ける。

そこでさくらはかねてから雛菊に話したかった自身の求婚の件を報告した。

相手が残雪だということを伏せて事の次第を説明したのだ。

春の里の将来有望な若者から求婚を受けている。

さくらのみならず雛菊への庇護も期待出来る相手。

この結婚が成功すれば、今のように里から離れて隠れるように住むなんてことをせず、大手を振って里で暮らせる。口さがない者が居たとしても、きっとその人が守ってくれる。

とても合理的で良い縁談だ。自分はそれを受けるべきだと思っているのだが、踏ん切りがつかない。雛菊はどう思うか知りたいと。

さくらは雛菊を困らせるだろうと予想していた。

それは間違っていなかったが、実際はもっと違った。

『……さくら、凍蝶、お兄、さま、は？』
雛菊の声は、怒りと絶望が宿った声だった。
『好きな人、いる、のに……雛菊、の、ため、に、それする、の……？』
初っ端から現在進行系の初恋を問われて、さくらは言葉に窮する。
『あんなやつ、好きじゃありませんよ……それは昔に終わったことで……』
『う、そ』
『……嘘じゃないです。私がいま好きなのは雛菊様だけです』
『うそつき、さくら』
敬愛する主に嘘つき呼ばわりされることは堪える。
だが、もっと苦しげな顔をしていたのは雛菊のほうだった。
『うそ、つき、さくら！　うそ、つき、やだ、よ！』
『雛菊、さま……』
——事後承諾のほうが良かったか。
さくらの人生は雛菊のもの、と少なくともさくら自身はそう思っている。
だから主である雛菊に伺いを立てたのだ。正しいことだと感じた。
『やだっ……！』

こんなに混乱させたいわけではなかった。

『すみません……自分のことなのに、判断を任せるように尋ねて申し訳ありませんでした。聞かなかったことにしてください』

『し、ない……しま、せん』

『……明日は夏のお二人の素晴らしい門出です。もうこの話はやめて寝ましょう？』

『やめ、ない』

雛菊は断固として拒絶する。

この問題をなかったことになど出来ないとはっきりと声に意志が滲んでいた。

『……申し訳ありません』

『何で、あやまる、の』

『私なんかのことで雛菊様のお心を煩わせるつもりはありませんでした……』

『……さくらは、雛菊が、せかいで、いちばん、好きな女の子、だよ。「なんか」じゃないっ』

いつもやわらかい言葉しか使わない雛菊が強い口調で言い返す。

そして一転、声が静かになった。

『雛菊、好きって、いつも、言ってた、のに……つたわって、ない……？』

自分でも激情を抑えようと努力している様子が見える。

この優しい神様にこんな苦しげな表情をさせるなんて、自分は大罪人だとさくらは思った。

と、同時に、狂おしいくらいに嬉しくもなってしまう。

主の関心が自分にあるのが嬉しい。

『御身から寵愛していただいていることはわかっています。だから……』

『わかって、ない……。雛菊の、ため、さくら、好きじゃない、違う、ひとと、生きる。それは、違う、よ……。さくら、幸せ、じゃ、ない、でしょ……』

『幸せに繋がりますよ。私は自分の立場を盤石にして、一生雛菊様のお傍に居られれば……』

雛菊はよほど悲しいのか、目に涙が浮かんでいた。

『凍蝶お兄さま、好きな、のに？』

言われて、さくらはつい下を向いた。自分の握った拳が見える。

『さくら、幸せ、で、選ぶ、なら、誰……？』

『……』

『…………』

『雛菊にも、言え、ない……？』

握ったさくらの拳に、雛菊の手が重なった。

『雛菊、さくらが、ほんとうに、好き。好きで、好きで、大好きだよ』

ぎゅっと握られると、もう離れられなくなる。

『雛菊の、ために、さくら、そんなこと、するくらい、なら、雛菊、里、いらないです』

雛菊は変わっていない。

彼女も狼星に恋をしているが、あの雪の日、さくらの為だけに春の一本道を作ってくれた神様のままだ。

『里、もう帰らなくて、いい。母さまの、お墓、見られなくて、も、いい』

この誰よりも優しく壊れた少女が、躊躇いもなく好きだと言うのは従者にだけ。

『さくらが、居るなら、いらない』

さくらにとっても雛菊はかけがえのない人。だからさくらには、雛菊の言葉が一番刺さる。

『だいじょうぶ、雛菊、強く、なったよ』

それは神と人の子の間に流れる特別な感情のせいだけではなくて。

『もう、負けない、の。誰か、雛菊から、さくら、奪うひと、いたら、雛菊、たたかう』

ただ、二人は両思いなのだとしか言いようがない。

雛菊はさくらを一番だと言う。さくらは、雛菊を最も尊んでいる。

『たたかって、勝てない、あいて、なら……』

二人の愛は、無敵に近い。

愛しているからこそ、雛菊はボロボロ泣きながら言った。

『ふたりで、世界中、どこでも、にげようよ、さくら』

主が自分を離さないと言った。

そう言ってくれた雛菊が、さくらの目には呼吸を忘れるほど美しく映った。

さくらはそれでもう残雪からの求婚は頭から一気に消え失せてしまって、すぐに短慮を謝り、結婚は断ると言った。雛菊は泣き止むのに時間がかかった。

目が真っ赤になってしまったので、慌てて二人で目を冷やしてから寝た。


そういう、結婚式前夜だった。


さくらは自分が主に愛されていることを嬉しそうに語ったが、凍蝶は相槌を打ちながらふと思った。

──もしかしなくとも、私が先に想いを告げるべき相手は雛菊様なのだろうか。

姫鷹さくらという娘に懸想をしていること。

その気持ちを抱くことの許可をもらう必要がある気がしてきた。何か行動を起こす前に、さくらの主に伺いを立てるのは護衛官の立場として在るべき姿という気がする。

──御身の従者をください、とかか？

凍蝶は考えただけでも恥ずかしくなってきた。

「……それでな、雛菊様が」

――とりあえず、今は虫よけをするか。

すぐに出来ることをやるのが一番だと、真面目な彼は思った。

「さくら」

「ん、何だ？」

「今日は一段と雛菊様がお美しかったな」

突然の話題変更にさくらは疑問符を浮かべつつもすぐ頷いた。

「……凍蝶、お前にもわかるか？」

さくらは雛菊の話題なら何でも好きだ。

「厳選した一級品を着ていただいている。今日の雛菊様は正に天女のようだよ」

瞳を輝かせて吐息を漏らす。

「あの方は可憐という文字を体現しているような御方だからな……。お美しい姿を見られて私は嬉しいが……」

「嬉しいが？」

「今日は人も多い。不埒な者を近づけぬよう気を引き締めなくてはな？」

「……ああ！」

さくらは一気に護衛官の顔になった。

「お前の言う通りだ。警備頑張らないとな！」

さくらは着物だと言うのに足で蹴りの練習をした。それを見て凍蝶は満足する。

——よし。

今日のところはこれで良いだろう。

雛菊とさくら、まとめて守ることは凍蝶にとっての幸せだ。

後ほど、今回の婚約騒動の結果を聞かされる狼星は大いに虫よけ作戦に賛成した。


一方、式場を出た車は竜宮空港へと向かっていた。

車内はとても静かだ。


「……」

残雪の為だけに存在している小さな従者は、車内で目を瞑っている主に声をかけた。

「……ひと目、お姿を見なくてよろしかったのですか？」

燕が尋ねると、残雪は瞳を開けて答える。

「私が妹の姿を見たくて此処に来たと？」

乾いた笑いを漏らした。

「……いえ、第一目的は姫鷹様を自陣に加えることだと思いますが……」

「ふられてしまったからな」

その言葉に、燕は大層悲しそうに眉を下げた。

「……姫鷹様は残雪様のことをまだよく知らないからです。御身の魅力を知れば……」

慰めようとしてくれている燕の言葉に残雪は噴き出した。

今度の笑みは、本当の笑顔だった。

「面白いことを言う。私の魅力とは何だ？」

「残雪様は、すごく格好良くて」

「……」

「勤勉で優秀です」

「……ほう」

「でも、放っておいたらサプリメントしか飲まないところが魅力です……」

笑っていた残雪は真顔になる。

「……お前、それは私の食生活への苦言だろう」

燕は両手をぐっと握って力説した。

「いえ、違うんです！　従者としてはそういうところにぐっとくるんです」

「……」

「僕が居なきゃって思わせてくれるところが良いんです！」

「…………」

残雪は『理解出来ない』という表情を浮かべた。それから淡々とした様子で言う。

「私がつけ入るには、時期が遅すぎた。敗因はそれだけだ」

物言いは少し寂しげではあったが、未練はなさそうだ。

「春の事件前に申し込めば、彼女は受けてくれていただろう」

残雪の推測はあながち間違っていない。

四面楚歌で、助けを求める者もおらず、手探りで護衛官をしながら雛菊を守っていた孤独なさくらならきっと申し出を受けた。だが、いまの彼女はもう寒月凍蝶に再会してしまっている。

残雪の言葉通りに言えば、つけ入る隙がないのだ。

姫鷹さくらも、寒月凍蝶も、互いを失っていれば他はあり得た。今はもうその選択肢はない。

「……残念です。姫鷹様なら……僕、奥様とお呼びして侍ることも文句はありませんのに」

「……」

「残雪様……まだ、あきらめないですよね？」

「……」

まるで燕がふられてしまったかのような悲しみぶりだ。

「……そう嘆くな。姫鷹さくらには変わらず雛菊の傍に居てもらう。私の味方に回るかどうかはわからないが、とりあえずあれを守ってくれていればそれで良い」

――やっぱり、何だかんだと色々言ってはいらっしゃるけれど、最終的には妹君の為なんだ。

燕はため息をついてから残雪の端正な横顔を見る。

本人は頑なにその辺りをはぐらかしている。それが燕には何だかもどかしい。

――天邪鬼な残雪様。

いつか、この兄妹が仲睦まじく話す時が来るのだろうか。

そんな希望を持っていいかどうかすらわからない。

「そういえば、松風青藍についてはどうされるんですか？」

「……どうとは？」

燕は口を尖らせて言う。

「あの人、監禁されてる身分なのにとっても偉そうなんです。早く処理されないんですか」

とても残酷なことを、清らかで愛らしい唇で囁いた。

「早く処理しなかったから、本日の善き門出があるんだ」

「……確かに。さすが残雪様……」

「正直、扱いを考えあぐねている。今回、非常に役立ってくれた君影雷鳥と老鶯連理の功績に報いる為には彼の存在や、派生している問題を宙に浮かせるしかなかった。無事結婚に至ったのだから殺しても良いのだが……生かして道具にするという手もある。牢に入っている息子や、残された家族の庇護を条件にすれば、彼はいくらでもこちらの犬になってくれるだろう」

「じゃあ、あんまり酷いことをしちゃいけませんか？　この前、唾吐かれたんですが……」

「……お前が痛めつけて、治療して、数日で回復する程度ならやり返していい」

「良いんですか？　やったぁ」

燕は途端に機嫌が良くなった。残雪は自分の幼い従者が小さな怪物であることを知っている。

そしてその狂気を時に愛おしく、時に醜く思う。

――汚らわしい子だ。

そう思ってるのに、残雪はまた燕に手を伸ばした。さらさらの髪の毛を撫でると、燕は犬がするように残雪の手に頬ずりする。かつて妹には出来なかったことを、これからも恐らくしないであろうことを、この少年にすることで何かを満たしている。

残雪は実のところ空っぽで、しかし燕と同じく少しの狂気を持ち、だが悪になりきれてもおらず、正義とも言えない『何か』だった。

小さな怪物と大きな怪物は、二人で居る時は楽に呼吸が出来る。

「【伏竜童子】はしばらく休暇だ。燕、このまま遊園地に行くか」

「えっ……良いんですか？　やったぁ」

燕は暴力を許可された時と同じ温度で喜んだ。

残雪はそんな燕を見て、やはり満足そうに微笑んだ。

場所は戻って旧竜宮庭園。

四季の代行者の末裔は春夏秋冬の神々に対して祈願をする。

当然、結婚の誓約も四季に向けて行う。

その為、挙式の会場では四季折々の花や季節のモチーフが飾り付けられた幻想的な装飾が施されていた。窓からは竜宮の海も見える。

テーマは雪月風花ということで、関係者は始まる前の雰囲気を大いに楽しんでいた。

続々と会場に入ってくる人々とは別の場所で、本日の主役達は控えている。

今日というこの素晴らしい日に夏の代行者が結婚をする。

葉桜瑠璃と葉桜あやめ、ではどちらが結婚するのかという答えは、二人の男が新婦控室の前で佇んでいることから導き出すことが出来た。

「まだですかぁ」

君影雷鳥が扉をノックしている。

それに対して、瑠璃と思われる娘が『まだー!』と返事をした。雷鳥はため息をつく。

「どうせ可愛いんだから早く見せてくださいよぉ」

タキシードの首元が詰まって仕方がないのか、タイを緩めながらぼやいた。

本日の主役の一人である老鶯連理が、慌てて雷鳥の手を摑んだ。

二人は互いにじっと見つめ合う。

以前は雷鳥に対して見えた怯えが、今の連理には見当たらない。

「雷鳥さん、着崩しちゃ駄目ですよ」

それどころか、この荒くれ者を御している雰囲気すらある。

「……だって、苦しいんですよこれ」

「数時間だけだから！」

「……数時間もこれですか」

「女の子なんてもっと大変なんですよ。タイくらい我慢しましょう」

「……サイズ合ってない気がするんですよ……何か僕、変じゃないです？」

「変じゃない、変じゃない。格好良いですよ。というかですね、雷鳥さんは普通の人より体格が良いから選ぶの難しいんですよ。諦めてください」

「連理くんのタキシードは問題なさそう」

「俺は普通だから」

言いながら連理は雷鳥のタイを締め直す。そんな連理を見下ろして雷鳥は言う。

「うっそだぁ。連理くんが普通なわけない」

いつものように、凶暴な笑顔を浮かべて嬉しそうに言葉を続ける。

「『里がぐちゃぐちゃな間に挙式しちゃいましょうよ。結婚しちゃえばこっちのもんです』って言い出した策略家のくせに普通なわけないですよ」

連理は目を逸らした。

「何かそれ、すごい悪者みたいな感じなんですが……」

「連理くんの良いところは常識的でありながら非常識も受け入れられるところですよね」

「……雷鳥さんもノリノリでした。俺だけの案じゃない」

「そりゃあ、僕は悪いこと好きですし。瑠璃と結婚出来るなら何でも良いし」

雷鳥はまたノックをしたが、今度は『うるさーい！』とまた瑠璃が怒鳴っている。

「……ご家族のほうはどうですか？」

連理が問いかけると、雷鳥は苦笑いした。

「反対してるから来てないです。でも良いんです。時間が解決する。僕が瑠璃とあやめさんの護衛官やるんだから、いずれは納得しなきゃいけないんですよ。許容出来ないのは僕が大事件を起こした張本人だってとこだけ。そっちは？」

「……俺、ほら、元々家族とあれな感じなんで……」

「お互い家族関係は苦労しますね」

「本当に……」

「葉桜のご両親がまともな人で良かった」

「同意します……。世の中には家族を邪険にしない家族って居るんだなって知れると安心しますよね。色々苦言を呈されましたが、最終的には味方してくれましたし」

此度の結婚式は老鶯連理と葉桜あやめ、君影雷鳥と葉桜瑠璃、二組の同時挙式だ。

此処までたどり着けたのはほとんど奇跡だった。

夏の竜宮岳の事件後、連理と雷鳥はどう処罰すべきか思案されていた。

里に無断で行動し、武器を所持し、霊山で暴力沙汰を起こした。

本来なら国家治安機構に引き渡されても仕方がないのだが、四季の代行者側が武力介入を果たして【老獪亀】側を打ち負かしたこともあり、非常に微妙な立ち位置に置かれていた。

二人と君影一門の若衆がやったことを責めるとなると、四季の代行者にも糾弾の矛先を向けなくてはならないからだ。そうなってくると反論が出る。

生態系破壊から天罰説、あらゆる風評被害を放置していたからこうなった。

何故四季庁も里もだんまりを決め込んでいたのか？

この事件に関わる責任者すべてクビにしてから【一匹兎角】のやったことを批判しろ。

出て当然の意見ではある。

こうした争いは巫覡の一族側でも起きていたようで、黄昏の射手のみならず暁の射手まで現人神を取り巻く環境に連名で苦言を呈した。

もちろん、輝矢も約束通り『此度の夜と夏の共同戦線により、暗狼事件は無事解決した。葉桜姉妹は我々にとっては吉兆の神である』と公式に文書を出した。

今回の事件で起こった隠蔽問題について謝罪と釈明に来た四季庁職員と四季の里の重鎮方に、葉桜姉妹やその婚約者達の防衛戦を越権行為だと言うのなら、そちらの対応はどうなのかと理詰めで追及した。朝も夜も季節も、まとめて現人神界隈は荒れに荒れた。


結局、落とし所としては以下の二点が決まった。

挿げ替え事件を実際に起こした者達に厳しい刑罰を科すこと。

挿げ替えを阻止せんと動いた【一匹兎角】に関しては不問に付すこと。


これにより罪に問われていた【一匹兎角】全員が無事解放され、連理と雷鳥は自由の身となった。双子の凶兆扱いはまだ完全にとは言わないが、取り下げられている。

そもそも、葉桜姉妹は凶兆なり、と声高に言っていた夏の里長が挿げ替え事件の首謀者と判明しているのだから、彼から派生した代行者への弾圧は即撤回されなければおかしい。

ただ、依然として【老猾亀】という存在は消えてはおらず、一度広まった風評被害はすぐに収まらないというだけだ。

その後の対応として課題に挙げられたのは、やはり双子神として活動していくにあたってどういった護衛体制を築いていくかだった。里内なら安全という考えはもう打ち壊されている。四季庁職員が定住地の警護に当たるのは通常の事として、国家治安機構の巡回も決定された。本来なら何か起きない限り外部関係者を招かないのが里としての在り方だが、松風青藍の行方がわからぬままなのだから仕方がない。

後は護衛官をどうするかだが、この騒動を受けて双子の護衛官に立候補する者は居なかった。

雷鳥が護衛官になれたのは、暫定的な措置と言われてはいるが、ほぼ決定事項だ。

連理に関しては、医局での勤めは辞職という形になり、代わりに四季庁職員として新たに働き始めることとなった。

配属先は四季庁保全部警備課夏部門。

武道の心得は無いが、これから様々な稽古を受けた後に四季の代行者の傍に侍る。

冬主従がカウンセラーの資格を持つ者を探したように、何かしら医療の資格を持った者は四季の代行者の護衛陣では重宝される。

すべて、収まるべき所に収まった。

かくして、本日二人の青年は幸せな新郎となる。

「連理くん、後で秋の代行者護衛官様の所に一緒についてきてくれません？」

「え、何でですか」

「ほら、僕、あの人の声帯借りちゃって……竜宮岳でしこたま怒られたから挨拶するの怖くて……。瑠璃は『自業自得』って味方してくれないだろうし」

「竜胆さん良い人ですよ」

「気まずいんですよ……ついてきて……他の人も僕のこと絶対怒ってるからついてきて……」

「わかりましたよ……。それにしても二人共遅いな……」

連理と雷鳥が新婦の控室をノックするが、瑠璃とあやめが同時に『まだー！』と返事をした。

扉の内側では、気が緩んでいる新郎達と違って緊張と不安を抱える双子の姿があった。

「何か、あたしチーク濃すぎ？　でも写真撮るからこれくらい必要なんだよね？」

鏡台の前で瑠璃は何度も化粧を確認している。

彼女が纏っているのは本人の愛らしさを存分に演出したプリンセスラインのウェディングドレスだった。全体的にとても華やかだ。これぞ花嫁の衣装、と女性が憧れるものがすべて詰まっていた。ふんわりと広がるドレスのふくらみはもちろんのこと、上半身の見どころであるオフショルダー部分の縫製が秀逸だ。透け感と模様が美しいシルクオーガンジーの袖が付いており、素肌を出しつつも優雅な印象にもなっている。緩やかに纏められた髪を飾るのは花嫁らしいヘッドドレス。後ろから見ても可憐なバックリボンが背中に飾られ、乙女の夢に溢れている。

「口紅もこの色で良かったのかな……メイクさんにもう一度……」

瑠璃が忙しなく動く度に耳を飾るリボン型のイヤリングが揺れる。

待っている雷鳥が見れば感激して褒めちぎることだろう。不安になる必要などない光耀とした晴れ姿なのだが、瑠璃は納得できていない様子だ。

そんな彼女を諭すようにあやめが言った。

「瑠璃、もう観念しましょう。やれるだけのことはやったわ……」

妹に比べて、姉は至極冷静に式の進行表を眺めている。自分のドレスを入念に確認する時間は既に終わったらしい。

「あやめ！　一生に一度なんだよー！　もっと頑張ろうよ！」

「もう頑張ったもの」

確かに、あやめのウェディングドレス姿は他に足す所が見当たらないほど完璧だった。

ビスチェタイプのドレスのスカートは膝上。その上にクラシカルなレースが縫い付けられたシルクオーガンジーの生地がマーメイドラインで縫製されている。一見するとシースルーの異素材を羽織ったミニドレスなのだが、際どさはない。

どこか神秘的な雰囲気すら感じるのは、葉桜あやめという女性の身の内から滲み出る品の良さが理由だろう。耳元のイヤリングは淑やかな花。編み込みがされた長い髪にも、小花が装飾されている。大人しく真面目なあやめにしてはとても大胆で先鋭的なドレスだが、本当に良く似合っていた。美しい花々に綾なされた彼女自身が大輪の華、と言いたくなる程の出来栄えだ。

あやめは瑠璃のやかましさにため息をついて、彼女と一緒に鏡の前に立った。

「ほら、見て。私達……人生の中で今日が一番綺麗。衣装さんもメイクさんも持てる限りの技術を施してくれた。これ以上心配するのは頑張ってくれた人達に失礼よ」

双子だが、全く違う方向性の花嫁衣装は並ぶと統一感がある。これほどまでの親和性を出すには相当の苦労が必要だ。二組で式をすると決めた時から、彼女達が何度も話し合ってドレスを決めた様子が見て取れる。

だがやはり瑠璃はまだ準備が足らないと心配している様子だ。あやめも不安そうな顔をしているが、彼女に関しては関係者席の配置やら全体の流れに関してだった。

招待に応じてくれた現人神達にふさわしいおもてなしが出来るか、そればかり考えている。

「もう鏡を見るのはおしまいにして。瑠璃も進行表、頭に入れた？」

「……雷鳥さん覚えてるから大丈夫」

瑠璃の返事にあやめはムッとした顔をする。

「あのね、今日に限っては私と行動することが多いのよ。二人でお色直しもするんだから。

貴方(あなた)も覚えて。大体ね、後でお着物も着るの。その時、口紅だってやり直すでしょ。いま悩んでもまた後で悩むの。それより進行表を見て」

「……あたしカラードレスが良かった」

「駄目、駄目、お母さんとも話して折衷案でそうなったんだから、納得しなさい」

「あやめが意地悪言う……」

何を言ってもああだこうだと瑠璃(るり)は嘆く。この直前になって結婚前不安症候群になってしまったかのようだ。

「……」

しかしあやめは瑠璃(るり)のわがままに慣れていた。

「もういいわ。連理(れんり)さんと雷鳥(らいちょう)さん、中に入れちゃいましょ」

話を聞かないのならこちらも聞かないだけなのだ。

「わー！　待って！」

すると瑠璃(るり)があやめの腕に抱きついて引き止めた。

「瑠璃(るり)……私のドレス刺繡(ししゅう)多いからほつれちゃう」

「……」

「瑠璃(るり)、放しなさい」

「あとちょっと待って……」

本当に参ってきてしまっているのか、瑠璃の声は小さかった。あやめに巻きつけた腕も小刻みに震えている。

「……」

あやめは困った表情を浮かべたが、もうそれ以上怒りはしなかった。

「何が怖いの？」

代わりに優しく問いかける。

「…………」

「瑠璃、言いなさい。何が怖いの」

「……もう、この後は……二人じゃなくなるんだよ」

彼女の言っていることは、とても抽象的だった。

「あたし達、二人でいつも居たのに……」

しかし、言わんとしていることはわかる。瑠璃は姉妹の世界が終わってしまうことを話しているのだ。扉を開けて新郎を迎え入れたらもう挙式だ。瑠璃とあやめがお互いしか居なかった時代は過去になる。現在とは違う形になるのだ。

「そうは言っても家だって近いじゃない。雷鳥さんが私の護衛官も兼ねてるんだし……」

「数軒離れてるじゃん……遠い」

「空き家がそこしかなかったのよ」

「一緒に住みたかった！」

あやめは絶望的な表情で首を振った。

「嫌よ……」

その反応を見て、瑠璃は傷ついたと言わんばかりにしょぼくれる。

「あやめは薄情だよ……」

しまいには瑠璃は瞳に涙を浮かべ始めた。

「新婚生活を楽しみたいだけです。瑠璃、化粧崩れるわよ。目をこするのやめなさい」

「……」

「もう……三日に一回は会いに行くわよ」

「……」

「まだ不機嫌なの？　貴方、それでよく雷鳥さんが結婚してくれたわね……」

瑠璃は耐えきれず涙を一滴零す。そして言った。

「……一番があやめでも良いって言ってくれたの」

最愛の姉は、自分が一番ではない。その事実を噛み締めてまた泣いてしまう。

「……あたしが、あやめを一番好きなままでも良いって言ってくれたの……」

「瑠璃……」

「雷鳥さん、優しいもん……だから、あたし……幸せになるけど、でも……」

でも、ともう一度付け足してから瑠璃は嗚咽を漏らして言う。

「あと少しだけ、あたしを一番に愛してよ……」

あやめが手を動かして瑠璃を抱擁するのは、ほぼ自動的なものだった。

「……瑠璃」

とある夏の代行者護衛官は、神様になった妹に魔法の言葉をかけるのが仕事だった。

同じ顔をした双子の女の子。

大勢の幸せの為に自分の幸せを捨てさせられた女の子。

その子を神様として奮い立たせるのが姉の役目だった。

妹にとっては、姉から望まれているということが唯一の救いだった。

「お馬鹿さんね……貴方、私とこれからの人生ずっと一緒に大和に夏を贈るのよ」

護衛官の頃と今では、少しだけ心境が違うが、それでも根本は変わっていない。

「寂しくなんかないし……家が違うところに住んでいるからって疎遠になったわけじゃないの」

だから妹は子どもの頃のまま姉を追いかけている。

『お姉ちゃん、愛してるよ』と。

彼女達は本当は対等で、優劣も序列もない。でも、歪で、こうでないと機能出来ない。

あやめも前は悩んでいた。今は違う。

「前よりもっと、一緒になれたのに、どうして泣くの？」

二人の形は、他の姉妹よりいびつで、変わっていても良いのだ。

紆余曲折を経て、いまが最も正しい在り方に至れたとあやめは思っている。

「私、夏の代行者になれて良かったわ」

神様になどなりたくなかった姉妹は、人には戻れないが二人で一つになれた。

「もう怖いことなんてない」

囁いている内に、あやめも何だか泣けてきた。

二人にかかっている呪いは永遠だが、もう怖くはない。

「誓いの言葉なんてなくても、死ぬまで一緒よ」

怖くはない。

「愛してるわ、瑠璃」

二人なら、世界とだって戦える。

「お姉ちゃん、あたしも愛してる」

そういう姉妹が夏を支えていることを、みな知らない。

あとがき

拝啓、貴方の元に夏は来ましたか。夜と狼と夏の物語はいかがでしたでしょうか。

春はたくさんの愛と悲しみがありました。そして夏は恋をたくさん詰め込みました。

どの恋も発展途上ですが、物語の余白にきっと様々なことが起きているはず。

大和の現人神達の恋を、これからも応援していただけたら幸いです。

さて、夏の季節を貴方にお届けするぞ、と意気込んで物語を紡ぎましたが、正直なところかなり難航しました。春の舞でも、これで良いのか、貴方に渡せる物語になっているのかと考えすぎて泣いていましたが、夏も泣いていました。

苦しくて苦しくて、本当につらい、悲しい、と思いながらなんとか書き上げました。

どうしてこんなに苦しいのだろう、と色々原因を考えたのですが、私が暮らしている北の国は夏が短く、その為、自分の人生であまり夏について深く考えたことがなかったせいではないかと思い至りました。けして嫌いなのではなく、ただ身近でないのです。

私にとっては、気がついたら居なくなってしまう友達のようなもの。でも毎年来て笑顔だけは見せてくれる。帰ってしまったのを知ると、祭りの後のように寂しい。それが夏でした。

片思いの相手なのです。おいそれと話しかけられないのです。

今後もそうなるかと思われましたが、しかし、この物語を書き終えたことで夏とのお付き合いも少し変わる気がしています。夏のことも、もっと知ってみたい。

葉桜姉妹の夏だから、楽しみたい。

世界の何処かに居る貴方も、ふとそう思ってくれたらこんなに嬉しいことはありません。

最後になりましたが、感謝の言葉を。本作からこの物語を助けてくださる方も新たに増えました。出版社様、装幀家様、担当陣の皆様、書店員様、発刊から貴方の元へ物語が届くまでに携わるすべての仕事人の方々、ありがとうございます。

家族や友人、いつまでも夢の中に居る私を偶に現実に戻してくれてありがとう。

美しい装画で共に世界観を作ってくださったスオウ様。類稀なる才能と、努力の証である技術を、今回も春夏秋冬代行者に注いでくれました。本当にありがとうございます。

そして一緒に空に矢が放たれるのを見てくれた貴方。傍に居てくれてありがとう。

貴方はきっと、私が思うよりずっと、最後まで共に在ってくれたことを何でもない、感謝されることでもない、と考えているかもしれませんが、私にとってはそうではありません。

貴方と一緒に夏が過ごせて本当に良かったと思っています。会えて嬉しかったです。元気でいてくださいね。最後はいつも少しだけ寂しくて別れが悲しい。

貴方に素晴らしい季節がまた訪れますように。

◉暁　佳奈著作リスト

「春夏秋冬代行者　春の舞　上」（電撃文庫）
「春夏秋冬代行者　春の舞　下」（同）
「春夏秋冬代行者　夏の舞　上」（同）
「春夏秋冬代行者　夏の舞　下」（同）

本書に対するご意見、ご感想をお寄せください。

ファンレターあて先
〒102-8177　東京都千代田区富士見2-13-3
電撃文庫編集部
「暁 佳奈先生」係
「スオウ先生」係

本書は書き下ろしです。

電撃文庫

春夏秋冬代行者（しゅんかしゅうとうだいこうしゃ）
夏の舞（なつのまい）　下（げ）

暁（あかつき）　佳奈（かな）

2022年７月10日　初版発行

発行者　青柳昌行
発行　株式会社KADOKAWA
〒102-8177　東京都千代田区富士見2-13-3
0570-002-301（ナビダイヤル）
装丁者　荻窪裕司（META＋MANIERA）
印刷　株式会社暁印刷
製本　株式会社暁印刷

●お問い合わせ
https://www.kadokawa.co.jp/（「お問い合わせ」へお進みください）
※内容によっては、お答えできない場合があります。
※サポートは日本国内のみとさせていただきます。
※Japanese text only

※定価はカバーに表示してあります。

ISBN978-4-04-913943-3　C0193　Printed in Japan

電撃文庫　https://dengekibunko.jp/

電撃文庫創刊に際して

文庫は、我が国にとどまらず、世界の書籍の流れのなかで〝小さな巨人〟としての地位を築いてきた。古今東西の名著を、廉価で手に入りやすい形で提供してきたからこそ、人は文庫を自分の師として、また青春の想い出として、語りついできたのである。

その源を、文化的にはドイツのレクラム文庫に求めるにせよ、規模の上でイギリスのペンギンブックスに求めるにせよ、いま文庫は知識人の層の多様化に従って、ますますその意義を大きくしていると言ってよい。

文庫出版の意味するものは、激動の現代のみならず将来にわたって、大きくなることはあっても、小さくなることはないだろう。

「電撃文庫」は、そのように多様化した対象に応え、歴史に耐えうる作品を収録するのはもちろん、新しい世紀を迎えるにあたって、既成の枠をこえる新鮮で強烈なアイ・オープナーたりたい。

その特異さ故に、この存在は、かつて文庫がはじめて出版世界に登場したときと、同じ戸惑いを読書人に与えるかもしれない。

しかし、〈Changing Times,Changing Publishing〉時代は変わって、出版も変わる。時を重ねるなかで、精神の糧として、心の一隅を占めるものとして、次なる文化の担い手の若者たちに確かな評価を得られると信じて、ここに「電撃文庫」を出版する。

1993年6月10日
角川歴彦